中公文庫

何年、生きても

坂井希久子

中央公論新社

目次

何年、生きても

プロローグ

スキ、キライ、スキ、キライ――。

白い花弁が革靴を履いた少女の足元に降り積もってゆく。

それを、ぼんやりと眺めている。

どこからか四十雀《しじゅうから》の鳴く声がする、初夏の昼下がり。降り注ぐ木漏れ日が、セーラー服の背中を温めてゆく。

スキ、キライ、スキ――。

お弁当を食べたばかりということもあり、瞼《まぶた》が重い。単調な恋占いの呪文《じゅもん》に誘われて、ゆっくりと下りてくる。

「ちょっと、寝ないでよ」

ベンチに並んで座る少女に、叱《しか》られた。口にスピーカーがついているのかと疑うほど、よく通る声だ。不意打ちだったため鼓膜にキンと響き、わたくしはたまらず耳を押さえた。

「だって、退屈なんだもの」

「なんですって。私の恋の行方が気にならないって言うの？」

彼女の淡い恋のお相手は、上級生である。遠くから眺めるばかりで朝夕の挨拶《あいさつ》もできず、相手に認識すらされていない。恋占いの前に、するべきことがあるのではと思う。

「まずは、話しかけてみなくっちゃ。なにもせずに占い頼みじゃ、花が可哀想《かわいそう》よ」

「ま、簡単に言ってくれるわ。そりゃああなたは、意中の人が傍《そば》にいるんだもの。いいわよね」

そう言われ、すっかり眠気が覚めてしまった。わたくしは、ドキリと跳ねた胸に手を当てる。

「んもう、からかわないで」

「あら、真っ赤。今さらなにを照れる必要があるの」

「声が大きいのよ」

貴重な昼休み。高等女学科の校庭では、思春期の乙女たちが制服のスカートを翻《ひるがえ》し、バレーボールやバドミントンに興じている。内向的な者も五月の陽気に誘われて、木陰で二、三人ずつ塊《かたまり》になり、ハンカチに刺繍《ししゅう》など施していた。

わたくしたちは、ひと組しか借りられなかったバドミントンセットの順番を待っている。校庭の片隅に雛菊《ひなぎく》の群生があり、そこのベンチで暇をつぶしているのだった。

「いったい、なにを騒いでいるの」

バドミントン用のラケットを小脇に抱えた少女が二人、額の汗を拭《ぬぐ》いながら近づいてくる。目鼻立ちがはっきり見える前から、わたくしの視線は左側の小柄なかたに吸い寄せられた。

「姉さま」と、お呼びする。

朝な夕なに眺めていても少しも慣れず、その都度息を呑《の》むほどの美しさ。軽い運動の後ゆえに、真綿のごとき頰がほんのりと上気して、見る者の胸を妖《あや》しく疼《うず》かせる。その微笑《ほほえ》みに、わたくしはたちまち夢心地になってしまう。

「花占いね」

姉さまの、胸に垂らしたお下げが揺れる。首を傾《かし》げて問われたのだ。

級友の手には、花弁を半ばむしられた雛菊の花。姉さまは憐《あわ》れむように、足元に散らばる白い残骸《ざんがい》をご覧になった。

ラケットを持ったもう一人の少女が、小生意気に反り返った鼻をそびやかす。

「お生憎《あいにく》様ね。その雛菊は、花弁の枚数が三十四よ。つまり『スキ』からはじまる占いは、『キライ』で終わってしまうってわけ」

嫌なことを言うものだ。結果を知らされた級友は、雛菊の茎を折らんばかりに握りしめ、呆然《ぼうぜん》としている。たかだか花占いだが、少女たちは変なところで迷信深い。

「まぁ」姉さまが、黒曜石の瞳を大きく見開かれる。「それをご存じということは、あなたもやったのね？」

ハッと、しょげていた少女も顔を上げた。

「本当だわ、やってるんだわ！」

「やってないわ」

「嘘《うそ》おっしゃい。だったらどうして、花弁の枚数を知っているの」

「図鑑で見たのよ」

「はい、嘘。雛菊は種類によって花弁の数が違うもの。白状なさい！」

壊れたスピーカーのごとき大音声《だいおんじょう》で、やった、やったと責め立てる。認めてしまえば収まるものを、相手も意地を張って黙りこくっている。

あまりにも騒がしく、校庭に遊ぶ乙女たちの耳目を集めているのが恥ずかしい。姉さまが、諍《いさか》いを起こすのも馬鹿らしくなるほどの優美な仕草で、二人の肩に手を置かれた。

「そこまでになさいな。花占いなら、あそこのマーガレットでやるのがいいと思うわ」

「どうしてよ」

「花弁の枚数が、きっと二十一枚だから」

奇数なら、「スキ」ではじめれば必ず「スキ」で終わるはず。マーガレットは雛菊よりも背が高く、こちらもやはり、群れるように咲いていた。

姉さまに促され、そのうちの一輪をそっと手折《たお》る。花弁の枚数は、雛菊と比べて少ないようだ。声に出して数えてみると、ちょうど二十一枚だった。

「あなたこそ、やったわね！」

鬼の首を取ったかのように、スピーカー少女が姉さまに指を突きつける。

「お相手は、誰なのよ」

小生意気な少女もまた、興味を引かれたように身を乗り出した。

「やらないわ。フィボナッチ数よ」

姉さまが、華奢《きゃしゃ》な肩をちょっとすくめる。級友二人は、きょとんと目を瞬《しばた》いている。

理解の追いつかない友人のために、姉さまは手ごろな木切れを拾うと、グラウンドに『1、2、3、5、8、13、21、34……』という数字をお書きになった。

「これがフィボナッチ数列。一見不規則な数字の羅列のようだけど、よく見ると前の二つを足した数字が並んでいるのが分かるでしょ」

「あら、本当」と、級友たちが額を突き合わせる。

中世の数学者、レオナルド・フィボナッチが紹介したことで有名になった数列である。姉さまは木切れを放り出し、手を鳴らして指先についた砂を払われた。

「不思議なことに、花弁の枚数はフィボナッチ数であることが多いの。マーガレットは見たところ、十三枚よりは多そうだけど、三十四枚よりは少なそう。だから二十一枚と踏んだのよ」

お見事。

心の中で、拍手喝采をした。姉さまは美しいだけでなく、聡明でいらっしゃる。このかたに勝る女性など、世界中を探しても見つかるまい。

「もっとも『キライ』からはじめれば、花弁が偶数だって構わないんだけど」

茶目っ気たっぷりに微笑むお顔に、級友たちも心を奪われている。数多《あまた》の少女たちが笑いさんざめくこの鳥籠《とりかご》の中でも、姉さまはひときわ輝いておられ、誰もが彼女を愛さずにはいられない。

　わたくしの手からすっとマーガレットを抜かれた指の、なんと細くいたいけなこと。可憐《かれん》に咲く花ですら、姉さまにかかると引き立て役になってしまう。

「自然美も、なにかの法則の上に成り立っているんだわ。花弁をむしるよりも、ほら、こうしたほうが」

　姉さまはそうおっしゃって、わたくしのおかっぱ頭に花を挿《さ》された。耳朶《みみたぶ》に軽く触れた指先の冷たさが、いつまでも肌に残る。

「姉さまのほうが、似合うと思うわ」

「そんなことないわ。素敵よ」

　大柄で骨太なわたくしに、花など似合うはずがない。それでも姉さまが褒めてくださると、頬がほんのりと熱を持った。

　昼休みの終わりを報《しら》せるチャイムが、清らかに鳴り響く。いつの間にやら、校庭の人影がまばらになっている。

「いけない、用具室にラケットを返してこなくっちゃ」

　用具室に寄ってから教室に向かったのでは、授業開始の本鈴に間に合わない。だからみな、早めに遊びをやめて引き上げる。それなのに、うっかり話し込んでしまった。

「ひとっ走りして返してくるわ。みなさんは、先に行ってて」

　この中で一番足が速いのは、わたくしだ。一人ならどうにか間に合うかもしれない。仮に遅れてしまっても、姉さまがお叱りを受けずに済むならそれでよい。

だがラケットを受け取ろうと差し出した手に、姉さまはするりと指を絡めた。

「連帯責任よ。さ、急ぎましょ」

手を引かれて、走りだす。級友たちも、「大変、大変」と騒ぎながらついてくる。

前をゆく姉さまのお下げ髪が、後ろに吹き流されて踊っている。そのせいか、鼻先をくすぐる風が甘く香った。

姉さまを追い越してしまわぬよう、わたくしは加減をして走る。

一陣の風が、木立をザッと揺らしていった。「あっ！」と、思わず声を上げる。

髪に挿していたマーガレットが、見えぬ手にさらわれ、舞い上がった。上空の風に弄《もてあそ》ばれ、どんどん背後に流されてゆく。

取りに戻る暇はない。わたくしは名残《なごり》惜しく、小さなパラソルのようにくるくると回って落ちてゆく花を見送った。

一　美佐

明かり取りの窓から差し込む光の中に、埃《ほこり》の粒子が舞っている。

ぼんやり眺めていると、とても綺麗《きれい》だ。たとえばあの中で舞っているのが氷の粒だったりすれば、もっと感動的なんだろう。

古い土蔵の中は黴《かび》臭く、ひやりと底冷えがする。マスクをしていても喉《のど》がいがらっぽく、磯貝《いそがい》美《み》佐《さ》は軽く咳払《せきばら》いをした。

大小様々な木箱や段ボール箱、美佐が子供のころに使っていた学習机、捨てる機会を逃したらしいブラウン管テレビ。目につくものすべてが、分厚く埃を被《かぶ》っている。

美佐はできるかぎりそぉっと、手頃な段ボール箱を抱える。息を止めて慎重に、開け放したままの扉から外に出た。

電気の引かれていない蔵から出ると、春の柔らかな日差しでさえ鮮やかだ。目が慣れるのを待って段ボール箱を下に置き、軍手をはめた手でその表面を撫《な》でる。埃がまるで、雪のように舞い上がった。

帰る前に、シャワーを浴びる必要がありそうだ。そう思いながら、天面のフラップを互い違いに噛《か》み合わせているだけの箱を開けてみる。中身は掛け軸の木箱や風鎮《ふうちん》、茶碗《ちゃわん》らしき化粧箱。どれも美佐の専門外である。

「わ、すごい。『黄金バット』のブリキのおもちゃ！」

少し離れたところでは、関《せき》くんと美佐の父親が並んで大きな茶箱を漁《あさ》っている。「黄金バット」は戦前の紙芝居に端を発する、金色の骸骨の姿をしたヒーローだ。

「おお、本当だ。そうそう親父《おやじ》にね、ねだって買ってもらったものですよ。こんなところにあったかぁ」

「あ、まだ動く。これ、箱があれば倍の価格になるんですけどねぇ」

「ううん、それはさすがにない、かなぁ」

ないと口では言いながら、父親は未練がましく茶箱の中を覗《のぞ》き込む。ブリキの人形は、ゼンマイ仕掛けで歩くらしい。

「ちょっと関くん。それ、茶箱ごと引き取るって言ったじゃない。精査は後にして」

美佐の小言に、関くんが顔を上げた。骨董屋《こっとうや》なのに埃アレルギーで、防塵《ぼうじん》マスクにゴーグルという物々しい装備である。「ごめんごめん」という声は、くぐもって聞こえる。

茶箱にはまとまった冊数の「少年クラブ」、長嶋茂雄《ながしましげお》が表紙の「週刊少年サンデー」、ブリキのおもちゃ数点と、壊れたミニカメラ、小型のトランジスタラジオといった、かつての少年の宝物が無造作に詰め込まれていた。どれもたいした値はつかないが、いずれの世界にもマニアはいる。

「いやぁ。懐かしくて、ついね」

父親は首にかけていたタオルで手を拭《ふ》き、照れたように頰を掻《か》いた。しばらく見ないうちに見事な白髪になり、身長も少し縮んだようだ。無理もない、自分も今年で不惑だ。親の老いを見て、美佐は己の年齢を実感する。

「あら皆さん、ちょうどお揃《そろ》い。お茶にしません？」

刺し子柄の前掛けを締めた母親が、丸いお盆を手に縁側に顔を見せた。こちらは父より六つ若く、腰が痛いの、膝《ひざ》がダメだのと言いながら、くるくるとよく動く。

「ああ、よかった。ちょうど、喉が渇いたと思っていたんだ」

父親が、日《ひ》溜《だ》まりのような笑顔を見せる。めったに声を荒らげることがない人だ。この笑顔を見るとようやく、実家に帰ってきたと実感する。

今年は二〇一九年。終戦の年に生まれた父は、もう七十四になる。

東京より春が遅いこの地方も、すでに葉桜の季節である。

母が運んできた茶菓子は地元那《な》須《す》烏山《からすやま》の名菓、鮎《あゆ》もなかだった。もなかからはみ出てしまうほど、餡《あん》子《こ》がぎっしり詰まっている。庭の立水栓《りっすいせん》で手を洗ってから、関くんを挟んで縁側に一列に並んだ。

「いただきます」と、素顔をさらした関くんが手を合わせる。もなかをひと口齧《かじ》り、「まぁ！」と目を輝かせた。

「皮がパリパリ！　餡子がほんのり塩味なのね。美味《おい》しいわぁ」

女言葉ではしゃぐ関くんに、美佐を挟んで隣に座る母親が、好奇の目を向けている。美佐はその視線を、なるべく肩で遮《さえぎ》ろうとした。

「なぁに、ミサミサ。アンタそんな怒り肩だっけ」

人の気も知らないで。関くんは美佐のさりげない気遣いを、あっけらかんと笑い飛ばす。田舎《いなか》の老人の偏見の強さを、知らないわけではなかろうに。そんなものべつに怖くもないと言わんばかりに、同じノリで喋《しゃべ》り続ける。

「いつも着物だから分かんなかったけど、アンタのセンス微妙じゃない？　なにそのだっさいジャージ」

「これ、お母さんの」

「どうりでセンスいいと思ったわ。この黄色く光る蛍光ラインなんか、もう最高！」

関くんのサービス精神が大爆発している。いつもは中性的な物腰なのに、仕草も口調もすっかりテレビで見る「オネェタレント」のそれだ。そんなこと、わざわざしてくれなくてもよかったのに。

ここまでの道中、「ミサミサ、旦那《だんな》さんと別居中でしょ。僕みたいな美しい男を連れて帰って大丈夫？」と心配していた。「僕みたいな美しい男」は、関くんがことあるごとに口にするフレーズだ。またいつもの冗談だと思っていたら、実家の庭に乗り入れた二トントラックを降りたとたん、「よろしくお願いしますぅ」と身をくねらせたから驚いた。

歳の近い男と女が二人でいたら、自動的にカップルと見做《みな》されてしまうのが世の常だ。友達だと弁解しても、どちらかに下心があるのではと、いらぬ邪推を生んでしまう。

だが、片方が異性に興味がないと分かれば話は別だ。微妙な立場にいる美佐が気まずい思いをしなくて済むよう、関くんは自分をデフォルメして見せている。

その効果は絶大で、母親は美佐の近況について問い詰めるのも忘れて関くんに注目している。田舎に暮らす専業主婦が、はじめて出会った人種なのだ。「本当にいるのねぇ」と、開口一番に感心と呆《あき》れが半々の感想を洩《も》らした。「失礼でしょ」と窘《たしな》めるのさえ失礼な気がして、美佐はなにも言えずにいる。

「ふふふ」関くんの軽口に父親が笑みを洩らす。こちらは多少のイレギュラーには動じない。

「面白いね、彼」そう言ってから、「あ、失礼。『彼』でいいのかな？」と、関くんのセクシュアリティーを気にかける。

「お気遣いなく、お父さま。アタシ恋愛対象は男性ですけど、心まで女の子ってわけじゃございませんので」

「ああ、そう。それならよかった」

父親の緑茶を啜《すす》る音がズズと響く。この人は、若いころから縁側がやけに似合った。空高くから、雲雀《ひばり》の囀《さえず》りが聞こえてくる。美佐はなんとなく、肩の力をほっと抜いた。

「どうして。あなたものすごくイケメンさんじゃない。モテるでしょ？」

油断した隙《すき》に、母親が身を乗り出した。「ちょっと、お母さん」という制止の声は間に合わない。

「あら、ありがとうございますぅ。でもアタシたちの業界って、こういう端整な顔ってウケが悪くってぇ」

「そうなの？　お嫁さんの来手《きて》くらい、いくらでもありそうなのに」

「あーん、残念。そっちにはちっとも興味がないんですよぉ」

無知で無遠慮な質問にも、関くんは笑顔を崩さない。自分でも言っているとおり、彼は美しい男だ。三十路《みそじ》に入ってから、いっそう目元に色気が滲《にじ》むようになった。こんな質問には、おそらく慣れている。でも慣れと寛容はまるで違う。

「だったら、お祭りのとき遊びにいらっしゃい。とにかく若衆がカッコイイから」

美佐がまごまごしていると、父親がさらりと話の流れを変えた。母親も、「ああ、そうねお祭り！」と手を打ち鳴らす。我が父ながら、人の気を逸《そ》らすのが実にうまい。

「お祭り？」

「そう、すっごいのよ。大きな山がどーんと立って、お囃子《はやし》が鳴って」

母の説明では要領を得ない。口の中に残った餡子の甘みをお茶で流して、美佐が後を引き受ける。

「山あげ祭りっていってね、市街地で移動歌舞伎をやるの。当番町の若衆が十メートル以上ある山の書き割りを引っ張り上げて起こすのが、名前の由来。手際が悪いと他の町から馬鹿にされるから、それはもうみんな真剣なわけ」

「へぇ。じゃ、歌舞伎も町の人が演じるの？」

「そう、保存会の芸能部の人たち。でも関くんは最終日のブンヌキがお好みかもしれない。上半身裸の男たちが、屋台担いでバッチバチにぶつかり合うよ」

「やん、なにそれときめく」

「ぜひ遊びに来てください。七月第四週の、金、土、日と決まってますから」

「分かりました。最終日を狙《ねら》って来まぁす！」

関くんが異様な熱気を込めて、父の手を握りしめる。そのまま「ね、ミサミサ！」と、顔を振り向けてきた。

「え、私も？」

「あたりまえでしょ。案内してよ」

大学進学と同時に地元を離れてからは、お祭りを見ていない。かつての同級生たちは、どのくらいこちらに残っているのだろう。

「まぁ、いいけど」

そういえばお祭りのときはいつも、祖母が浴衣《ゆかた》を着せてくれた。そしてお正月には、晴れ着を。きっとその経験が、美佐の着物好きの原点だ。

「さて、あまりのんびりしていると日が暮れるよ。さっさと片づけてしまおう」

父親が「よっこいせ」という、年寄りくさいかけ声と共に立ち上がる。靴のつま先によじ登ってきた天道虫《てんとうむし》が、翅《はね》を開いて勢いよく飛んでいった。

庭の蔵を潰《つぶ》すというから、友人で骨董屋の関くんを誘って帰省した。

那須烏山の川端《かわばた》家は、かつては藩の御典医を務めたほどの家で、親戚には今も医師が多い。本家の蔵ならきっと、貴重な文書や道具類が眠っている。だが美佐の家はその傍流で、すっかり文系一家になっている。

父親は定年退職まで高校で現代国語を教えており、五つ上の兄も理数系はからっきし。美佐もまた然《しか》りである。実家の蔵に、値の張るものなどないはずだ。

それでも美佐には、狙っているものがある。蔵の奥深くに鎮座する、装飾金具つきの時《じ》代《だい》簞《だん》笥《す》と、その中身だ。

見たところ、簞笥は昭和初期に作られたもの。その中に着物が眠っているとすれば、戦禍を免《まぬか》れたアンティークかもしれない。

もしもサイズが合えば、自分で着てもいい。そうでないならメンテナンスをして、商品にする。美佐はネット上で、アンティーク着物ショップを運営していた。

アンティークの定義は厳密に言えば、「百年以上経過した、クオリティーの高い物」だ。でもこの業界では、百年以上前の物で着用に耐えうるのはごくわずかであること、戦前と戦後で柄行《がらゆき》や発色の傾向がガラリと変わってしまうことなどから、昭和初期までの着物をアンティーク、それ以降の古着をリサイクルと呼ぶのが一般的である。

アンティーク着物は、そのうっとりさせる、あるいは目の覚めるような、いっそのこと奇想天外ともいえる色や柄に魅せられて、特にそればかりを集める愛好家がいるほどの人気だ。何十年も仕舞い込まれていれば経年による劣化は免れないが、少しくらいの虫食いや色ヤケには目をつぶってもいいというマニアは少なくない。

できるだけ、綺麗な状態で見つかるといいんだけれど。

美佐は軍手をはめ直しながら、庭に敷かれたビニールシートに目を遣《や》った。

大小様々の桐《きり》箱に入った掛け軸や花器、茶碗や置物の類《たぐい》は、美佐が物心つく前に他界してしまった祖父が細々と買い集めていたものらしい。

それから長火鉢、柱時計、水盤、一斗升《いっとます》、足踏みミシンといった、なかなか味のある古民具もたんまりとある。そういったガラクタ、もとい骨董品が前を塞《ふさ》ぎ、長年気にしてはいたが、箪笥を開けてみることができなかった。

今を逃したら、蔵と一緒に中身も処分されてしまう。でも男手が足りないし、一人で帰って母親に、夫との仲を探られるのも煩《わずら》わしい。そんなわけで、関くんの出番となったわけだ。

「いいよ、べつに。その代わり、目ぼしいものがあったら安く買い叩いてやるから」

さすが海千山千の骨董業界を、三十代半ばの若さで渡り歩く関くんはしたたかである。

そんな彼は再び防塵マスクとゴーグルを装着し、古い板戸を蔵から運び出してきた。ハンディモップを手に骨董品の埃を払っていた母親が、「あらあら」と腰を叩いて立ち上がる。

「汚い板戸ねぇ。そんなもの、そのへんにうっちゃっといていいのよ」

「まぁ、なにをおっしゃるお母さま。これ、一枚板ですよ。しかもほら、左右を並べると木目が繋《つな》がっているでしょ。よっぽど大きな杉から切り出したんだわ。美しいわぁ」

埃がダメなくせに関くんは、薄汚れた板戸に頬ずりをせんばかり。現在の技術や素材では作り得ない、古きよきものが彼の大好物である。

「蔵の柱も梁《はり》も、本当に立派。あれだって買い取ってもらえますよ。よろしかったら、知り合いの解体業者を紹介しましょうか」

と、専門外のものにまで心を砕く。

その気持ちは、分からなくもない。着物でも戦前の絹ものはずしりと重く、原料の生糸をほぼ輸入に頼っている現代物とは、糸の質からしてまるで違う。この先ただ失われてゆくだけのものに、美を見出《みいだ》してしまう。そういう性質《たち》だからこそ、美佐も関くんも古物などを取り扱っているのだろう。

「ああ、そうしてもらえるとありがたいな」

関くんに続き、父親が古い臼《うす》を引きずるようにして歩み出てきた。腰を痛めるのではないかと、美佐は慌てて駆け寄った。「いっせーの」と声を合わせ、どうにか邪魔にならないところに置く。

「分かりました。じゃ、連絡しておきますね。見積もり出してもらいましょ」

祖父が遺《のこ》した掛け軸などに高価なものはなさそうだし、古民具類も一点一点は値の張るものではない。けれども古材までひっくるめて買い取ってもらえれば、夫婦で旅行をしてちょっといい宿に泊まれるくらいにはなるだろう。

そのくらいの贅沢《ぜいたく》はしてもらわないと、心苦しい。

蔵を壊すのは、基礎がずれて傾いてきたからだという。でもそれは一つのきっかけにすぎず、父も母も少しずつ身辺を整理していこうと思っているはずだった。

美佐は東京だし、兄は酪農家の娘に惚《ほ》れて、北海道の牧場を継いでいる。二人とも、もう戻ってこないと諦《あきら》めているのだろう。祖父母の代に建て替えたこの家も、少しずつがたがきている。

「さて、もうひと息」

父親が、こめかみに光る汗をタオルで拭う。ずれた眼鏡《めがね》を直し、「そろそろ箪笥を出せるよ」と微笑みかけてきた。

「あ、待って。もっとゆっくり。いや、いったん置こう！」

時代箪笥はずしりと重い。関くんと二人がかりで、汗をかきつつ運んでゆく。

無理をせず抽斗《ひきだし》を一段ずつ抜いて運べばいいのだが、「埃が入るよ」と言われて躊躇《ちゅうちょ》した。関くんがためしに箪笥の片方を持ち上げて、「あ、意外といけそう」なんて言うものだから、丸のまま外に出すことにしたのだ。

「関くん、そこ、段差あるよ。気をつけて」

長らく運動らしい運動をしていないから、明日には間違いなく腕がぱんぱんになっている。いや、明日ならまだいい。痛みが出るのは、明後日《あさって》以降かもしれない。

蔵の出口で、美佐は目を細める。そろそろ四時を過ぎたと思うが、外はまだ明るかった。日が長くなったものだ。光がこめかみを刺し、ずきりと痛んだ。

声をかけ合いながら、どうにかビニールシートに箪笥を下ろす。固く絞った雑巾を、母親がすかさず差し出してきた。

腰を入れて、箪笥を拭く。埃に覆われていた木肌が、飴《あめ》色の輝きを放ちはじめる。

「いい色ね。栗《くり》材かしら」

関くんは、舌舐《な》めずりをせんばかり。きっと頭の中で算盤《そろばん》を弾《はじ》いている。中央にあしらわれた錠前金具を拭き上げると、丸に揚《あげ》羽《は》蝶《ちょう》の家紋が出てきた。

「これ、うちのじゃないよね」

着物を着るから、実家の家紋くらいは知っている。川端家の家紋は、丸に違《ちが》い鷹《たか》の羽《は》だ。

さっきの臼で攣《つ》りかけた脇腹《わきばら》を伸ばしつつ、父親も首を傾げる。

「お袋の、実家のかな」

「嫁入り道具?　関西なら、女紋があるけども」

女紋は、母から娘へと受け継がれてゆく女系の紋だ。主に、商人が多かった西の風習だと言われている。

「けっこう、地域差があるのよねぇ。婚家の紋だとか、実家の紋だとか、女紋だとか」

骨董が専門の関くんでも、判断がつきかねるらしい。

「お祖母《ばあ》ちゃんの出身って」

「東京だね」

「じゃあ、女紋はないか」

ならやはり、実家の紋か。

祖母の部屋の衣装《いしょう》箪笥に遺されていた訪問着や喪服には、川端家の紋が入っていた。あれらはきっと、嫁いでから仕立てられたのだ。だったらこの箪笥には、嫁ぐ前の、娘時代の着物が眠っているのかもしれない。

祖母は昭和一桁生まれにしては背が高かった。彼女の着物なら、身長一六〇センチの美佐でも無理なく着られる。戦前の着物は信じられないほどみな小さくて、身丈のあるアンティークはそれだけでも貴重品だ。

逸《はや》る気持ちを抑えつつ、美佐は箪笥を拭き終え、手を洗う。

さぁ、いよいよだ。

箪笥の抽斗は、全部で四段。一番上だけが小物を収納しやすいよう、二つに分かれている。横の長さから見て着物や帯が入るはずもないが、まず手はじめにと、美佐は最上段の把手《とって》を摑《つか》んだ。

手前に引くと、やけに軽い。中は二つとも、空だった。

「あらら」横から覗き込んできた関くんが、「残念」と言いたげに眉《まゆ》を持ち上げる。

「ま、ここはね。しょうがないよね」

帯揚げか帯締め、欲を言えば高価な帯留めでも入っていればいいなと思ったが、気を取り直す。期待外れと決めつけるには、まだ早い。

美佐は手の汗をジャージの腹で拭い、本命の二段目に手をかけた。

「嘘でしょ」

引いてみると、また手応えがなかった。こちらも空だ。端切《はぎ》れ一枚見当たらない。

だったら、三段目！

勢い込んで次に行く。いっそ、清々《すがすが》しいほど空っぽだった。

「あらあら、可哀想」

虚《むな》しい。なんのためにここまで来て、肉体労働に励んだのか。母親の口先ばかりの同情すら、身に染みる。

「どうりで、二人でどうにか運べたわけね。中身が詰まってたら無理だったわ」

関くんも、そう思っていたなら先に言っておいてほしかった。

「そっか。お祖母ちゃん、東京出身かぁ」

「そういえば、空襲で焼け出されて大変だったって聞いたことがあるね」

「だよねぇ、やっぱり焼けてるよねぇ」

華やかで愛らしかったに違いない、祖母の娘時代の着物。戦争さえなければと、恨まずにはいられない。

「まぁまぁ、まだ最後の一段があるから」

「いやもう、ないでしょ。どうせ空でしょ」

父親に慰められても、希望が持てない。最後の段も、把手に手を掛けただけで軽いと分かった。脱力感に襲われながら、投げやりに抽斗を引く。

「あ、あった」

思いがけぬ収穫に、目を見開いた。といっても、着物などを包む畳紙《たとうがみ》が一枚きり。仕舞われていた年月のぶんだけ古めかしく色を変え、抽斗の底に沈んでいる。

その厚みを見て、着物だと直感した。帯を包む畳紙なら、膨らみがもっと直線的だ。

「よかったじゃない」と、関くんが顔を寄せてくる。

「こんなところに除《よ》けて仕舞っとくなんて、よっぽど特別な着物か、いわくつきかのどちかよ」

願わくば、前者でありますように。手を握り合わせて祈ってから、美佐は畳紙の紐《ひも》を解《ほど》きはじめる。

紙縒《こよ》り状の紐は固結びになっていて、なかなか手強《てごわ》い。中身は友禅《ゆうぜん》か、総絞りか、はたまた泥大島《どろおおしま》か。もどかしさを抑えつつ、爪を使ってどうにか解く。

いよいよだ。緊張のあまり、喉の奥がゴキュッとおかしな音を立てた。

畳紙の、蓋《ふた》の部分をそっと持ち上げる。

内蓋の折り返しの隙間から、鮮やかな紫の地色が覗いた。

関くんが運転するトラックに揺られ、途中のサービスエリアで佐野《さの》ラーメンなどを食べる。

東京に帰り着いたときには、午後八時を過ぎていた。

ゴールデンウィーク前にもかかわらず、東京は三十度近い夏日だったそうだが、夜の風はまだ涼しい。格子縞《じま》の伊勢《いせ》木綿の着物が、さらりと肌に触れて心地よかった。

「ねぇミサミサ、それいける？」

「うん、なんとか。普段着だし」

帯の間に挟んであった予備の腰紐で、邪魔な袖《そで》を襷《たすき》掛《が》けにする。時代簞笥は関くんには売らず、美佐がもらい受けることにした。下ろしやすいよう荷台の一番手前に積んでいたそれを、アパートに運び込む。

思っていた以上の重労働だった。途中簞笥を足の上に落としそうになったり、角で外廊下の壁を削りそうになったり、ひやりとする場面を挟みつつ、どうにか部屋の前までたどり着いた。

外壁と同系色の土色の蛾《が》が、なにごとかと触角を震わせている。端が黒く変色した蛍光灯が、ジジジッと不穏な音を立てた。

「ふぅ、二階じゃなくってよかった」

簞笥を慎重に足元に下ろし、関くんが弱音を洩らす。美佐だけでなく細身の彼も、肉体労働向きではない。大学までラグビー部だったという夫がいれば、ずいぶん楽だったのだろうけど――。

あの人のことは、考えるまい。美佐は手持ちの東《あずま》袋から、自室の鍵を取り出した。小さな鈴がチリリと鳴る。防犯上問題があるという、ディスクシリンダー錠である。

「ちょっと待ってね。中に置く場所作るから」

「はぁい。相変わらず、古式ゆかしいアパートねぇ」

関くんの感心したような声を背中に聞きながら、木製のドアを開け、室内の明かりをつけた。間取りは六畳一間。着物が満載されたスチールラックが、所狭しと並んでいる。

築四十八年の『皐月荘《さつきそう》』。風呂なしでトイレは共用、お家賃破格の三万円。谷中《やなか》のこの物件を借りたときは、まさかここで寝起きする日が来るとは思わなかった。

元々は、商品を置いておくための倉庫代わりだった。明大前《めいだいまえ》の自宅マンションから離れた谷中にしたのは、いつかこのあたりで実店舗を開きたいという願望があったからだ。

下町の風情が残る、いわゆる「谷根千《やねせん》」エリアである。古民家を改装したレトロな店も多く、着物で歩くのが似合う町だ。細く入り組んだ路地裏は、野良猫が佇《たたず》んでいるだけで充分絵になる。ふとした拍子に、時空の歪《ひず》みに呑まれたような感覚に陥るところが好きだった。

美佐は壁に立てかけておいた発送用の段ボール箱を抱え、押し入れを開けてみる。分かってはいたが、中はすでにぱんぱんだ。しょうがないからいったんスチールラックの上に橋を渡すようにして置き、関くんを招き入れる。

「うわ。これ、箪笥入れたら寝る場所ある？」

「どうにか隙間にお布団を敷くわ」

「寝返りも打てないじゃない」

狭いのは今にはじまったことじゃない。毎晩床に必要最低限のスペースを作って、身を横たえている。寝ている間に大きな地震でも起きたらアウトだなと思う。それ以前にこのアパートは、現在の耐震基準を満たしてはいないだろう。

簞笥を部屋に運び入れるのに、またひと汗かいた。入り口が狭いのと、室内の動線がかぎられているせいで、切り返しが下手なドライバーのように行きつ戻りつしなければならなかった。

「ああ、疲れた」

所定の場所に簞笥を置くなり、美佐はその上に突っ伏した。まだ少し、埃と黴の入り混じったにおいがする。昼間でも薄暗い、蔵のにおいだ。ひやりと肌に触れる湿った空気が、子供のころは怖かった。

関くんは後ろで縛っていた髪を下ろし、中に風を通している。肩まである髪は艶やかで、美佐よりもいい香りがする。

「コーヒー飲んでく？　インスタントだけど」

申し訳程度に設けられたキッチンにはひと口コンロを置くスペースしかなく、流しも洗い物のときに水が飛び散るほど狭い。この部屋に移ってから、美佐は料理を一切しなくなった。なにより、冷蔵庫がなかった。

「遠慮しとくわ。車、長く停めとけないもの。こっちも戦利品の整理があるしね」

道化を演じすぎたせいか、関くんの口調にはまだ女言葉の名残がある。それを指摘すると、

「あらま、癖になっちゃった」とわざとらしく驚いたような顔をした。

「今日、ごめんね。なんか気を遣わせちゃって」

「いいのよぉ。同業のジジイどもを煙《けむ》に巻くときにも使ってる手だから」

オーバーアクションで手を上下に振って、関くんはからからと笑う。目元の皺《しわ》が、ひどく優しい。いったいどんな経験を重ねて、この技を会得するまでになったのだろう。自己防衛とも、開き直りとも取れる。本当の関くんは、物静かな人見知りだと思う。

「じゃあ、またね」とトラックに乗り込む関くんを見送ってから、美佐は自室に戻り、内鍵を締めた。チェーンはついておらず、女性の一人暮らしには本当に向いていない。それでも夫のいる３ＬＤＫのマンションよりは、よっぽど居心地がよかった。

べつに喧嘩《けんか》をしたわけでも、特別仲が悪いわけでもない。ただこの十年のうちに積もり積もった小さな不満が、体にのしかかってきて重いのだ。爆弾低気圧に覆われているかのように、頭を持ち上げるのすら辛《つら》い日々だった。

こんな昭和の残骸のようなぼろアパートでも、夫と離れている、ただそれだけで息がしやすい。「しばらくそっとしておいてほしいの」と告げてから、ここに避難してきた。「しばらく」がいつまでなのか、美佐にもよく分からない。

もう少しで、四ヶ月。このままじゃいけないと分かっている。近いうちに、なにかしらの結論を出さなければ。でも夫が美佐の言葉を額面通りに受け取ってなにも言ってこないのをいいことに、先延ばしにしている。

美佐は軽く息をつき、するすると帯を解く。リクライニングのきかないトラックでの移動だから、背中にボリュームが出ないよう、半幅帯を貝の口に結んでいた。帯の皺をよく伸ばし、着物用のハンガーに掛けておく。

徒歩一分のところに、深夜一時までやっている銭湯がある。でも今日は実家でシャワーを浴びてきたからよしとしよう。自室にいるときは、帯を締めずに寛《くつろ》いでいることが多い。

「さてと」

このまま座り込んでしまったら、目的もなくスマホなど弄《いじ》って時間を無駄にしてしまいそうだ。体は疲れているがその前にと、美佐は運び込んだばかりの箪笥の抽斗を開ける。

一枚だけ出てきた着物は、中に入れたまま運んできた。いつから仕舞い込まれていたのか知らないが、さぞかし息苦しかっただろう。早く陰干しをして、風を通してやりたかった。

畳紙を解き、中の着物を取り出す。長い間静かに眠っていたそれは、銘仙《めいせん》だった。紫の地に、黒く渦を巻く流水模様。そこに黄色と赤の楓《かえで》の葉を、大胆に散らしてある。汚れもスレもなく、かなり状態がいいところを見ると、あまり着られる機会はなかったのだろう。

銘仙はアンティーク着物といえばまずこれというほど、コレクターには人気の高い平織の絹織物だ。

大正から昭和初期にかけて都市部の若い女性を中心に大流行し、華やかな大柄、化学染料による鮮やかな染色、大胆な幾何学模様などが特徴だ。西洋絵画やアール・デコの様式を取り入れたデザインは今見ても斬新《ざんしん》で、女心に訴えかけてくる。

銘仙の産地は秩父《ちちぶ》、足利《あしかが》、桐生《きりゅう》、伊勢崎《いせさき》、八王子《はちおうじ》。

この着物には併用絣《がすり》という技法が用いられているから、おそらく伊勢崎銘仙だろう。タテ糸のみならずヨコ糸にも柄を捺染《なっせん》して織り出すので手間がかかり、銘仙の中では高級品である。

とはいえ、銘仙じたいは決して高価な着物ではない。絹ものではあるが、くず繭《まゆ》から作る絹紡糸《けんぼうし》を主に使用しており、中産階級の普段着、庶民のおしゃれ着という位置づけだった。二十年ほど前からアンティークとして見直されるようになったものの、それ以前は歯牙《しが》にもかけられず、布団カバーやハタキに再利用するしかなかった。

それだけに、分からない。どうしてこの着物だけが、蔵の奥に大事に仕舞い込まれていたのだろう。案外、忘れ去られていただけなのかもしれない。

美佐は着物を広げて衣桁《いこう》に掛け、ほうっと息をつく。

綺麗だ。今も秩父などで復刻銘仙が織られてはいるが、なにが違うのか、このうっとりと夢見るような色合いが出ない。地色の紫ひとつ取っても、こっくりと深いわりに軽薄そうで、すぐに手を伸ばさないとどこかに逃げていってしまいそう。若い娘そのもののような着物である。

衣桁に通した袖を、皺にならないようそっと伸ばす。見るからに小さい。アンティーク着物で身丈が一五〇センチを超えるものは稀《まれ》で、昔の人は本当に小柄だったのだと思い知らされる。

測ってみると、この楓文《もん》の着物は、身丈一四四センチ。美佐が着たらつんつるてんになってしまう。ということはつまり、祖母の着物ではないのだ。

いったい、誰のものだったんだろう。

念のため「お祖父《じい》ちゃんには、姉妹っていた？」と父親に聞いてみたが、兄しかいなかったそうだ。その兄も戦争で亡くし、祖父が家を継いだという。

よっぽど特別な着物か、いわくつきか。

もしかしたら本当に、いわくつきなのかもしれない。

アンティークの着物には、たまにあるのだ。晴れ着の裾《すそ》に入ったふき綿から針が大量に出てきたり、布地が弱っているとはいえ、衣桁に掛けていただけで胸のところが横に大きく裂けてしまったり、といったことが。

「きっと辛かったんだね。ミサミサに見つけてもらえたから、もう大丈夫だよ」

古物商の先輩である関くんがそう言うのを信じて、あまり気にしないようにはしているのだが。

「あなたは、どこから来たの？」

尋ねても、着物は答えない。ただ夢見心地の態《てい》で、部屋を彩っているだけだった。

翌朝目が覚めてみると、やはり肩から腕にかけてがひどく痛んだ。首を回しても肩を回しても、「あだだだだ」と声が出る。近所の喫茶店でモーニングを食べながら新聞を読むのが、この町に移ってからの新たな日課だ。帰りに昼食にするつもりのパンと、湿布を買った。

勤め人ではないから、時間に追われることはない。それでもネットで注文のあった品物は、できるかぎり早く梱包《こんぽう》して発送する。

肩から湿布のにおいを発しながら、美佐はお礼の言葉をしたためたカードに手書きの署名を入れてゆく。本当はすべて手書きにしたいところだが、注文件数が増えると追いつかなくなるので、割り切った。その代わり商品にするには中途半端な羽織紐などを、おまけに添えることにしている。

お蔭様で三年前に開設した「アンティーク・リサイクル着物　蔦《つた》や」は着物好きの間でじわじわと認知され、売り上げを伸ばしつつある。着用に適さないほど傷んだ着物はポーチや髪飾りなどにリメイクしており、そちらもよく売れている。気ままな暮らしとはいえ、やるべきことはそれなりにある。

宅配業者に集荷を頼み、梱包した荷物を託してから、美佐はあらためて衣桁に掛けたままの着物と向き合った。流水に、楓文。楓の色合いは化学染料らしいネオンカラーだ。

この着物を引き立てるには、どんな帯がいいだろう。半衿《はんえり》は、帯揚げは、帯締めは――。

こうやって、コーディネイトを考えているときが一番幸せかもしれない。美佐はさっそく帯を積み上げてあるスチールラックから、めぼしいものを数本抜き出す。

黒繻子《くろじゅす》に、文箱《ふばこ》の刺繍が入ったもの。葡萄柄《ぶどうがら》のモスリン帯。笹《ささ》の葉模様の総絞り。着物の地色が最も映えるのは、やはり黒繻子だろうか。

半衿、帯揚げ、帯締めも選び、着物用のトルソーに着せつけてゆく。洋服のトルソーとは違って体のラインが出ないよう、寸胴《ずんどう》に作られている。平置きで写真を撮るよりも、帯や小物と組み合わせて立体的に見せたほうが、イメージしやすいのか売れ行きがいい。

この着物を売るかどうかはまだ決めていないが、これはもはや趣味に近い。写真に撮るとコーディネイトを客観的に見ることができ、「やっぱり可愛い」と身悶《みもだ》えた。さらに角度を変えて撮っていると、外から玄関のドアが叩かれる。

「ミサミサ、いるー？」

関くんだ。このアパートには、インターフォンなどという上等なものはついていない。

「はぁい」と返事をして出迎える。昨日は動きやすいよう長袖Tシャツにジャージ素材のパンツだったが、関くんは本来モード系だ。今日も裾の長さがアシンメトリーなシャツを着ている。

「ああ、いた。よかった。てか、すっごい爺さんくさいよアンタ」

「爺さん？　婆さんじゃなく？」

「僕、祖父ちゃんっ子だったから。湿布のにおいといえば、爺さん」

「失礼な」

軽口を叩きながら、関くんは手にしていた紙袋を目の高さに持ち上げた。

「うちで引き取った段ボールの中にさ、古布の束があったから持ってきた」

「やだ、わざわざありがとう」

たとえ小さな端布《はぎれ》でも、パッチワークにすれば小物が作れる。礼を言って中を覗けば、短冊状の古布が束になって紐で縛られていた。こういったものを捨てずに取っておくのは、いかにも昔の人らしい。

「まぁ上がってよ。パン食べる？」

「食べる」

足の踏み場を作って、関くんを通す。テーブルも、必要なときにだけ広げられる折り畳み式だ。コーヒーでも淹《い》れようと、やかんを火にかける。

「懐かしいよね、そういう湯沸かし器」

テーブルの前に座りもせず、時代箪笥の肌を撫でていた関くんが、ふいにこちらを振り返る。流しには、年代物の瞬間湯沸かし器がついている。

「だよね。点火ボタンを押したら『ボッ！』て火がつくの、すっかり忘れちゃってた」

明大前のマンションはオール電化だし、独身時代に住んでいた部屋も水栓レバーの操作ひとつで水からお湯に切り替わった。でも美佐が子供だったころはまだ、こういった後付けの湯沸かし器があたりまえだったのだ。

洗面所の蛇口からはお湯が出なくて、寒い朝は台所の湯沸かし器の湯を洗面器に汲《く》んだ。かつての生活につきまとっていたちょっとした不便をすっかり忘れていたことに、自分でも意外なほど驚いた。

「忘れるよ、人間なんて薄情なんだから。そりゃあこんないい箪笥も、蔵の奥深くに仕舞い込まれるわけよ」

関くんは時代箪笥に未練があるのか、装飾金具を指で撫で、抽斗を開け閉めしている。

「まだちょっと黴くさいね。抜き出しとこうよ」

そう言って一番上の抽斗二つを抜き、箪笥の天面に置いた。できればすべての段を抜き出したいところだが、置く場所がない。

「あれ。これ、二重底になってない？」

「えっ！」

抽斗を裏返していた関くんが、それに気づいた。インスタントコーヒーの瓶の蓋を開けようとしていた美佐は、ひとまず置いて隣に並ぶ。

「やっぱり。ここが開くよ」

抽斗の底面に、指が引っかけられるような窪《くぼ》みがあった。手前に引くと、底板がするするとスライドする。こんなところに、隠し扉があったとは。

「すごい。この抽斗だけ？」

上段のもう一方の抽斗には、仕掛けがなかった。他の抽斗も底の窪みを手探りで探してみたが、見つからない。

「そんなどこもかしこも二重底にしないよ。強度の問題もあるだろうし」

それもそうだ。この手の隠し底はたいてい、通帳や印鑑、貴金属といった貴重品を仕舞うために作られている。

「なにが入ってるの。古い株券とか？」

「だいたい、ただの紙切れと化してるやつね」

美佐は首を伸ばし、関くんの手元を覗き込む。隠し底に収められていたのは、大学ノートだ。

「ああ、金目のものじゃなかったか」

そんな気はしていたが、がっくりと肩を落とす。関くんが取り出したノートは三冊。どれもB5サイズの同じメーカーだ。

「ツバメノートだ。懐かしい」

表紙のクラシックなデザインが好きで、美佐も学生時代はこればかり使っていた。表紙には、それぞれⅠⅡⅢとローマ数字が書き込まれている。

「なにこれ。日記？　手記？　小説？」

「うわ、字がびっしり。お祖母ちゃんの字かも」

ノートを手に取り、ぱらぱらと中を覗いてみる。横罫《けい》のノートを縦にして、鉛筆書きの文字が並んでいる。川端家では祝儀袋や香典袋の表書きは、いつも祖母に頼んでいた。読みやすい、整った字を書く人だった。

「そんなに古いものじゃなさそう」

「そうだね、紙が白い。もしかしたら、私が中学のときにあげたやつかも」

古い記憶を呼び覚ます。部屋でマンガを読んでいたら、祖母が余っているノートがあったら分けてほしいと言ってきたことがあった。千円のお小遣いと引き替えに。

あのときのノートだとすれば、二十五年前だ。その四年後に、祖母は他界している。

「そのころにはこの箪笥、もう蔵の奥深くにあったんじゃないの？」

「うん。わざわざガラクタの山を乗り越えて、段ボールどかして、ここに入れたのかな」

「だったら、赤の他人の僕が読んでいいものじゃないかもね」

関くんがページを繰《く》っていた手を止めて、ノートを閉じる。人の目に触れさせたくはない文章。美佐も十四、五歳のころは、ノートにポエムを綴《つづ》っていた。あれは、どう処分したんだっけ。上京前に捨てたのだったか。

「お祖母ちゃんの、黒歴史かな」

ふふっと笑い、「Ⅲ」と書かれたノートに手を伸ばす。こちらもやはり、文字がびっしりだ。ぱらぱらとめくっていたら、ページの間からなにかが滑り落ちた。

「おっと！」

身を屈《かが》めて拾い上げる。

写真だった。こちらはかなり古く、モノクロを通り越してセピア色になっている。角が取れ、折り畳んだ痕《あと》までついていた。

「あら、ものすごい美人」

関くんが顔を寄せてくる。

写真に写っていたのは若い女性、いや、まだ少女と呼んでもいい年齢だった。長い髪をお下げにして胸元に垂らしているあたり、女学生なのかもしれない。

ハレーション気味で紗《しゃ》がかかってはいるが、思わず見入ってしまうほどの美少女である。

軽く左に傾けた顔は小さく、鼻の稜線《りょうせん》はなだらかだ。夢見るような瞳にはかすかに憂《うれ》いの色が混じり、口元はほんのりと微笑んでいる。

その左肩が不自然に切れているのは、元々一枚だった写真を半分に切ったからだろう。少女はこんもりと盛り上がって咲く、小手毬《こでまり》の花を背にして立っている。

「このかたがお祖母様？」

「まさか。こんなに華奢じゃなかった」

小柄で撫で肩。ふっと息を吹きかけただけでも、よろめきそうな印象だ。その儚《はかな》げな体を、見覚えのある着物が包んでいる。

「あれ、この着物」

関くんも気づいたようだ。着つけをしたばかりの、着物用トルソーに目を向ける。

流水に楓模様。写真では色までは分からない。だが、同じ着物なのは明らかだった。

少女は絞りの半衿をたっぷりと出し、黒繻子の帯を締めている。奇しくも美佐のコーディネイトと似た組み合わせになっていた。

「この子の着物だったんだね」

でも、少女の正体は分からない。漠然とした懐かしさはあるのだが、知らない人だ。

古写真にも詳しい関くんが、首を捻《ひね》る。

「お下げやおかっぱが女学生の髪型として定着するのって、昭和に入ってからだから――お祖母様のお友達か、親戚あたりかな」

「どちらにしても、その人の着物がうちにあったのはおかしいね」

「もらい受けたんじゃない、お祖母様が」

「サイズも合わないのに？」

「自分が着るためじゃなくて、ほら、形見分けとか」

それならあり得る。だったらこの美しい少女は、早世してしまったのか。祖母はその死を悼《いた》んで、彼女の写真と着物を大事に保管していたのかもしれない。

「でも、なんかちぐはぐだよね。楓文って、秋の意匠でしょ」

関くんの問いに、美佐は「そうだね」と頷《うなず》き返す。流水に楓の意匠は紅葉《もみじ》の名所にちなんで、龍田川《たつたがわ》文とも呼ばれる。もちろん秋の柄である。

　この着物の場合は裏地のない単衣《ひとえ》仕立てだから、九月ごろに着るものだ。近年の東京は秋といっても暑いので、美佐はその日の気温に合わせて十月半ばくらいまで単衣を着ていたりもする。

「じゃあやっぱり変じゃない。後ろの小手毬、満開だよ」

関くんが少女の背後を指し示す。小手毬は春の花。四月の、ちょうど今ごろに咲く花だ。

「あっ、本当だ！」

つまり少女は、春の真っ盛りに秋の着物を着ているのだ。四季の変化に疎《うと》くなった現代人でも、ここまで季節外れな真似はしない。

なにか、意味があるんだろうか。

胸に浮かんだ疑問をかき消すように、火にかけたまま忘れていたやかんが、ピーッと耳障りな音を立てた。

関くんが帰ってから、美佐は持って来てもらった古布の使い道を考えた。

着物を反物から仕立てたときに出る端布や、古い襦袢《じゅばん》や浴衣を解いて切ったもの。男の子の晴れ着だったらしい鷹の刺繡が入った布は、父が七五三で着たのかもしれない。

この布とあの布を合わせてがま口バッグにしようとか、パッチワークでテディベアを作ってみようかとか、あれこれ考えているとあっという間に夕方になった。美佐はまだ日の残るうちから銭湯に行き、近所の中華屋で温まった体にビールを流し込む。

パリッと焼けた羽根つき餃子《ギョーザ》の、口の中に溢《あふ》れる肉汁に目を細める。近ごろはなにを食べても美味しく感じ、ひと皿で我慢するつもりが、気づけばふた皿目をつまんでいた。

「ああ、いけない。食べすぎた」

口の中で独り言を呟《つぶや》きながら、ふわふわと帰路につく。元々アルコールに弱い体質ではなかったが、ここ数年ほとんど飲まずにいたせいで、酔いが回るのが早くなった。ジョッキ一杯でいい気分になれるのは、コスパがいい。節約にはもってこいだ。

凹凸のある阿波《あわ》しじらの着物がほどよく風を通して涼しい。美佐は暑がりなので、長襦袢もすでに夏物の麻にしている。着物の衣替えのルールからは外れているが、夏日や真夏日に我慢をして裏地のついた袷《あわせ》を着る必要はないと思っている。

「でもやっぱり、今の季節に龍田川はおかしいよね」

アパートの部屋に戻ってきたのをいいことに、独り言を解放する。楓文の着物を着せられたトルソーは、出かける前と同じくじっと沈黙している。

「青楓ならまだ分かるけど、紅葉しちゃってるもんね、キミ」

一人で寝起きしていると、あらゆるものを擬人化して話しかけてしまう。特にアンティークの着物は美佐よりずっと歳上で、多くの人の手を介してきたぶん、生命のかけらのようなものを宿しかけているのではないかと感じる。

その着物を着たトルソーが、時代箪笥のほうを向いている。箪笥の上には三冊のノートと、少女の写真。美佐はなんとなく、Ⅰと書かれたノートを手に取った。

一ページ目を開き、ほろ酔いのとろりとした目で文字を斜め読みしてゆく。ほどなくして、『咲子《さきこ》』という名前を見つけた。

亡き祖母の名前は、川端咲子。やっぱり彼女の手記らしい。

そのすぐ後には、『龍子《たつこ》姉さま』という記述が。

「龍子――」

小さく呟いてから、美佐は写真の少女に目を遣った。

「もしかして、だから龍田川文？」

この少女が、「龍子姉さま」なのだろうか。祖母に姉妹がいたかどうかは知らないし、そのわりに似ていない。でも思わせぶりにノートに挟まっていたのだから、中身を読めば少女の正体も分かるのだろう。

蔵の奥に隠していたものを暴き立てられるのは、祖母の本意ではないかもしれない。だが美佐はもう、読む態勢に入っていた。常温のまま放置しているペットボトルの水をマグカップに注ぎ、時代箪笥に背を預けて座る。

それから『あの幻灯のように美しい日々のはかなさと、愛《いと》おしさ。そしてじくじくと膿《う》むわたくしの、悔恨の棘《とげ》をここに記します』ではじまる物語の中に、するりと飛び込んでいった。

二　咲子

あの幻灯のように美しい日々のはかなさと、愛おしさ。そしてじくじくと膿むわたくしの、悔恨の棘をここに記します。

あれから幾星霜を経たことか。頭に雪を戴《いただ》き、鬼縮緬《おにちりめん》のごとく肌が波打ってもなお、あのかたと相見《あいまみ》えたときの情景は、淡く床しく、瞼の裏に浮かべることができるのです。

忘れもしないあのかたは、藤棚の下の広縁に、背もたれの高い籐椅子《とういす》を出して、ちんまりと座っておいででした。

わたくしはその時分から骨の太い鄙《ひな》びた娘でございましたから、たおやかな肢体を赤い友禅の振袖に包ませたそのお嬢様は、ずいぶん幼げに見えたものです。

薄暗い室内にかしこまるわたくしは、逆光に輪郭をぼかされたあのかたの、神々しいほどの美しさに、言葉をなくしておりました。

不思議なことに、そののち幾年もあのかたとは、間近に語らいもしたものですが、そのかんばせはいつも薄靄《うすもや》を透かして見るように、ぼんやりとうちけぶっているのでした。

さてわたくしは粗末な着物で家来のように座しておりましたが、相手が自然と頭《こうべ》を垂れたくなるかたですから、己を顧みて恥ずかしいとも感ぜずに、ただ内なる喜びを噛みしめておりました。

この麗しいお嬢様に誠心誠意尽くすことができるのならば、辛いことはなにもない。継母からは、子守り女中に遣るのだと聞かされておりましたから、幼い女主人の素晴らしさに、ひたすら感動していたのです。

「面《おもて》を上げてちょうだい」

赤瑪瑙《あかめのう》を思わせる唇から紡ぎ出される声もまた、鈴のような涼やかさ。わたくしは顔を上げ、晴れがましさにほてる頬を、真っ直ぐにそちらへ向けました。

「咲子さんといったわね。歳はおいくつ？」

「九つ――。秋にはちょうど十《とお》になります」

「あら。ならわたし、あなたを咲ちゃんと呼ぶわ」

お小さいかたがこましゃくれた口をきく。わたくしは面食らって、しぱしぱと目を瞬きました。

「わたし、春に十になったのよ。だから咲ちゃんはわたしを『龍子姉さま』と呼ばなくてはいけないわ」

これには畏《おそ》れ入りました。手も足も人形のようにちんまりとしていながら、彼女はわたくしより生まれが早かったのです。

「『姉さま』でよろしいのですか？」

「そうよ。だって今日からわたしたち、姉と妹になるのでしょう」

そのときはじめてわたくしは、己の立場を誤解していたことを知りました。継母はたしかに、父を亡くしたわたくしを、子守り女中に遣るつもりで伝手《つて》を探していたようです。当時も小学校の六年間は義務教育でしたが、貧しい家ではそうも言っていられません。七つ下に弟がおりまして、これは継母と血が繋がっておりましたから、わたくしが家を出されるのはしかたのないこと。覚悟を決めて、お勤めする気でいたのです。

ですがその話を伝え聞いた遠縁の川端家の奥さまが、なさぬ仲とはいえ小学校も終えていない子になんたる仕打ちと憤慨してくださり、元来病弱で二人目を望めぬこともあって、わたくしを引き取ってくださったのでした。

「ちょうどよかったわ。わたし、妹がほしくてたまらなかったのよ」

そんな龍子姉さまの無邪気な願いも、ご両親の胸に響いていたのかもしれません。かくしてわたくしは女中ではなく養女として、麻布《あざぶ》の川端の家に迎えられたのでありました。

「そんな暗いところにいてはお顔が見えないわ。今お茶を運ばせるから、こちらにいらっしゃいな」

龍子姉さまはそうおっしゃり、傍らの空いた椅子を勧めます。ですが使用人であると思えば感ずることのなかった羞恥心《しゅうちしん》が、叢雲《むらくも》のごとく胸に湧き上がってきて困りました。お似合いの内裏雛《だいりびな》でもあるまいに、どうして田舎娘のわたくしが、この美しい人と肩を並べることなどできましょう。

うつむいてモジモジしておりますと、ふと鼻先に藤の香りが流れてまいりました。気づけば艶々としたおかっぱ頭が、すぐ目の前に迫っていたのです。

「あっ！」と言う間もなく龍子姉さまは、わたくしの手を引いて、明るいところへ連れ出しておしまいになりました。

「座って、咲ちゃん。わたし、ばあやにコロンバンの焼き菓子をお願いしておいたのよ。いい子にしないと、食べさせてあげないんだから」

そんな意地悪を言って笑う姉さまの、お声の朗らかなこと。掌中の珠《たま》といつくしまれた少女の眩《まぶ》しさに、わたくしの瞳からは熱い雫《しずく》がこぼれました。

「嘘よ、うそうそ」

驚いたのは姉さまです。コロンバンは宮内省御用達《ごようたし》の洋菓子店ですから、わたくしが本気で悲しんでいるのだと勘違いをしたのでしょう。ちいさな手を、濡れた頬に添えてくださいました。

「ちゃあんと咲ちゃんのぶんもあるのよ。だからね、泣きやんでちょうだい」

涙を拭う細い指、背伸びをしたつま先のいじらしさ。なにもかもが尊くて、人に愛されるためだけに生まれてきたようなかたでした。

このかたは歳の上では姉さまだけど、やはりわたくしが守って差し上げねば。

つたない忠義心に胸を熱く震わせた、そのときです。わたくしと姉さまの目の前を、尻のずんぐりと膨れた蜂《はち》が、恐ろしげな羽音を立てて横切りました。

「いやだ、クマンバチ！」

よく見れば一匹や二匹ではありません。そういえば藤はクマバチの好む花でした。大きな蜂がブンブンと飛び交う中に、龍子姉さまはおっとりと座しておられたのです。

わたくしはとっさに袂《たもと》を振って、蜂どもを追っ払おうといたしました。

「ダメよ」と、姉さまがその手を押し留めます。

「なにもしなけりゃ刺さないわ。ちょっかいを出すから怪我《けが》をするの」

子供らしくはしゃいでいたのとは打って変わった落ち着いた声で、わたくしの耳元にそう囁《ささや》かれました。こちらを見上げる双眸《そうぼう》が、ハッとするほど大人びていたのを覚えております。

「獰猛《どうもう》なスズメバチでさえ、縄張りを侵さなければ刺さないんですってよ」

クマバチは集めた花粉を足でこねつつ、わたくしたちには見向きもせずに、花から花へと飛び回っておりました。藤はその構造上、クマバチの強い顎《あご》にこじられねば花弁が開かず、受粉もままならない。だから蜂も大切なお客様よと言って、姉さまはにっこりと微笑まれました。

昭和十一年――。二月二十六日の雪降る朝に、行き過ぎた青年将校たちの凶弾が帝都を鳴動せしめた年の、初夏のこと。

不穏な羽音が迫りつつあるとは思いもよらぬ、うららかな昼下がりでございました。

川端家は麻布区の、鳥居坂上《とりいざかうえ》にお屋敷を構えておりました。

龍子姉さまの亡きお祖父さまは、陸軍軍医総監まで務められた、ご立派なかた。お父さまもまた医師でいらして、民間の医療に携わりたいと、産婦人科の医院を開業しておいででした。

お屋敷の表側は、天然スレート葺《ぶ》きの英国風の洋館で、こちらが医院となっております。わたくしが養女として迎え入れられた当時は、お父さまのほかに通いの先生が二人、看護婦さんが六人の、わりに大きな医院でした。

裏へ回りますと、四季折々の草花に彩られた中庭と、池を挟み、平屋の日本家屋がございます。そちらが内向き、すなわち一家の寝起きするところでありました。

家族構成はお父さま、お母さま、一粒種の龍子姉さま。それからわたくし。

あとは台所女中が二人と、奥向きの女中が一人。そして忘れてならないのがばあや。

ばあやは元はお母さまの「ねえや」でしたが、ご実家から離れずにつき従ってこられ、姉さまがお生まれになったのを機に「ばあや」と呼ばれるようになったのです。

洋館のほうには書生部屋がありまして、表向きの接客や御用聞きなどの雑用は、彼らに任せておりました。

お父さまは小柄ながら身の引き締まったかたで、テーラードの三つ揃いに中折れ帽を被り、A型フォードに乗って往診に行かれます。その颯爽《さっそう》としたお姿は、映画俳優さながらでした。

これからの時代は女にこそ教養が必要だという革新派でしたから、養女であるわたくしにも、目の高さを合わせてお話をしてくださいました。姉さまにはいささか甘すぎるところもございましたが、あのかたの可憐さを思えば、致し方のないことでしょう。

お母さまは生まれつきお体が弱く、床を離れられぬ日も多うございました。ですが思うように動けぬ苛立《いらだ》ちを誰にぶつけるでもなく、記憶にあるのはお優しい面影ばかりです。人をないがしろにすることは決して許さず、女中に対する言葉遣いひとつ挙げても「ゆき、それを取って」などと言おうものなら「やり直し」と叱られて、「ゆきさん、それを取ってちょうだい」と言い直さなければなりませんでした。

お母さまが臥《ふ》せっておられても、ばあやの重《しげ》さんが常に目を光らせております。ばあやには箸《はし》の上げ下げから襖《ふすま》の開け閉《た》てまで、口うるさく躾《しつ》けられたものでした。

つまりわたくしが引き取られたのは、裕福でありながらも、礼節と思いやりに満ちた家庭だったのです。

なんという幸運でしょう。それまでは八畳と六畳の二間に女中部屋があるだけの、借家住まい。しかもわたくしには日の当たらぬ、女中部屋があてがわれておりました。

それが川端家では龍子姉さまのお隣の八畳間を独占させてもらい、たとえぼんやり座していても、三度の食事とお八つにまでありつける。そら恐ろしいほどの境遇の変化でございました。

とはいえわたくしは父を亡くしたばかりの子です。明るいうちは晴れやかに振舞っていても、広いお屋敷がしんと寝静まる夜は心細く、亡き父、産みの母を思ってはさめざめと夜具を濡らす日々でした。

わたくしは八王子の出身です。実の父は製糸所で、経理の仕事をしておりました。お金があり余っているとは言えませんが、家族と女中一人を置いて暮らすぶんには不自由のない、中流程度の家庭です。産みの母さえ存命であれば、わたくしとて苦労を知らぬ子であったことでしょう。

母は癇性《かんしょう》なところもありましたが、裁縫の得意な人で、家族のものをこまめに縫ってくれました。わたくしは爽《さわ》やかな水色の綿ちぢみを、サマードレスに仕立て直した服がお気に入りで、冬でもそれを着たがって大人たちを困らせたものでした。

特別美しいとか優しいとかではございませんでしたが、母の豊かな胸乳《むなち》に抱かれた心地よさは、いつまでも恋しいものでございます。

わたくしが六つになるかならぬかのころでしょうか。母が頭が痛いの、体がだるいのと、不調を訴えるようになったのは。

やがて就寝中に痙攣《けいれん》を起こし、病院に担ぎ込まれたときにはもう手遅れでした。脳に悪性の腫瘍《しゅよう》ができていたそうです。そのころにはわたくしが大好きだったサマードレスはもう、体が大きくなりすぎて、着られなくなっておりました。

思いもよらぬ別れにただ呆然と亡骸《なきがら》を見送り、四十九日を過ぎても母恋しと泣く幼子に、父はこう言いました。

「かわいそうに、元気をお出し。ほら、新しいお母さんだよ」

ああ、なんということでしょう。父の隣でうっそりと微笑んでいたのはわたくしもよく知る、女中の「みね」でした。しかもすでにお腹には、弟の命を宿していたのです。

　そのような裏切りを、潔癖な少女が許せるはずもありません。わたくしは継母に懐かず、父にも意地を張り通しました。そうこうするうちに心の溝はどんどん開き、その空いたところに生まれたばかりの弟がすっぽりと入り込んでしまったのです。

　ものごとはすべて弟を中心に回り、継母は同じ轍《てつ》を踏むまいとしてか、女中を置きたがらなかったので、小学校に上がったばかりのわたくしが、炊事洗濯、掃除に子守りと、めまぐるしく立ち働かねばなりませんでした。

　父はそんな我が子を憐れんで、この手にキャラメルをひと粒握らせてくれることもありました。ですが大っぴらに庇《かば》ってくれることはなく、継母に遠慮して静観するのみ。女中に手をつけ後添いとしたと責められて、里の親兄弟からは絶縁を申し渡されておりましたから、心が弱くなっていたせいもありましょう。

　それでもわたくしはいつか父が、この境遇から助け出してくれるに違いないと信じておりました。元来はチャップリンの物真似をして笑わせてくれるような、陽気な人です。その調子を取り戻しさえすれば、きっと。

　ですがその期待も虚しく父は、急な病に倒れて息を引き取りました。どうやら心臓の発作だったようです。胸をかきむしった形のまま固まっていた手は、二度とわたくしに差し伸べられることはないのでした。

あれは川端の家に引き取られて、四日目か五日目の夜だったでしょうか。わたくしが夜具の中で忍び泣きに泣いていると、すっと襖が開いて、龍子姉さまが入って来られました。扇をかたどった欄間《らんま》越しに、すすり泣く声が聞こえたのでしょう。眠りを妨げられても迷惑そうな素振りは見せず、「眠れないの。一緒に休んでもいいかしら」と、甘えたように首を傾げるのです。

わたくしがぐずぐずと浴衣の袖で涙を拭っていると、返事も聞かずに姉さまは、するりと夜具の中にすべり込んでいらっしゃいました。

さっきまでほの暗い塊としか見えなかった姉さまのお顔が、近くに迫っておりました。闇の中にぼんやりと整った目鼻立ちが浮かび上がり、湿った息が頬にかかる。わたくしはたちまち悲しみの涙も忘れ、ドギマギと高鳴る胸を押さえます。

「咲ちゃんは、あったかいのね」

そうおっしゃって姉さまは、冷たいつま先をちょこんとくっつけてきました。あのかたの足は真夏でも変わらず冷たくって、よく脚の間に挟んで温めて差し上げたものです。

「ねぇ、次のお休みはばあやに頼んで、銀座《ぎんざ》に連れてってもらわない？　鳩居堂《きゅうきょどう》でお揃いのレターセットを買いましょうよ」

小さな手がわたくしの髪を撫でる。その柔らかな感触にゆるりと緊張の糸が解け、目の縁に再び涙が盛り上がってまいりました。

龍子姉さまはわたくしの頭を撫でてくださりながら、枕元の小さな行李《こうり》をじっと眺めておられたようです。生家から持ってきた身の回りの品は、ただそれだけ。広げず風呂敷に包んだまま、置いてありました。

「ねぇ、お話ししてちょうだい」

吐き出す息にそっと載せただけの囁きが、わたくしの耳朶を湿らせます。

「これまでで一番楽しかったことを、姉さまに聞かしてごらんなさい」

「いちばん――」

鼻をすすりながら考えました。目をつぶると、ゆく道を照らす行灯《あんどん》のともしびが、ぽつぽつと瞼の裏に浮かび上がります。

「オボスノサマのお祭り」と、呟いておりました。

生家の近くにあった神社の、正式な名前はもう覚えておりません。ですが土地の者はみな、「オボスノサマ」と呼んで親しんでおりました。娯楽の少ない田舎ゆえ、毎年四月に執り行われるお祭りは、遠方からお弁当を持って見物に来る人もいるほど賑《にぎ》やかだったのです。祭りには横浜《よこはま》から役者を呼んで、歌舞伎の芝居がかかります。手作りの舞台には粗末ながら花道もあり、「ハテ珍しき対面じゃなァ」などとやるわけです。

それが拝殿の向かって右手。左手にはおでんにおべった焼き、綿あめ、棒あめ、せんべいなどの屋台がずらりと並んでおりました。わがままを言って着せてもらったサマードレスにカーディガンを羽織らされたわたくしは、どれにしようかと、真剣に頭を悩ませているのです。

「咲ちゃん」と、人の肩の向こうから呼びかける声。

「ほら、手を繋いでいないと今にはぐれますよ」

祭りの華やかさに浮かされて、産みの母が機嫌よく笑っております。その隣には、亡き父が。

わたくしは人ごみをかき分けて両手を伸ばし、しっかと父母の手をつかまえました。

周りを桑畑に囲まれた神社のお祭りは、まるで海の底に沈む竜宮の宴《うたげ》のよう。お囃子と笑い声がまだ耳の中に響いているような気がするのに、ハッと気づけば浮世にわたくしのみが取り残されて――。

お話をしているうちにわたくしは、ついに声を放って泣きだしてしまいました。懐かしい父母の面影が散り散りになり、胸に深く食い込みます。

姉さまはそんなわたくしの背に腕を回し、キュッと抱きしめてくださいました。

「いいのよ。楽しい思い出で泣くのはいいの。ずっと美しいわ」

人というのは悲しいこと、苦しいこと、憎たらしいことを、より深く心に刻みつけてしまう傾向にあるようです。けれども姉さまのおかげで楽しい日もたしかにあったと、思い出すことができました。

やがて姉さまはエルガーの「愛の挨拶」のメロディーを、子守唄のように口ずさみはじめました。耳に心地のよい声が、眠気に負けてしだいに蕩《とろ》めいてゆく。それにつられてわたくしも、夢の世界に吸い込まれてしまいそうです。

夢うつつのまま姉さまは、最後にこうおっしゃいました。

「やっぱり銀座ではなく、浅草《あさくさ》にしましょう。あすこは毎日お祭りのようだから」

翌朝目が覚めてみるともう、隣に龍子姉さまの姿はございませんでした。

お庭に遊びにきたヒヨドリの囀りにせかされて、わたくしはむくりと上体を起こします。

久方ぶりの、憂いのない朝でした。

わたくしは龍子姉さまと共に、お屋敷からほど近い鳥居坂下にある、ミッションスクールの小学科に通うことになりました。

はじめて袖を通すセーラー衿の制服に、スパニッシュ・アーチ窓を備えた瀟洒《しょうしゃ》な学び舎《や》。朝の挨拶は「ごきげんよう」で、周辺には三条《さんじょう》家、李《り》王家、久邇宮《くにのみや》家といった大邸宅が建ち並ぶ。田舎娘のわたくしには毎日雲の上を歩いているようで、戸惑うことばかりでございました。

けれども一番面食らったのは、校内に陛下の御真影と教育勅語を安置する奉安殿《ほうあんでん》がなかったことです。それらは式典のときはもちろん、前を横切るだけでも最敬礼をしなければならない、神聖なもののはず。なのに新しい学校では御真影を拝ませないばかりか、授業の前に毎朝二十分間のキリスト教の礼拝があったのです。

わたくしは子供心にも、天皇陛下以外の神を崇拝してよいのだろうかと不安を覚えましたが、壇上に立つ宣教師の先生がたの瞳に強い意志のようなものを感じ、口に出すことはできませんでした。

そのころの校長先生は、カナダ人のミス・ハート。ほかにも外国人の先生が大勢いらして、早くも小学科から英語の授業があるのには、ほとほと困らされました。

なにせ級友のみなさんは、入学したころから英語が身近にあったのです。五年生で英語の授業がはじまっても、するりと馴染んでゆきました。ですがわたくしは教科書を見てもチンプンカンプン。そこで補習を受けることとなり、きまりが悪いやら情けないやら。また龍子姉さまが級で一番英語がおできになるものだから、よけいに肩身の狭い思いをいたしました。

そのうちおっとりとしたご気性の姉さまも、英語の授業のたびにわたくしが浮かぬ顔をしていることに気づかれたのでしょう。「個人レッスンをしましょう」と、日々の生活にまつわる短い英文を、五十も六十もノートに書きつけてくださったのです。

たとえば朝は「I get up at once」と言いながら床を上げ、「I brush my teeth」と呟きながら歯を磨く。慣れてくるとその基本文を過去形、未来形、進行形、完了形と時制を変えてごらんなさいと命ぜられ、さらには否定文、疑問文、否定疑問文と、自在に変化させることを求められました。

それは勉強というよりゲームのようで、若く柔軟な脳はどんどん英語を吸収してゆき、半年も経たずにわたくしは、授業についていけるようになりました。

この勉強法は、昔の寄宿舎のお姉さまたちが実践していらしたそうです。すでに廃《すた》れた習慣でしたが、龍子姉さまはミス・ハートからこういうこともあったというお話を聞きかじり、わたくしに応用なさったのでした。

ミス・ハートは引き締まった頬に厳格さを、ハシバミ色の瞳に深い慈愛をたたえ、凛《りん》と背筋を伸ばしておられる、美しいかたでした。長きにわたり校長先生を務められただけあって、その威厳は遠目にも凄《すさ》まじく、ただでさえ外国人に慣れていないわたくしは、棒を呑んだように体が固まってしまったものです。

他の宣教師の先生がたには親しく口をきく級友たちでさえ、はにかんでお辞儀をするのが精一杯。それなのに屈託のない龍子姉さまは、図書室でも廊下でもミス・ハートをお見かけすると、嬉《うれ》しげに駆け寄ってゆくのです。

ミス・ハートのほうでもやはりカナダの人ですから、モジモジと引っ込み思案な女子をよしとはいたしません。優秀で見目麗しい姉さまのことは、特に目をかけておられたようです。姉さまがなにかに夢中で先生がおられるのに気づかないときは、「ミス・タッコ」とあちらから声をおかけになることもあり、姉さまに始終くっついていたわたくしは、いつもお二人の会話をじっと伺っておりました。

時局が悪化の一途をたどる中、ミッションスクールであるという色眼鏡は濃くなってゆき、明日にはなにが起こるかも分からない。そんな状況下で大勢の生徒を預かり、身を清く、心を正しく導こうとなさるのは、並大抵のご苦労ではなかったことでしょう。学校の支持者であったという斎藤実《さいとうまこと》内大臣と、高橋是清《たかはしこれきよ》大蔵大臣は、すでに二・二六事件の凶弾に斃《たお》れておりました。

　昭和十二年には盧溝橋《ろこうきょう》事件をきっかけに、日本は中国との全面戦争へと突き進んでゆきます。むつかしいことは分からなくとも、姉さまは鋭敏な乙女の皮膚感覚で、きな臭さを感じ取られたのでしょう。ミス・ハートを前にして、「わたしたちは、これからどうすればよいのでしょう」とお尋ねになったことがございました。

　するとミス・ハートはその慈悲深い御手をわたくしたちの額にかざし、祈るようにテニスンの詩の一節を暗唱なさいました。

Let knowledge grow from more to more,
But more of reverence in us dwell;
That mind and soul, according well,
May make one music.

知識を更に更に大ならしめよ。
だが、畏敬の念も更にわれらが内に大ならしめよ。
われらの心と魂が、見事な調和を示しつつ
ひとつの調べを奏でんがために。

そのお言葉が、耳に残っていたせいでしょうか。

十二月には南京《ナンキン》が陥落し、国中が「日本勝った、また勝った」のお祭り騒ぎ。帝都では提灯《ちょうちん》行列、旗行列、電球の光に彩られた花電車が夜の銀座の街をまばゆく照らして走ってゆく。

それはもう華やかなものでしたが、姉さまはなにかを思い煩うように、浮かぬ顔をなさっておいででした。

とはいえわたくしたちの生活はまだ目に見えて圧迫されているわけではなく、大人たちの懐《ふところ》の中に守られて、おおらかに日々を過ごしておりました。

龍子姉さまがミス・ハートに特別目をかけられていることは、周知の事実でありました。ですがそれを妬《ねた》む者はなく、むしろ敬愛の情を集める要素となっていたものです。

そのころ級友たちの間で大流行《はや》りだった「騎士ごっこ」を例に挙げるだけでも、姉さまがどれほど少女たちに愛されていたかを知ることができましょう。それは騎士組と悪漢組に分かれ、姉さまを取り合うという遊びでした。

姉さまが悪漢に攫《さら》われたところからはじめることもあれば、騎士の守る垣根を越えて悪漢どもが奪取しようとすることもあり。どちらにせよ姉さまの寵愛《ちょうあい》を得ようと誰もが必死で、砂をかけ合ったり敵を縄跳びの縄でふん縛《じば》ったりと、お転婆《てんば》のかぎりをつくしておりました。

わたくしは幸いにも体が一番大きく頑強でしたから、姉さまを守るにも攫うにも好都合。

転入したてのころには龍子姉さまの妹として突如現れたわたくしに、鼻息荒く挑んできた少女たちも、こちらがあんまり強いので、「龍子さんの騎士さまは咲子さんしかいないわね」と認めざるを得なくなりました。

姉さまは無邪気なもので、自分を巡って争う級友たちに、「鬼さんこちら」などと声をかけ、コロコロと笑っておいでなのです。なんと小憎らしく、愛くるしい笑顔だったことでしょう。他を排してわたくしが姉さまを手に入れますと、「さすがわたしの咲ちゃんね」と喜ぶほどのあどけなさ。

わたくしは「騎士ごっこ」が下火になっても長らくは、姉さまの騎士を以《もっ》て任じておりました。

級友の中でよく覚えておりますのは、つんと上向きにとんがった鼻がいかにも勝気そうな郁子《いくこ》さん。このかただけは最後まで諦めず、わたくしを邪険にいたしました。

龍子姉さまとは付属幼稚園のころからのおつき合いだったそうで、「あなたなんて、ちっとも龍《たつ》ちゃんと釣り合わないわ」と、面と向かってなじられたこともございますし、「騎士ごっこ」では思いっきり引っかかれ、額から血を流しもいたしました。

姉さまを横取りされたようで、よっぽど悔しかったのでしょう。同情を覚えなくもありませんでしたが、髪を引っ張ったり手の甲をつねったりといった嫌がらせがあまりにしつこかったので、そんな気も失せてしまいました。もとより姉さまの妹という特別な地位を、誰にも譲る気はございませんでしたから。

他の仲良しは、茶目《ちゃめ》さんと呼ばれていたクラスの盛り上げ役。地声が大きくてなんでも筒抜けのスピーカーさん。大の読書家で雄弁家の頭でっかちさん。ドジで有名なゆりかもめさんは、上野《うえの》の不忍池《しのばずのいけ》へ遠足に行ったとき、お弁当のサンドイッチをカモメに強奪されたのでその愛称。

意地の悪いのも大人しいのも、とりどりでございましたが、高等女学科卒業までの八年間を、わたくしはその学び舎で過ごしました。涙なしには語れぬ思い出や、苦しかったこと理不尽なこと、数え上げればきりがありません。それでもあの時代はまばゆいほどに輝いていたと、申し上げておきましょう。

あのころの鳥居坂にはガス燈《とう》が設置されており、夕刻になるとポッと温かな灯がともる。桜が植わっておりましたから春の宵には、胸が妖しくなるほど幻想的でございました。姉さまと手を繋いで歩いた通学路。「靴が鳴る」の唱歌を口ずさみながら、二羽の小鳥は育ってゆきます。

校門を入ったところには大きなリラの花株があり、ちょうどわたくしが転入したときには満開でした。ですから今でもそのかぐわしい香りに触れると、龍子姉さまに続いて鉄門をくぐった日の情景が思い出され、懐かしさに息が苦しくなるのです。

小学科を終えて五年課程の高等女学科に進むようになると、少女たちの体臭はしだいに甘酸っぱく変わりゆき、高まりゆく「恋」なるものへの関心を、包み隠してはおけなくなってゆきました。

　とはいえ今の若いかたのように、年頃の男の子が身近にいるわけではありません。男女が二人で歩いているだけでも不良のレッテルを貼《は》られてしまう時代ですから、親類縁者以外の男性は、意識の垣根の向こう側にいるとでも申しましょうか。上原謙《うえはらけん》や長谷川一夫《はせがわかずお》といった麗しの映画スターならともかく、生身の男の人はまだ、実体のない生き物でした。

　ゆえに興味は自然と、身近な同性へと向かいます。

　わたくしたちの多くは「少女の友」という少女向け雑誌に夢中でした。小説なら川端康成《やすなり》、吉屋信子《よしやのぶこ》、吉川英治《よしかわえいじ》。詩は中原中也《なかはらちゅうや》、西條八十《さいじょうやそ》、堀口大學《ほりぐちだいがく》。忘れちゃいけないのが挿絵で、中原淳一《じゅんいち》、松本《まつもと》かつぢ、蕗谷虹児《ふきやこうじ》。

　いずれも感傷的な少女たちの、美しいもの、小さいもの、儚いもの、甘やかなものを愛する心を掬《すく》い取り、なおかつもう一段上へと昇華させてくれる、今思い返しても素晴らしい雑誌でございました。投書欄も充実しており、クラスメイトの頭でっかちさんも、ずいぶん詩作に励んだようです。

　特筆すべきは中原淳一の描く、もの憂げな少女の表紙。目ばかりが大きくなよなよとした少女たちにはどこか龍子姉さまの面影があり、わたくしはひと目見たとたんに惚れ込んでしまいました。

　それは美しいもの好きの姉さまの琴線にも触れたらしく、「少女の友」を買ってくださいと、二人でお母さまにお願いしたのを覚えております。

購読をはじめたのは、たしか昭和十二年の十月号から。川端康成著、中原淳一挿絵の「乙女の港」の連載が途中でしたので、古本屋で前の号に遡《さかのぼ》って買い集め、読みふけったものでした。

「乙女の港」はミッションスクールに通う少女たちの、三角関係を描いた作品です。女学生同士の恋愛、いわゆる「エス」というものが主題になっておりました。

そういった現象が以前からあったからこそ、小説として世に出たのでしょうけれど、わたくしには日蔭でひっそりとレースを編むような少女同士の関係が、たいそう新鮮に思えたことでございます。

わたくしは小説の主人公である一年生の三千子《みちこ》さんに、龍子姉さまのイメージを重ねておりました。愛くるしさといい、あどけなさといい、姉さまにはそれらしさがおありでした。

そう感じたのは、どうやらわたくしだけではなかったようです。

高等女学科に入るやいなや、姉さまの下駄箱や机の中には、「我こそは三千子の思い人とならん」とばかりに、上級生のかたがたから連日手紙が舞い込むようになりました。

そのころの女学生ときたら、ずいぶんな手紙魔なのです。教室で顔を合わせるお友達にさえ、直接お喋りすればいいものを、わざわざ思うところを手紙にしたため、下駄箱に入れ合っておりました。

しかもその内容についてはお互い知らんぷりをして、手紙で聞かれたことは手紙で返すというのが暗黙の了解。少女たちは秘密を共有するのが大好きですから、ましてやそれが「エス」同士のやり取りともなればよりいっそう艶めいて、お気に入りの詩を書き写したり花を添えたり香水をひと吹きしたりと、工夫をこらしていたものです。

　クラスメイトには、新任の女の先生に恋い焦がれるあまり、ピアノ室で「ハグしてください」と迫ったり、お嫁入りの決まった上級生のお姉さまと駆け落ちせんと図ったり、待ちぼうけを食らって三日三晩寝込んだり――。なかなか情熱的なかたもおいででした。

　箱入り娘のつたない恋愛ごっこと、どうかお笑いめさるな。少女たちの多くは本当の恋も知らぬまま、親の決めた相手と一緒になるさだめだったのです。たとえ恋愛のまねごとであれ、切ない胸の痛みや流した涙に、嘘偽りはございませんでした。

　さて上級生からずいぶんおモテになっていらした龍子姉さまは、ある日同じクラスのスピーカーさんに、「いったいどなたの『エス』になるおつもり？」と、からかわれたことがございました。彼女はどうやら姉さまにご執心の四年生に、憧れを抱いていたようなのです。姉さまとて「乙女の港」の愛読者です。「エス」を知らぬはずもなかろうに、目をぱちくりと瞬いて、

「あら、それはなんですの？」と、そら惚《とぼ》けました。

「いやだ、ご存じないの？　『エス』は Sister のSよ。姉妹の契りってわけ」

スピーカーさんはなぜか誇らしげに胸を反らし、解説者気取りです。

「まぁ。それじゃあいつもお手紙をくださるお姉さまたちは、わたしと姉妹になりたいの？」

「そりゃあそうよ。みんなあなたを欲しがってらっしゃるのよ」

「でも困るわ、そんなの」

姉さまは本当に困惑したように、弱々しげに眉尻を下げました。

「ほら、わたしの Sister はもう、ここにいるもの」

そして傍らにいたわたくしの腕に手を回し、可愛らしく小首を傾げたのです。

隣のクラスまで声が通るスピーカーさんとの会話ですから、その場にいたかたには嫌でもこのやり取りが耳に入ったことでしょう。姉さまはあくまでげすの勘ぐりを逸らすため、本来の「姉妹」の意味でわたくしを名指しなさっただけでした。

けれども夢見がちな乙女の妄想は留まるところを知らず、人づてにどんどん尾ひれがついてゆき、放課後には「あの二人は運命の恋人だ。前世で結ばれず、離ればなれになってしまった記憶があるらしい」という、とんでもない設定ができておりました。

わたくしは龍子姉さまの勧めで断髪にして裾をちょっと刈り上げておりましたし、上背もありましたから、小柄な姉さまと並ぶとそれらしい雰囲気が出ていたのかもしれません。小学科からのお友達は、わたくしが姉さまの騎士であったこともよくご存じでありました。

そんな噂《うわさ》が耳に入ったところで、姉さまは「あらあら」とおっとり微笑まれるばかり。「面白いわね」と、まるで他人事のようでした。

「姉さまは、嫌じゃないの？」

「あら、咲ちゃんは嫌なの？」

そんなはずはございません。慌てて首を横に振りますと、姉さまはわたくしの短い髪をすっと指で梳《す》いてくださいました。そうしてゆっくりと、耳元で囁かれます。

「ならいいじゃない。上級生からわたしを守って。わたしの騎士さん」

その囁きの、なんと甘美であったことか。わたくしたちは本当に前世からの恋人であったのかもしれないと、埒《らち》もない妄想を受け入れそうになってしまう。

「もちろんよ」とわたくしは、お返しに姉さまのお下げを撫でました。本当はその艶やかな黒髪に、騎士様のような口づけをしたかった。ですが乙女の羞恥心が、行きすぎた行為を許しはしませんでした。

ラブレターといえばわたくしも、三年生のときに二級下のいじらしいかたから頂戴したことがございます。

体操の時間が終わって教室に戻り、机を開けてみると、見覚えのないピンクの封筒が目に留まりました。すでに物資の不足しがちな世の中になっておりましたので、その松本かつぢの便箋と封筒は、取っておきのものだったに違いありません。

ここはいったん知らぬふりをして、あとで人のいないところで開けてみよう。そう思って机の蓋を閉めようとしましたのに、後ろの席にいた郁子さんが「あら、それはなに」と目ざとく見つけ、サッと手を伸ばしてしまいました。

「返して！」

追《お》い縋《すが》っても郁子さんはヒラリと身をかわし、断りもなく封を開けてしまうのです。

「なになに、『親愛なるご聡明なお姉さまへ』。いやぁだ、『エス』のお誘いじゃない」

「やめてよ、失礼でしょう」

やっと郁子さんの腕を捕まえましたが、手紙は人の手から手へと、無遠慮に渡ってゆきました。

「なになに、『秘かにお慕い申しております』。あらまぁ、ご熱心ねぇ」

「今日の放課後、ピアノ教室の二号室で待っているらしいわよ」

「一年生の掛井《かけい》志乃《しの》さん？　たしか寄宿舎のかたよね」

「そうそう。お父さまが外交官なもので、お一人で日本に残っているのよ」

「ああ、小リスみたいに可愛らしいかたね。ちょっといいの、龍子さん」

他人事だと思って少女たちは、好き勝手にはやしたてます。話を振られた姉さまは、体操で乱れた髪を編み直しながら、たいそう優雅に微笑まれました。

「いいもなにも、お友達が増えるのはいいことでない？」

「んま、これだから龍子さんは」

「違うのよ。絶対に取られないという自信があるんだわ、きっと」

「ただのネンネじゃござらんってことね」

真意を測りかねる姉さまの発言に、クラスメイトたちは毒気を抜かれ、手紙は自然とわたくしの元に戻ってまいりました。しかしタイミングの悪いことに、そこへ修身の山岡《やまおか》先生が入ってきてしまったのです。

「いったいなんの騒ぎですか！」

ぴっちりとした束髪で、とにかく背のお小さい、五十がらみの女性でした。顔もしぼんだように小さくて、渾名《あだな》はネズミ先生。チョロチョロとどこへでも姿を現し、油断している生徒にめんめんとお説教をするのが趣味なのです。

少女たちはチラチラと目配せを交わし、口裏を合わせて切り抜けようとしておりました。それなのに郁子さんがただ一人、「はい！」と威勢よく手を挙げるじゃございませんか。

「川端咲子さんのところへ、下級生からお手紙がまいりました」

そのとたんネズミ先生は教壇からわたくしをキッと睨《にら》みつけ、チュウチュウとうるさく鳴きはじめたのです。

「銃後の守りを固めねばならないこのときに、あなたたちときたら、なにを浮かれ騒いでいるのです。もともと手紙や贈り物の類は学校で禁じられているではありませんか。そんなものに夢中になってご勉学をおろそかにするようでは、大恩ある天皇陛下に対し奉り、まことに畏れ多いことでございます。将来はよき妻、よき母となり、皇国の礎《いしずえ》たるべしと、常に申し上げているはずですよ！」

申し訳ございませんと、腰を折る隙も与えぬほどの猛攻です。「よき妻、よき母」のくだりはネズミ先生の常套句《じょうとうく》で、耳にタコができるほど聞かされておりました。

戦時下にあっても少女たちに広く英知を授けようとなさったミス・ハートの教育方針とは反対に、ネズミ先生はまるで同じ形の小さな枡《ます》の中にわたくしたちをはめ込もうとなさっているかのよう。彼女の金切り声を聞いていると、どんどん息が苦しくなってきます。

　ネズミ先生はけっきょく授業の前半をお説教で潰し、連帯責任でクラス全員が立ったままそれを拝聴しました。その後しばらく郁子さんがみなさんから恨まれたことは、申すまでもございません。


「ね、行くの？」

　放課後わたくしが帰り支度をしておりますと、龍子姉さまがすっと後ろに寄ってこられました。伸び上がるようにして耳元で囁かれたので、他のかたには気づかれなかったことでしょう。

「ええ、まあ。別に義理はないけれど、すっぽかすと寝覚めが悪いから」

　と、わたくしも声を潜めます。

　いただいた手紙をことごとくすっぽかしてきた姉さまは、「あらそ」と感情のこもらない声で頷いて、すぐに背中を向けてしまわれました。

「じゃ、図書室で待っているわ」

　あっさりとしたものです。姉さまが上級生から降るようにお手紙をいただいていたときは、今度こそお気に召す相手が現れるのではないかと、わたくしの心はまったく穏やかではなかったのに。たとえお喋り雀《すずめ》を黙らせるためとはいえ、「わたしの Sister」と言ってくださったのが、どんなにか嬉しかったことでしょう。

姉さまの薄情を恨みつつも、わたくしは指定のとおり、ピアノ教室の二号室へと足を向けました。音楽室の隣に個人レッスン用として、小さな個室が並んでいたのです。

物資の豊かな時代であれば、わたくしだって姿を見せぬことを返事の代わりとしたでしょう。けれどもいつか特別なときのためにと大事にしていたに違いないレターセットを使われては、無下にできないじゃありませんか。お断りするにしてもせめて面と向かって、想いを受け止めてあげたかったのです。

二号室に近づくにつれ、ショパンの「猫のワルツ」がはっきりと聞こえるようになってまいりました。子猫が鍵盤の上を走り回るような、軽快で愛らしい曲です。しかもずいぶんとお上手でした。

ノックをしてもピアノの音の止《や》む気配がないので、そっとドアを開けて中に入りました。志乃さんはわたくしを認めて軽く会釈をなさいましたが、まるまる一曲を弾き終えてからようやく、

「来てくださったのね」と顔を上げました。

思うに彼女はご自身でもピアノにそうとうの自信がおありで、わたくしにアッピールするつもりでその部屋へ呼んだのではないでしょうか。十三歳のふくよかな頬を桃色に染めて、志乃さんは「ああ」と呟き、両手で胸を押さえました。

評判どおりの、可愛らしいかたでした。両の目が若干離れてはおりますが、それも愛嬌《あいきょう》がおと呼べる範疇《はんちゅう》。なによりコロコロと変わる表情に、ずっと見ていたいと思わせる魅力がお

ありでした。

こんな素敵な子を悲しませるのは忍びない。それでも心を鬼にしなければなりません。わたくしはお腹の底に力を入れて、真っ直ぐに志乃さんを見返しました。

「お手紙ありがとう。でもどうして、わたくしなの？」

「覚えてらっしゃいません？　学年対抗のバスケットボールのとき、ぶつかって倒れそうになったのを助けてくださったでしょ」

残念ながらそんなことは、まったく記憶にございませんでした。

龍子姉さまがつき指を怖がってボールを持ちたがらないぶん、わたくしは獅子《しし》奮迅の働きをせねばなりませんでしたので、志乃さんを助けたというのも、たんなる体の反射だったのでしょう。

「あのね、悪いのだけどわたくし、こうして二人で会うのは最初で最後にしましょうと言いに来たの」

「ああ！」

傷つきやすい少女の胸に、言葉のナイフを突き立てねばならぬ残酷さ。短く叫んで口元を覆った志乃さんの目に、水晶のような涙が浮かびます。

「ごめんなさい。ご迷惑でしたのね」

「いえ、そういうわけではないのだけれど」

涙を流れるままにして、肩を震わせる志乃さんに、かけるべき言葉はございませんでした。

できるのはせいぜい、ポケットの白いハンカチを差し出すことくらいです。

「こちらこそ、ごめんなさいね」

詫びを述べて、立ち去ろうといたしました。けれどもドアを開けてすぐ、そこに佇んでいた人影に、驚いて足が止まります。

「お待ちになって」と追い縋ろうとした志乃さんも、ハッと目を見張って棒立ちになりました。

「あら、お話はもうよろしくって？」

「龍子姉さま――」

立ち聞きの現場を押さえられたというのに姉さまは、優雅に微笑んでいらっしゃいました。まるで後ろ暗いことなど、なにもないとでもいうように。

「なぜこちらに？」

「迎えに来ましたの。一緒に帰ろうかと」

いつもより少し慇懃《いんぎん》な言葉遣いでお話しになり、姉さまはちらりと涙に濡れた志乃さんに目を遣りました。

ああ、こうして同じ場所に立ってみると、その美貌《びぼう》の差は歴然です。たとえば志乃さんが野に咲くすみれだとすれば、龍子姉さまは職人が手塩にかけて温室に咲かせた蘭《らん》の花。素朴な愛らしさだけでは太刀打《たちう》ちできない、格の違いがありました。

誰よりもそれを鋭敏に察したのは、志乃さんご自身であったようです。姉さまと目が合うなり、サッと青ざめて引き絞るようにハンカチを握りしめました。

姉さまは笑顔を微塵《みじん》もお崩しにならず、

「わたしの妹を返していただいてもよろしいかしら？」と、志乃さんに許可を求めます。屈辱にうち震える志乃さんは、声もなく頷くしかありません。

「ありがとう。さ、行きましょ咲ちゃん」

これ見よがしに腕と腕を絡ませて、姉さまはわたくしを急《せ》かします。姉さまの憐れな信者であるわたくしには、それに従う以外の選択はございませんでした。

「あ、そうだわ」

なにかを思い出したように、姉さまがはたと足を止めました。そして志乃さんを振り返ると、やはり嫣然《えんぜん》たる笑みを浮かべるのです。

「そのハンカチ、返していただかなくてもけっこうよ。小さな策士さん」

ああ、そんな姉さまの、照り映えるような美しさ。真白き花弁にひと筋塗られた薄い毒。わたくしはそれを毎日舐め続け、すっかり中毒を起こしておりました。

閉じたドアの向こうから、わっと泣き伏す声がしたところでほとんど耳に入らず、姉さまがわたくしを争ってくださったという喜びを、噛みしめるばかりでございました。

三　美佐

季節の花が咲き乱れる草原で、少女たちの群れ騒ぐ夢を見た気がする。

甘い余韻だけを残して目覚めた美佐は、枕元のスマホを引き寄せた。

午前六時四十分。五月の空はとっくに明るくなっているはずだが、日当たりが悪い上に着物が日焼けしないよう遮光カーテンを引いている部屋は、まだ夜の底に留まっているかのようだ。

目覚ましのアラームが鳴るまで、まだ二十分もある。もう少し寝ようとスマホを放り出して、目を閉じた。だがあの角砂糖が溶けるようなとろりとしたまどろみは訪れず、最小限の寝返りしか打てない布団の上で、ただじっと体を横たえていた。

耳元に、少女たちの笑い声が残っている。夢の中身は覚えていないが、とても優しく穏やかで、胸がきゅんとなるほどの愛おしさがそこにはあった。

このところ寝る前に祖母の手記を、少しずつ読んでいたせいかもしれない。パソコンなどのフォントに慣れてしまった身には、手書き文字を読み進めるのは根気がいる。入眠前にぱらぱらと眺めるくらいが関の山で、「Ｉ」のノートをやっと半分ほど読み終えたところだった。

手記の主人公は、「わたくし」こと川端咲子。間違いなく、祖母である。いくぶん感傷的で陶酔ぎみな文章は、身内が書いたと思えば頬がむずむずするほど恥ずかしい。祖母という存在は物心ついたころからすでに「お祖母ちゃん」だったから、心の中に瑞々《みずみず》しい少女の感性を養い続けていたことにも、少なからず驚かされた。

若いころの自分を主人公にした、創作なのかもしれない。そう思って実家の父に確認してみると、川端龍子という人物は、本当に祖母の義理の姉だった。

苗字が川端なのは、明治維新を機に那須の川端家から東京へ出た家だからという。つまり祖母は龍子さんの母の親戚筋にあたり、さらに龍子さんの父の親戚筋へとお嫁に行ったのだ。龍子さん自身も婿《むこ》を取ったから、苗字はそのままというわけである。

「そのお婿さんが東京で開業医をしていてね。お父さん、大学時代はそこの離れに下宿していたんだよ」と、電話越しに父は言った。

父の出身大学が早稲田《わせだ》なのは知っている。でも下宿先の話までは聞いたことがなかった。

「全然知らなかった。もしかして、今もご存命だったりする？」

「いいや。三年前、いや、四年前だったかな。親戚のお葬式で、お父さん、東京に行っただろう」

「ああ、あったね」

それなら、四年前だ。はじめての体外受精に失敗したときだから、よく覚えている。

一年半も不妊治療を続けていて、期待を込めて臨んだ体外受精だっただけに、精神的にも追い詰められていた。葬式帰りの父と新宿《しんじゅく》の喫茶店で落ち合い、「あまり思い詰めちゃいけないよ」と慰められた。あのときは自分の辛さにばかり目が向いていて、誰のお葬式だったかなんて、まともに聞いていなかった。

「龍子さん、意外と長生きだったんだ」

ノートに挟まっていた少女の写真をメールで送ると、父からは「若すぎて確信は持てないけど、龍子さんの面影はあると思う」という答えが返ってきた。いかにも儚げな様子から、若くして亡くなったんだろうと勝手に思っていた。

祖母と同い歳なら、昭和二年生まれだ。激動の時代を生き抜いて、大往生を遂げている。むしろ祖母よりずっと長生きしていた。

「お祖母ちゃんのお葬式には、来てた？」

「ううん。でも娘の蛍子《けいこ》さんが来てくれたよ。龍子さんは、入院中だったらしい」

祖母が他界したとき美佐はもう大学生で、後期テスト目前だったこともあり、通夜と告別式が終わると香典整理も手伝わず東京に戻った。葬儀というのはただでさえ、会ったことすらない親戚がしゃしゃり出てきて煩わしいものだ。

面倒事に巻き込まれないよう、美佐は表面上の挨拶だけで切り抜けた。蛍子さんという人とも挨拶くらいは交わしたのかもしれないが、彼女の名前も印象も、頭の中に留めずに流してしまったのだろう。

「そんなにつき合いがなかったんだね。お祖母ちゃんの手記の中では、ずいぶん仲がよさそうなのに」

「姉妹といってもおばあちゃんは養女だったから、結婚後はお互いに遠慮したんじゃないかな」

そうなのだろうか。手記を読むかぎり、祖母は龍子さんに並々ならぬ愛着を示している。それはただの憧れというよりも、恋に近い。いくら昔を思い出して書いているといっても、心にまだその想いがくすぶっていなければ、こんな文章は書けないんじゃないだろうか。行間の端々から、龍子さんへの思慕が溢れ出ている。

それなのに、東京と栃木に離れたくらいで、縁が切れるものなのか。少しでもつき合いがあったなら、美佐だって「東京の龍子さん」を知らないはずがない。二人はなぜ疎遠になってしまったのか。

その理由は、ノートを読み進めていけば分かるのかもしれない。でもなんとなく、続きを読むのを躊躇している。

感傷的すぎるきらいがあるとはいえ、ここまでのページが少女たちの美しくも楽しい日々に彩られているせいだ。

美佐もまだメールなどなかったころ、学校の友達と複雑な折りかたをした手紙を回し合って楽しんだ。そんな時代が祖母にもあったのかと思うと、なんだか変な気もするし、幸せを感じもする。できれば「龍子姉さま」と「咲ちゃん」には、このまま二人で手を取り合って、微笑み合っていてほしい。

続きを読まなければ、美佐はこの優しい世界以外を知らずにすむ。べつに読書感想文を書くわけじゃないのだから、好きなところで読むのをやめたっていいだろう。続きはまた、気が向いたときにでも。

そんなことよりも今は、三日後に立ち塞がる難関をどうにか切り抜けなければならない。それについて考えると動悸《どうき》がしてますます眠れなくなり、美佐は諦めて身を起こす。

三日後は五月の第二日曜日、すなわち母の日。スマホを引き寄せカレンダーアプリを開くと、十八時半恵比寿《えびす》駅と、美佐自身が打ち込んだ文字が凄まじい圧力で視界に入ってくる。

毎年母の日には鎌倉《かまくら》に住む義父母を招待し、ちょっといいレストランで食事をするのが恒例になっていた。これも妻の務めと割り切って、夫の「親孝行」につき合ってきたのだが。

このところ自由な風を吸いすぎていたせいで、夫の要一郎《よういちろう》と顔を合わせるのは気が重い。義母の顔は、その何十倍も見たくない。

「要一郎が、一人でどうにかしてくれないかな」と呟いたところで、日和見《ひよりみ》の夫が機転を利かせてくれるとは思えない。「ただでさえ心配をかけてるんだから、少しくらい母さんを安心させてやってくれよ」とかなんとか、聞きたくもない正論を聞かされるのも腹立たしい。

母の日が近づくごとに、起き抜けにつくため息が重くなる。美佐は寝間着代わりにしている浴衣の乱れを直し、布団を畳んで押し入れに突っ込んだ。そしてやかんを火にかけ、インスタントコーヒーの瓶の蓋を開ける。

この部屋にはミルもドリッパーもないから、コーヒーはもっぱらインスタント。もちろんあまり、美味しくはない。それでもこのにおいを嗅《か》がないと一日がはじまらない気がするのは、コーヒー党の要一郎の影響だった。

その日の注文分の商品を発送してから、美佐はドット柄の久留米《くるめ》絣に自作のファブリック帯を締め、西日暮里《にしにっぽり》から電車に乗って明大前のマンションへと向かった。私物を置くスペースがあまりない谷中のアパートには、よく着る普段着だけを持ち込んでいる。特に木綿の着物は年中着られるし、自宅でざぶざぶ洗えるので重宝している。だが義母のために予約した店は名の知れたフレンチで、さすがに木綿を着ていくわけにはいかない。億劫《おっくう》だが、よそ行きを取りに行かなければ。ついでに次の秋までもう着ない袷の着物をキャリーバッグに詰めて、夏物の麻や絽《ろ》と入れ替えるつもりだった。外はこれぞ五月《さつき》晴れと呼びたくなるほどの快晴だ。日差しは強いが空気がからりとしているので、日蔭に入ってしまえば涼しい。けれども地上六階の機密性の高いマンションの一室はむわりと暑く、美佐はすぐさまエアコンのリモコンに手を伸ばした。

これまでにも何度か必要なものを取りに、要一郎の不在を狙って来ている。その度に、知らない人の部屋に誤って入ったような、よそよそしさを覚えてしまう。五年前に購入して、ずっと住んできたマンションだ。家具も家電も美佐が選び、予算の範囲内でどうにか思うような部屋にした。それなのに、どうしても愛着が湧かない。

きっとこの感覚は、玄関脇の六畳間が空っぽのままになっていることと、無縁ではないのだろう。

マンションの購入を検討していたとき、はじめは２ＬＤＫを考えていた。リビングが広めの部屋を選べば、不自由はないはずだった。けれども「子供ができたら手狭よ」と、義母が横槍《よこやり》を入れてきた。

「やっぱり二人以上はほしいでしょう」

いったいなにが「やっぱり」なのか。中古マンションとはいえ、３ＬＤＫになると想定していた予算を遥かに超える。だが義母が多額の援助を申し出てきて、「ありがたいことじゃないか」と要一郎に押し切られてしまった。

そのころにはもう、不妊治療をはじめていた。三十五歳になる前に第一子をと考えていたのに、なかなか授からなかった。思い切って夫婦で検査を受けてみても、原因は分からなかった。

不妊症の約二〇パーセントは、一般的な不妊検査をすべて行っても明らかな原因が見つからない原因不明不妊だという。美佐と要一郎、問題がどちらにあるか特定されなかったのは、幸か不幸か。

きっと美佐に問題があれば申し訳なさに押し潰されそうになっただろうし、要一郎なら彼のプライドを損なうことになったろう。だが、原因があるならまずそこの治療からはじめられる。排卵障害なら排卵誘発剤、子宮内膜症ならホルモン療法や手術、男性不妊なら薬物療法や顕微授精というふうに。

原因が分からない美佐たちはまさに手探りの状態で、不妊治療のオーソドックスな段階を踏み、タイミング法からはじめることになった。診察により医師に排卵日を予測してもらい、指定された日に性交渉をもつ。

医師としても、「この日にセックスをしてください」とは言いづらいのだろう。「タイミングを取ってください」という言いかたをする。それを要一郎に伝えるときも、「この日とこの日の夜。できれば朝にもタイミング取っておきたいね」と告げていた。

夜の誘いを自分からしたことがない美佐にはそれが精一杯だったし、セックスはもはやお互いに楽しむためのものではなく、子供を作るための作業だった。

指定の日に要一郎が勝手に飲み会を入れて遅く帰ってくると、ヒステリックに責め立てた。こんな金切り声が出せたなんてと、自分でも驚くほどだった。

タイミングを逃したら、また翌月の排卵日まで待たねばならない。なにもしていない要一郎はいいかもしれないが、美佐はそのために月に何度もクリニックに通っていた。今月こそはと意気込み、月経がきてリセットの繰り返し。トイレットペーパーについた出血を見たときの、あの絶望を夫は知らない。

要一郎は鬼の形相《ぎょうそう》で詰め寄る美佐から顔を背け、「『タイミング取ろう』でその気になれるほど、男って単純じゃないんだよ」と拗《す》ねたように呟いたものだった。

３ＬＤＫのマンションは、あのときの美佐には広すぎた。子供がいれば様々な物で溢れかえるであろうリビングも、寒々しいくらいに片づいていた。子供部屋として想定された六畳間はいつまで経っても埋まらなくて、無言の圧力をかけてきた。

一人目さえままならないのに、二人以上だなんて――。

人気の世田谷《せたがや》区のマンションなのに、美佐はこの部屋で、一度も寛げたことがなかった気がする。

一人になっても要一郎は、必要最低限の家事はしているのだろう。それでも部屋の隅には埃が目立つし、シンクには数日分の食器が積み重なってぬめっている。週末にまとめて洗っているのか、洗濯物も溜まっていた。

寝室のドアを開けると、ベッドは要一郎が朝起きたままの形に乱れている。いつから洗っていないのか、枕カバーの黄ばみが目立つ。すっかり細くなってしまった要一郎の髪の毛が、数本こびりついていた。

女の影でもあれば、しっかり慰謝料を取って離婚できるのに。こうして抜き打ちで帰っても、洗面所に見覚えのないメイク落としがあったり、夫が使うはずのないスパイスが買われていたり、寝室に長い毛が落ちていたりすることもない。

妻が不在だからといって、そんな器用な真似ができる人でないことはよく知っている。まして要一郎は、女性にモテるタイプではない。出会ったばかりの十年前でもそうだったのだから、腹回りが急成長した今はなおのことだ。

出会いは実によくあるケース。大学時代の友人の結婚式の二次会に、新郎側の友人として要一郎がいた。アンティークの振袖で出席した美佐を、要一郎が気に入ったのだ。

それでも会場では、「着物、素敵ですね」という程度の会話しかなかった。式を挙げた友人から後日電話がかかってくるまで、要一郎の好意には気づかなかった。その不器用さを、好もしいと思った。

次につき合う人とは、結婚も視野に入れていたから、カピバラに似た穏やかな風貌も、自己主張のなさも、気の利いた会話ができないことでさえ、優しくて誠実という加点ポイントに繋がった。

実際に要一郎は真面目《まじめ》に働き、金遣いも荒くない。八年間の結婚生活で美佐に手を上げるどころか、声を荒らげたことさえない。四度目の体外受精でようやく授かった子を流産したときも、一緒に涙を流して悲しんでくれた。

決して悪い人ではない。だけどもう、そこに愛があるのかどうかは分からない。美佐は別れを決意するための、決定的な理由がほしかった。あるいは元の夫婦に戻るための、要一郎の会心のひと言を。

きっと、期待するだけ無駄なのだろうけど。

美佐は汚れた皿を手早く洗い、シンクを磨き、床にざっと掃除機をかけた。なんとなく要一郎の下着には触れたくなくて、洗濯物はそのままにしておく。それからキャリーバッグの中身を入れ替えて外に出るまで、玄関脇の六畳間のドアが開けられることはなかった。

紬《つむぎ》の飛び柄訪問着に、汕頭《スワトウ》刺繍の袋帯。母の日には、シックで上品な着物を選んだ。

昨夜から折に触れ、「行きたくない、行きたくない」と独り言を呟いていたのに、帯を締めたとたんにシャキッと背筋が伸びた。たったの二時間かそこらの我慢だ。義母に言われそうなことは、だいたい予想がついている。不用意に傷つくことがないように、頭の中でシミュレーションをしながら恵比寿に向かった。

ＪＲ恵比寿駅の東口改札を出てすぐの花屋で、花を見繕う。ピンクのカーネーションを主役にしたブーケ、お値段四千八百円。会計を済ませ、改札のほうを振り返ると、要一郎がすぐ近くに立っていた。

「びっくりした。いるなら声かけてよ」

「ごめん。でも買い物の途中だったから」

要一郎は、つぶらな瞳をぱちぱちと瞬く。なんのための買い物か、見当がつかぬはずもないだろうに。できれば一緒に花を選んで、会計をお願いしたかった。

今さら花の代金を請求するのも決まりが悪く、美佐は小さな不満を呑み下す。要一郎といると、こういうことが頻繁にある。

「なに今日、仕事だったの？」

日曜だというのに、要一郎は仕事用のスーツを着ていた。連絡は取っていたが、一月に家を出て以来、顔を合わせるのははじめてだ。頰が少しばかり削《そ》げただろうか。ちゃんと食べているのかなと、心配する気持ちはまだある。

「ああ。警報器の異常のせいでね」

要一郎は、不動産管理会社に勤めている。賃貸物件の担当だから、分譲マンションのように管理組合の理事会や総会で土日がほぼ潰れるということはない。それでも住人からの苦情やトラブルで呼び出されるのは珍しくないことだった。

「そう。解決した？」

「うん、どうにか」

四ヶ月ぶりに会う妻に、久し振りとも元気だった？　とも言わず、要一郎はチラチラと美佐の着物や帯に目を走らせる。振袖姿の美佐を気に入ったくせに、着物を着た美佐が隣を歩くことは妙に嫌がる。

理由は、目立つから。でもべつに、誰も要一郎のことなど見ていない。

美佐は要一郎と出会ったころにはもう、着物関係の仕事をしていた。やっぱり好きなことがしたいと二十六歳のときにメーカー勤務を辞めて、神楽坂《かぐらざか》のアンティーク着物店で働きはじめた。それを機に着物で生活すると決めて、手持ちの洋服はほとんど処分していた。

「本当に、いつも着物なんですね」

はじめてのデートにお召しの着物で現れた美佐に、要一郎は目を丸くしたものだ。

友人の結婚式で着物を着るのは、「ちゃんとしたところのお嬢さん」らしくて好感が持てる。でも日常的に着物で過ごしていると、「ちょっと変わった人」になる。要一郎はきっと、そんな「変わった人」と歩くのが嫌なのだろう。

「はい、これ持って」

腹いせに、美佐はカーネーションのブーケを要一郎に押しつける。

「なんでよ」

「あなたから渡したほうが、お義母《かあ》さん喜ぶでしょ」

「嫌だよ、こんなの持って歩くの」

ブーケはすぐに、美佐の手に戻ってきた。これが、要一郎という人だった。

目立つことが嫌いで、争いごとは好まず、長い物には巻かれっぱなし。どうせ今夜の食事会でも知らんぷりを決め込んで、妻を庇うことはないのだろう。

美佐はカーネーションの束の陰に、憂鬱《ゆううつ》なため息をそっと落とした。


歳を取ると時間の流れがゆったりになる人と、残り時間の短さに急かされるようにせっかちになる人がいる。要一郎の母親はおそらく後者で、美佐たちがレストランに到着したころにはすでに席に通されており、「遅いわよ」と文句を言った。

元々十分前行動の人だったから、こちらもそのつもりで早めに来ている。いったい何分前からいるのだろうと、美佐は水のグラスの結露を横目で窺《うかが》った。

美佐たちが席に着くとすぐ義母は、出がけに向かいのお婆さんにつかまった話をしはじめた。

「母の日だから息子がご馳走してくれるのって言ったら、まぁ羨《うらや》ましがっちゃって。レストランの名前まで聞いてくるのよ。ホント嫌ねぇ」と、まんざらでもなさそうだ。美佐が差し出したブーケを喋りながら受け取り、お礼も言わず足元に置いた。

だから、要一郎から渡してもらいたかったのに。今の美佐にとって四千八百円の出費は高額だ。せめて、ありがたがってほしかった。

義母のお喋りはそのまま、ご近所さんの愚痴へと発展していった。

隣家の庭木が侵入してくる。ゴミ収集所の掃除当番を誰もまともにやってくれない。旅行に行けば隣近所へのお土産《みやげ》は欠かさないのに、貰《もら》いっぱなしで平気な人はいったいなにを考えているのか。

ウエイターがメニューを持ってきても尽きることなく、滾々《こんこん》と湧いてくる。

実に憎々しげに語るので、黙って聞いていると胸焼けを起こしそうだ。でも要一郎と義父はすっかり慣れていて、右から左へと聞き流している。これは男性でなければ獲得できない技術なのではないかと、美佐は思う。

「フォアグラのポワレ？　まぁ要ちゃん、ポワレってなにかしら」

メニューを開いたまま視線も落とさず喋り続けていたのに、そうやって急に騒ぎだすのも義母らしい。

支払いは要一郎でも、店を探したのは美佐だ。今夜はメインが選べるコースで予約してある。

「ようするに、焼いてあるってことだろ」

要一郎は、知らないことを知らないと認めるのが苦手だ。

「ポワレと申しますのは、いくつかの解釈がございます。当店では食材から出た脂を回しかけて、表面をカリッと焼き上げたものをそう呼んでおります」

義母の声が甲高く響くものだから、ウエイターがさりげなく寄ってきた。その説明を半ば聞き流し、義母は「でもフォアグラって、脂っこくて苦手だわ。スズキにしましょ」と言ってのけた。

「ね、お父さんは？」

「同じでいいよ」

「それがいいわ。私たち、もうお肉って歳じゃないものね」

どうせ義父が肉を選んだところで、コレステロール値や血圧を引き合いに出してスズキに変えられる。磯貝家では、義母の決定がすべてだ。要一郎にそっくりな義父のつぶらな瞳は、メニューの文字を見てすらいない。

「要ちゃんはどうするの？」

「手長エビかな」

「それもいいわね。ひと口ちょうだい」

「やだよ。行儀の悪い」

「ま、言うわねぇ」

義母と会うのは、正月以来だ。相変わらず要一郎が大好きで、年甲斐《としがい》もなくはしゃいでいる。四十過ぎの男に「要ちゃん、要ちゃん」と、粘っこく呼びかける。

「私も、スズキで」

この夜を無難に乗りきるには、下手な自己主張はいらない。だが義母は、「あら、ダメよ」とはじめてこちらに顔を向けた。

「美佐さんには、しっかり栄養つけてもらわなきゃ。フォアグラにしなさい」

言葉の端々にまとわりつくヤスリが、ざりざりと美佐の神経を摩滅させる。要一郎は知らんぷりを決め込んで、メニューの文字をしつこく目で追っている。

どうしてまだ笑っていられるんだろうと自分でも不思議に思いながら、美佐は「そうですね」と頷いた。


磯貝家は鎌倉時代から続く武家の家。それが、義母の誇りだった。

「美佐さんのご実家は江戸時代まで遡れるかもしれないけどね、うちはもっと古いの。こんなところで家系を絶やしちゃ、ご先祖様に申し訳が立たないわ」

要一郎と結婚してから、何度そう言い聞かされたか分からない。比較的新しいものと思われる、家系図だって見せられた。

本当か嘘かは知らないが、少なくとも義母は信じきっている。一人息子の要一郎に子供ができなければ磯貝の本家が絶えてしまうと、時代錯誤なことも平気で言った。

子供なんてそのうちできると思っていたころはまだ、うんざりしながらも聞き流せた。だが不妊治療をはじめてからも、義母は決して手を緩めてはくれなかった。

毎月のように、子宝祈願のお守りや葉酸サプリや腹巻きといったものが届く。冷たいものを飲みすぎだとか、立ち仕事が悪いとか、帯で体を締めつけているせいだとか、美佐の行いのあらゆることが、不妊の原因だと責められた。

「やっぱり、お仕事がよくないのよ」

と断言されたのは、半年間続けたタイミング法で結果が出ず、人工授精に切り替えて数回目のころだった。

人工授精は採取した精液を洗浄、選別し、質の高い精子のみを子宮の奥深くへと注入する方法だ。卵巣から卵子を採取して受精させる体外受精とは違い、受精から着床に至るまでは自然妊娠と同じ過程をたどるのだが、義母は「そんな治療に頼らなきゃいけないなんて」とこれ見よがしに嘆いた。

「最近は妊娠しづらい女の人が多いっていうけども、お仕事のストレスのせいだと思うわ。本来外で働くのは男の役目。女はね、夫と家のことを思って心穏やかにしていればいいの。そうすれば、自然と赤ちゃんなんか授かるんだから」

専業主婦があたりまえだった義母の時代でも、働くことを諦めて家庭に収まった女性も少なくはなかっただろう。だが義母はなんの疑問も抱かずに、夫と子供に尽くしてきた。そして、それこそが女の幸せと信じている。

普通の精神状態なら、いつの時代の人なのかと、聞き流せる言い分だった。でも不妊治療を続けていると、精神のバランスが崩れてゆく。「今度こそ」と期待しては裏切られ、その度に肉体的な負担もお金もかかる。焦っても先は見えず、妊活友達ができたところで先を越されるとお互いに気まずくなって縁が切れる。芸能人の妊娠報道ですら見ていると胸が苦しくなって、ワイドショーを見なくなった。

だから義母の言葉は、美佐の心に深く刺さってしまった。

アンティーク着物店での仕事は、ストレスどころか楽しくてたまらなかった。毎日好きな着物に触れ、学び、考えて、お客様の笑顔に繋げてゆく。その喜びは以前の仕事の比ではなく、天職とはこういうものかと思っていた。

オーナーにも目をかけてもらい、古物商専用の市に同行して仕入れに携わるようになった。そこで関くんとも知り合い、見聞が広がる楽しさに、いつかは自分でも店を持ちたいと思うようになっていた。

でもそれは、今じゃなきゃいけないことだろうか。ひとまず治療に専念して子供を産み、少し手が離れたころに戻ってもいいんじゃないか。

惜しまれつつも、仕事を辞めた。日々の張り合いがなくなって、美佐はますます追い詰められた。

学生時代の友人から届いた年賀状の家族写真に傷ついて泣き、街中で妊婦やベビーカーを見かけると目を逸らした。苛立ちを抑えきれず要一郎に八つ当たりをし、「俺だって協力している」と返されれば「協力ってなに、他人事？」と、言葉尻を捉《とら》えてさらに激高した。

人工授精には、六回で見切りをつけた。その間にクリニックも二回変えた。もっと評判がよく実績があり、自分に合ったクリニックがあるんじゃないかと、スマホで検索ばかりしていた。

体外受精にステップアップすると、負担費用も一気に跳ね上がる。助成金はあるものの、回数を重ねるほど家計は圧迫されてゆく。

四度目の体外受精の後に胎嚢《たいのう》が確認できたときは、喜びよりも安堵《あんど》の想いが強かった。よかった、これでうちも子供が持てる。あらゆる方向から押され続けてぺしゃんこになりそうだった、この圧迫感からも解放される。

だから妊娠九週目の検診で胎児の心拍が確認できないと言われたときは、目の前が真っ暗になった。やっと手にした希望の芽を摘み取られ、奈落の底に突き落とされた。落差があまりにも激しくて、しばらく耳が聞こえなくなった。稽留流産《けいりゅうりゅうざん》だった。

死亡した胎児を取り出すために、一週間後には掻爬《そうは》手術を受けた。術後の麻酔が切れて意識が戻ると、お腹の中が空っぽになってしまったことがなんとなく分かった。すすり泣く美佐の肩に手を置いて、つき添いの要一郎も一緒に泣いてくれた。

義母から電話がかかってきたのは、その日の夜のことだ。

「手術、終わったの？　残念だわ、男の子だったかもしれないのに」

無邪気なほど、無遠慮な声だった。

　安定期に入るまではどちらの親にも報せないはずだったのに、義母はすべてを知っていた。搔爬手術の最中に、一人で待つ重圧に耐えきれず、要一郎が電話で話してしまったらしい。

「ねぇ、どうして喋っちゃうの？」

　義母との電話を終えてから、要一郎に問いかけた。体の中に渦巻く怒りを表に出せるほど、気力も体力も充実してはいなかった。ぐったりとソファに身を沈めながら、それでも美佐はひどく怒っていた。

　要一郎は叱られた子供のように項垂《うなだ》れていた。拗ねたように、唇を尖《とが》らせた。

「だって、俺も辛かったから」

私のほうが、よっぽど辛い。心だけでなく、体も。

でもどちらがより辛いかを比べ合っても、意味がない。要一郎の弱さがただただ、情けなかった。

　不妊治療をはじめてから、心も体も痛いことばかり。幸せになるためにやっているはずなのに、状況はどんどん悪くなってゆく。本当にそこまでして要一郎との子供がほしいのか、しだいに分からなくなっていった。

「治療はしばらく、お休みにしていい？」

　要一郎が、首を縦に振ることは分かっていた。検査を勧めたときも、不妊治療の開始も、ステップアップも、美佐が決めたことにただ従ってきただけだ。自分ばかりが必死になって、同じ気持ちが返ってこないことに憤《いきどお》り、失望し、でもまだ微《かす》かに期待している。

「どうしても辛いなら、やめてもいいよ。子供がいなくても、仲良く暮らしてる夫婦はいくらでもいるじゃない。母さんには、俺からよく言っておくから」

　そう言ってくれたなら、まだ頑張れる。

　この人は私の味方だと、せめて信じさせてほしかった。

「美佐さんのお着物、今日も素敵ねぇ」

　装いを褒めるには妙なタイミングで、義母が話しかけてきた。アミューズを食べ終えて、前菜のホタテにナイフを入れようとしていた美佐は、ぴたりと手を止める。

　ご近所さんの愚痴はもういいのだろうか。義母はそのまま葬儀に出られそうな黒のワンピースに身を包んでいる。その視線を真っ直ぐに受け止めて、美佐は「ありがとうございます」と微笑み返す。

　婚約の挨拶で要一郎の鎌倉の実家を訪れたとき、義母は「まぁ、素敵なかたね」と喜んだものだった。きっと、美佐が着物姿だったから。少しでも相手の両親に気に入られたくて、大げさにならない程度に上品な江戸小紋を選んでいた。

　ただ着物を着ているというだけで、見る人は勝手に大和撫子《やまとなでしこ》のイメージを抱いてくれる。実際には今の時代に他人と違う格好をして平然と歩いている女など、よっぽどの強者《つわもの》だ。でも義両親になる人たちのジャッジをくぐり抜けるために、着物に対する先入観を利用した。

大人しくて従順で、御しやすそうな箱入り娘。おそらくそう思ったから、義母は美佐を受け入れた。だが今ではもう、美佐が着物を着ることをよく思ってはいない。

「赤ちゃんができないのは、帯で体を締めつけているせいよ」と何度言われても、それだけは改めることができなかったからだ。

その理屈だと、日本人はとっくの昔に絶滅している。マタニティ着物に挑戦した女性によれば、腰が安定して意外に楽だともいう。振袖や訪問着といった正装しかしたことのない義母は、着物は苦しいものとしか思っていないのだろう。

「ネットショップは、順調なの？」

そんな義母が猫撫で声で着物を褒め、仕事の状況を聞いてくる。胸騒ぎを覚えつつ、美佐は「ええ、どうにか」と頷いた。

流産を経験し、クリニックに通うこともなくぼんやりと過ごしていたら、三ヶ月ほどで生きていることのすべてが億劫になってしまった。朝目が覚めて起き上がることも、歯を磨き顔を洗うことも、着替えたり、お風呂に入るといったことも、食べることさえ億劫で、ただ人形のように床に転がっているだけだった。

このままではいけないと思って本を開いてみても目が滑るし、ドラマや音楽もただ美佐の体の外側を流れてゆくだけ。唯一心が動いたのは、和箪笥を開けて着物を手に取ったときだった。

やっぱり着物が好きだと思った。着物に携わっていたかった。

美佐は関くんに相談し、古物商の許可を取った。ネットショップからはじめてみようと思った。

「なんていったっけ、お店の名前――」

義母が白ワインのグラスを手に、首を傾げる。まだ一杯も空けていないのに、首回りがほんのりと赤い。美佐は充分に警戒をしながら、ホタテを口に運ぶ。

「『蔦や』です」

「そうそう、レンタルビデオ店みたいな！」

はじめて店名を明かしたときの、要一郎と同じ反応だった。

蔦文は昔から、客に絡みついて栄えるようにという、商売繁盛の縁起物だ。その説明はたしか、義母にもした。きっと、覚えていないのだろう。

「家でできるお仕事はいいわ、内職のようなものだから。そう思ってたんだけどねぇ」

義母がわざとらしくため息をつく。前菜が終わり、スープが運ばれてきた。カリフラワーのクリームスープ。ひと口啜り、「あら、おいし」と呟いてから、義母は心持ち身を乗り出してきた。

「ねぇ、美佐さん。あなた、どうしちゃったの？」

責めるような口調ではない。親身になって心配しているだけだと言いたげな、押しつけがましい粘っこさ。体の周りにまとわりついて、とたんに息が苦しくなる。

「治療をお休みしすぎよね。最後にやってから、もう一年以上になるんじゃない？」

凍結胚がまだ残っていたから、流産を経てからも二回だけ体外受精をした。どちらも、着床には至らなかった。

凍結胚はもうない。治療を再開するとしたら、また痛みを伴う採卵からだ。細い針を膣《ちつ》から刺し、排卵前の卵胞から卵子を吸引する。膣壁を貫かれるのだから、局所麻酔をしても痛い。その苦痛に耐えた後で、採精室で自慰を済ませた要一郎がいかにも「ひどい目に遭った」という顔をしているのも、見たくはなかった。

「治療がしんどいのは分かるけど、美佐さんもうすぐ四十でしょ。要ちゃんだって四十三よ。もうちっとも猶予はないの」

せっかくの食事会で、こんな話。義母は美佐の顔を見ると、どうしても言わずにはいられないのだ。

せめて義父か要一郎が窘めてくれればいいのに、二人ともそっくりな顔をして、黙々とスープを啜っている。ひょっとすると義母の声には、彼らには聞き取れない周波数が含まれているのかもしれない。

「それなのにあなた、家に帰っていないんですって？　いったいなにを考えてるの」

やっぱりそれも、筒抜けだったか。義母が相手だと、要一郎は問われるままになんでも喋ってしまう。「要ちゃんは昔から本当にいい子でねぇ。反抗期もなかったのよ」というのが義母の自慢だ。実によく手懐《てなず》けられている。

美佐が家を出たきっかけも、そんな要一郎の従順さに嫌気が差したからだった。

正月一日には、義父母の家に親戚一同が集まるのが慣例だ。価値観の古い家に相応《ふさわ》しく、女たちはおさんどん、男たちはトイレ以外に立つこともなく、潰れるまで飲み続ける。酒が進めば「子供はまだか」としつこく聞かれ、「作りかた、教えてやろうか」と言ってくるオヤジまでいる。毎年クリスマスが過ぎたころから、美佐はどんどん気が滅入ってゆく。

今年は特に、気が重かった。要一郎の従妹《いとこ》のジュンちゃんが、妊娠八ヶ月目に入っていたからだ。

身重だということで、ジュンちゃんは宴会の間も特別待遇で座敷に座らされていた。出生前診断で男の子だということは分かっていたから、先祖が武家と信じる親戚たちは大いに盛り上がっていた。

そして誰かが容赦なく、「本家の跡取りはまだか」と言いだす。熱燗《あつかん》を運んで下がろうとした美佐も引き留められて、「しっかりせんか！」と背中を叩かれた。要一郎は「はぁ」「まぁ」と歯切れの悪い返事をしながら、へらへらと笑っているだけだ。ジュンちゃんが「んもう。おじちゃんたち、無神経すぎ！」と怒ってくれて、ようやく美佐は解放された。

酒宴が進み、男たちの何人かが高鼾《たかいびき》をかきだすと、台所でお喋りをしていた女たちも座敷に移動し、残り物をつまみながら飲みはじめる。美佐は洗い物を一手に引き受けて、一人になってからほっと息をついた。

こうなると分かっていたから、来たくはなかった。でも行かないと言うと、要一郎の機嫌が悪くなる。「俺一人矢面に立てって言うの？」と、恨めしげな顔をする。

　検査を重ねても不妊の原因は分からないままだが、要一郎は美佐のせいだと思っている。受精卵を胎内に戻しても育たないのだから、美佐自身もそうではないかと感じていた。そういった負い目があるから強くは言えず、宴会が終わるまでは作り笑顔を貼りつけて、息を潜めているしかなかった。

　だけど洗い物も、無尽蔵にあるわけじゃない。女たちが腰を落ち着けてしまったせいで、座敷から汚れた皿が運ばれてこなくなった。しばらく台所でぼんやりしていたが、やることもないので座敷に向かった。そして襖越しに、義母の愚痴を聞いてしまった。

　盗み聞きをするつもりはなかったのに、襖を薄く開けると聞こえてきた。義母はジュンちゃんのお母さんを相手に喋っていた。

「情けないわよねぇ、まったく。この歳になっても孫が抱けないなんて。昔ならほら、『三年子なきは去る』って言うじゃない。そんなふうに今からでもリセットして、若いお嫁さんもらえないかしら」

　声の調子からすると、義母はずいぶん酔っていた。だが、酔っていたからこそ出た本音だった。ジュンちゃんのお母さんも、「そうねぇ。まぁ、若いほうが可能性はねぇ」と同調する。驚くべきことにその輪の中には、要一郎もいた。

「ねぇ、そう思わない、要ちゃん。お金だって、もうずいぶんかかってるんでしょ？」

　義母に突然話を振られ、要一郎が発したのは、「んー？」という間延びした声だった。

「やぁね要ちゃん、酔っちゃったの？　ちょっと、横になってなさいよ」

「んー、そうする」

美佐は襖を薄く開けたまま、そっとその場を離れた。妻がどれだけ侮辱されても、矛先が自分に向かないかぎり、要一郎は無視を決め込むつもりらしい。

それから一時間ほどで宴会はお開きとなり、要一郎だけが泊まってゆくことになった。座敷で横になるほど酔っていたわりに、駅まで送ってくれたその足取りに、危なげなところは少しもなかった。

「今日はごめんね。お疲れ様」と機嫌を取ってくるその顔は、決まりの悪そうな笑みに彩られていた。

翌日美佐は要一郎が鎌倉から戻ってくる前に、身の回りの物をまとめて家を出た。

電気ストーブしかない谷中のアパートは恐ろしく寒かったが、それでも要一郎と同じ部屋の空気を吸っているよりは、はるかにましだった。

「ねぇ、美佐さん」

義母の呼びかけに、我に返る。目の前にはメインのフォアグラの皿があった。ギラギラと照り映える脂に、美佐は早くも胸焼けを起こす。

「黙ってちゃ分からないわ。子供じゃないんだから」

なにも答えない美佐に、義母は焦《じ》れているようだった。子供のような男を育てておいて、美佐には大人になれと言う。パキッという音に顔を上げれば、要一郎が知らん顔で手長エビの背を折り、殻を剝《む》いていた。

ふふっと思わず、笑みが零《こぼ》れる。美佐は優柔不断な自分自身に呆れていた。期待をしてもしょうがない相手に望みを託し、結論を先延ばしにしてきた。

だって、変わることは怖いから。とても大きなエネルギーを必要とするから。

だけど、もういい。なんの期待もできない相手と、この先を共には歩めない。

はっきりと、そう思ったはずだった。美佐はテーブルの左右に並んだナイフとフォークに手を伸ばす。

「少し冷静になったらどう？　別居って、離婚の理由になるのよ」

義母の声を聞きながら、ナイフを握る手に力を込めた。

離婚？　と、頭の中で反芻《はんすう》した。その意味を理解したとたん、喉元がカッと熱くなった。

そうだこの人は、要一郎の結婚を「リセット」してしまいたいのだ。ここで美佐が諦めてしまったら、義母の思う壺《つぼ》だった。

ナイフをザクリとフォアグラに突き立てる。たっぷりとした肉汁が、じゅわじゅわと滲み出てくる。世界三大珍味と言われても、しょせんは不自然に太らされた脂肪肝。なんとなく、要一郎に似ていると思う。

「離婚は、しません！」

きっぱりと宣言してから美佐は大きく口を開け、その脂肪の塊を嚙みしめた。

共同トイレを占領して、胃の中をすっかり空っぽにしてしまった。

数ヶ月後には四十になる身に、フォアグラの脂はやはり重かった。谷中のアパートに帰り着くまではなんとか我慢したが、一人になるともう、胸のむかつきが抑えきれなかった。

離婚はしないと宣言した直後の、義母の失望したような薄笑い。恵比寿駅で鎌倉に帰る義両親を見送った後、「いつでも帰って来ていいよ」と言った夫の寛容ぶった眼差《まなざ》し。思い出すとさらに気持ち悪くなって、美佐は喉の奥に指を突っ込んだ。

食べたものをすべて吐いてしまうと、身も心もいくぶん楽になった。自室に戻って二リットルのペットボトルに直接口をつけ、ごくごくと体に水を流し込んでゆく。飲みかけのまま放置していたので常温だが、今はなによりも美味しく感じる。

体調が悪くても着物を汚さないように、衿周りには手拭いを当てていた。それをランドリー用の袋に詰めて、美佐はするすると帯を解いてゆく。汗を吸った胴回りの絹地が、ふっと呼吸をするのが分かった。

「疲れた」

思ったことが、そのまま声になっていた。

着物と帯を衣桁に掛け、美佐は襦袢姿のままその場に崩れ落ちた。

頬に当たる畳の冷たさが心地よい。銭湯に行かなきゃと思うのに、全身が濡れた砂でも詰まっているみたいに重かった。

誰にも侵されない、美佐だけの城は静かだった。こんなにも、一人は落ち着く。穏やかで、乱されない。今さらまた、要一郎と暮らすことなんてできるのだろうか。

己の馬鹿さ加減に泣けてくる。でもどうしても、あちらから離婚を持ち出されるのは許せなかった。傷つけられ、踏みにじられてきたのは美佐だ。別れるにしても、こちらから突きつけてやらないと気が済まない。

ましてや、あの義母を喜ばせることになるなんて。

どれだけ自分の息子の価値を、高く見積もっているのだろう。

「馬鹿みたい。若い嫁なんか、来てくれるわけないじゃない」

美佐は目頭に溜まった涙を拭い、床を押して起き上がる。もういい、今日はお風呂は休みだ。とことん自分を甘やかしてしまおうと、スナック菓子の袋を開ける。

食事会ではけっきょく、一滴もアルコールを口にしていない。ビールでも買ってくればよかったと後悔しながら、時代簞笥に寄りかかってばりばりと菓子を嚙み砕く。さっきまであんなに気分が悪かったのに、安っぽいバーベキュー味を、美佐の体は大喜びで受け入れた。

ノートパソコンを起動して、気になっていた映画でも観ようか。でも画面が小さいと迫力がいまいちだ。テレビは元々あまり観ないから、見逃し配信にも興味がない。

自然と手が、簞笥の上に積んでおいたノートに伸びる。続きを読むのが少し怖くて、放置していたツバメノート。何が書かれていたとしても、今ほど最低な気分にはならないだろうと、「I」と表書きされたそれを開く。

読みかけのページには、栞《しおり》の代わりに羽織紐を挟んでおいた。その先にふと、知っている人の名前を見つける。

川端英雄《ひでお》。美佐が物心つく前に亡くなった、祖父の名だ。

ではここからは、祖父と祖母の出会い編になるのだろうか。

美佐はノートを開いたまま時代簞笥の側面に背中をつけ、ずるずると滑るようにして座り込んだ。

四　咲子

においやかな乙女の園の思い出を、つらつらと書き綴ってまいりましたが、そろそろこの物語に、殿方を登場させるといたしましょう。

川端英雄兄さまとわたくしたちの初お目見えは、昭和十三年。鳥居坂の桜並木がまさに花開かんとする、三月末のことでした。

その翌日の四月一日には国家総動員法が公布され、日中の戦争は泥沼化する一方。日々の暮らしに息苦しさを覚えることも出てまいりましたが、それでもまだお正月には、寅《とら》年初の寅の日に年男、年女を集めて明治神宮を参拝し、銀座のカフェー・タイガーで虎屋《とらや》の羊羹《ようかん》を食べるという、呑気《のんき》なイベントも行われておりました。

川端家は那須郡烏山町、現在の那須烏山市を出自とする家系です。英雄兄さまは分家筋ではありますが、龍子姉さまやお父さまとは縁続きのかた。このたびめでたく中学四年を修了し、東京に進学なさるとのことで、早稲田大学の予科である第一早稲田高等学院に、わたくしたちの住まう麻布の家から通うことが決まっておりました。

書生部屋があるのは洋館でしたが、類縁のかたですから、兄さまには家族の者と同じ和館のひと間が与えられました。わたくしたちの部屋からは、台所と渡り廊下に隔てられた、一番遠いところでございます。子供同士とはいえ男女の礼節に配慮して、そのような位置取りになったのでしょう。

龍子姉さまとわたくしは、十一歳。洋館の応接室に呼ばれて行ってみれば、ゴブラン織のソファに背筋をピンと伸ばして座っておられたのが、十六歳の英雄兄さまでした。

姉さまは和館では和服、洋館では洋服を着たがりましたので、そのときは風をはらんだようなちょうちん袖のワンピースをお召しでした。わたくしはラグラン袖のセーターに、若草色のスカートといういで立ちであったと記憶しております。

詰襟姿の英雄兄さまは緊張なさっていたのか、まだ円《まろ》やかさの残る頰を引き締めておいででしたが、姉さまのお顔を目にしたとたん、呆《ほう》けたように口を開けてしまわれました。

無理もございません。お洋服の袖にボリュームがあるぶん、首や肩、お腰の細さが際立って、姉さまはぞくぞくするほど可憐でいらっしゃいました。

ライバルの登場を悟ったわたくしは、冷静に相手を観察いたします。幸いにもわたくしの存在などなきがごとき扱いでしたので、遠慮なくしっかりと見てやりました。

川端家というのは美形の家系なのでしょうか。兄さまもまた鼻筋の通った、すっきりとした顔立ちをしておられました。

それにしても五つも歳下の少女に臆面もなく見とれるとは、なんてだらしのないかたでしょう。目の下のホクロも甘ったれな印象で、いかにも頼りなげに見えました。

「英雄くんのご兄弟はたしか、お兄さんがいるだけだったね。慣れない土地で大変だろうが、東京にも家族ができたと思って、心配せず勉学に励みなさい」

その場にお母さまがおいでであれば、兄さまの一目惚れをすぐに見抜いたことでしょう。男親はいけません。お父さまは愛娘の貞操を案ずるでもなく、「なぁに私も息子がほしくてね」と、世辞まで飛び出すしまつです。

「わたしも、ずっとお兄さまがいらっしゃればいいなと思っていたの」

龍子姉さままでそうおっしゃり、わたくしは嫉妬《しっと》のあまり、胃がよじれそうになりました。

それからというもの、休日のお茶の時間には、英雄兄さまが加わるようになりました。広縁に籐椅子が三つ置かれているのを見たときの、口惜しさといったら。ばあやに呼びに行かせると、英雄兄さまは「こちらのほうが近いから」と言って、颯爽とお庭を横切って現れました。

三人でテーブルを囲んだところで、わたくしには面白いはずもございません。ですが姉さまと兄さまを二人っきりにするのは最も避けたいところですので、澄ました顔で座っておりました。

姉さまは両手を組み合わせて祈るように、わたくしでは決して叶えて差し上げられないお願いを兄さまになさいます。

「兄さま、外国映画はお好き？　わたしたち学校の決まりで、父兄同伴でないと映画館に行ってはいけないの。でもお父さまはお忙しいし、お母さまはお具合の悪いことが多いし、ばあやは眠くなるから嫌って言うのよ。兄さまはご一緒してくださる？」

映画といえば、その年の大ヒットはなにを措《お》いても「オーケストラの少女」でした。お正月映画として封切られ、映画館の周りに行列がとぐろを巻くほど話題になりましたから、姉さまと一緒にお父さまをなんとか口説き落とし、連れて行っていただきました。

お父さまは「ストコフスキーの指揮によるオーケストラをああやって聴けるとは、なるほどトーキーの面目躍如だね」と感心した口ぶりで、わたくしたちが主役のパッツィの真似をして「ハレルヤ」を歌いだすと、指で指揮をしてくださる。しばらくはそんなごっこ遊びが流行ったものです。

ところがひと月後に公開されたチャップリンの「モダンタイムス」は、お父さまとのお約束の日に急患が入り、そのまま見逃してしまったのでした。そのような無念を二度と味わうまいと、姉さまはこうして兄さまに目をつけたのでしょう。

思えばあのころはまだ、東京市民は映画を通じてアメリカ文化を享受していたのです。映画法が制定されたのは、その翌年のことでした。

映画法というのは、国策に則った映画でなければ製作、上映してはいけないという法律です。映画会社もそれに携わる人も、認可制、登録制となり、脚本は事前に検閲される。外国映画の配給も制限されて、娯楽は失われてゆきました。

でもそれはもう少し先のお話。姉さまは英雄兄さまの顔を覗き込むようにして、「ね、いいでしょ」と甘えておいでです。

兄さまはといえば、もうすっかり姉さまの虜《とりこ》のくせに、年長者の余裕を気取ろうというのか、ニヤニヤと笑っているばかり。伸びかけの坊主頭を撫でつつ、渋ってみせるのです。

「いやぁ。そうは言っても近ごろは、警官の学生狩りがずいぶん厳しいらしいぜ」

なんでしょう、この言葉遣いは。これでスカした気分になっていらっしゃるのだから、お笑い種《ぐさ》です。

兄さまがおっしゃるように、映画を観ても喫茶店に入っても警官に連行される、いわゆる「学生狩り」は横行しておりました。ですが平日に学校をサボタージュして盛り場をうろついているのが問題なわけですから、お休みの日であればなにを恐れることがございましょう。どうせ田舎から出てきたばかりの兄さまは東京に不案内で、まごつく姿を見られたくなかったのです。分からないものは分からないと素直に白状すればいい場面でも、こちらより上に立とうとして、知ったかぶりをするところのある人でした。

たとえばわたくしたちが熱中していた「少女の友」の、中原淳一の挿絵にしても、「こんなものはデッサンがなってないよ。もっとまともな絵を見て勉強したほうがいい」などと、水を差すようなことをおっしゃるのです。

とはいえ和館には橋本関雪《はしもとかんせつ》や池上秀畝《いけがみしゅうほ》の軸、洋館には小出楢重《こいでならしげ》の静物画に佐伯祐三《さえきゆうぞう》のリトグラフなどが飾られており、わたくしたちは無意識のうちに、よきものに触れて育っておりました。むしろ佐伯祐三をご覧になって、「見てよこの椅子、人の座れる形をしていないじゃないか」と笑ったのは兄さまです。

女子供と侮《あなど》るのが当時の風潮ではありましたが、姉さまはそんな風に当たっていいかたではありません。ですからわたくしは無理にでもお二人の間に割り込んで、真正面から撥《は》ねつけることにしておりました。

「ダメよ、姉さま。兄といってもうんと歳が離れていないとやはり外聞が悪いって、ネズミ先生がおっしゃっていたもの。英雄兄さまは童顔だから、わたくしたちとあまり違わないように見えるわ。あらぬ誤解を受けては兄さまにもご迷惑よ」

「だけど、咲ちゃんも一緒にいるのだし」

「いいえ、芥川龍之介《あくたがわりゅうのすけ》の『藪の中』を読んだでしょう。三人でいたって、見た人が二人だったと思えばそうなってしまうのよ」

「心配性ね、咲ちゃんは。最近ばあやに似てきてよ」

龍子姉さまがそうおっしゃると、降参のしるしでした。ばあやに言いくるめられたときのように、「不本意ながら納得しました」という意味を込めているのです。そのころの姉さまは我儘《わがまま》であっても、道理の通らぬことを無理にはなさいませんでした。

面白くないのは、わたくしに童顔と軽んじられた兄さまです。それでも女子相手に憤慨するのはみっともないと思う程度の恥じらいはおありだったようで、赤らんだ顔にはニヤニヤ笑いが貼りついておりました。

「へぇ、大人向けの小説も読むんだね。『乙女の港』専門じゃなくってさ」

ああ、嫌だ。くだらない負け惜しみ。

わたくしと兄さまの間には、いつだって静かな火花が散っておりました。

そういえば英雄兄さまが川端家の居候となった年の八月、ヒトラー・ユーゲントのご一行三十名が、親善大使として来日なさったことがありました。

そのころドイツではヒトラー総督が熱狂的支持を得ており、日独伊防共協定が成立したことで、三国の関係は密になりつつありました。ブレーメンから船に乗ってやって来たナチスドイツを代表する青少年たちは、十六日に横浜港へ入り、熱烈な歓迎を受けたのです。

わたくしたちはちょうど川端家の所有する軽井沢《かるいざわ》の別荘に滞在しており、その興奮を肌で感じることはできませんでした。けれども青年たちのスマートな制服姿や、彫刻のごとき美しさは、連日のごとく新聞紙面を賑わしておりましたので、憧れの眼差しで眺めておりました。

「素敵ね。ゲルマン人ってみんなこんなに美しいのかしら」

「でも姉さま、ヒトラー総督はチョビ髭《ひげ》のおじさまだわ。美しいかただけを選《え》りすぐっていらしたんでない？」

「あら、それもそうね。この軽井沢も西洋人は多いけれど、ゲイリー・クーパーはいないものね」

ソファで睦《むつ》み合うようにして新聞記事を見ておりますと、ばあやが耳ざとく聞きつけて、箒《ほうき》の柄でトンと床を叩き鳴らします。

「まぁお嬢さまがた、殿方のお噂なんて、はしたないですわよ」

わざと気取った口調で注意され、わたくしたちはくすくすと笑いながら身を起こしました。

「そうね。わたしたちも、仁王さまのように勇ましいばあやを見習わないと」

「ややっ、言ったな！」

ばあやが歌舞伎のように見得を切ったのを合図に、わたくしたちは「きゃあ！」と叫んで二手に分かれて逃げ出します。麻布のお屋敷では室内を走り回るなんてもっての外でしたが、軽井沢には開放的な空気が漂っておりました。

「それっ、捕まえた！」

詳しい歳は分かりませんが、そのころばあやは五十代の半ばごろだったでしょうか。新潟出身のむっちりと肥えた人で、特にお乳が帯の上に被るくらい張り出しておりました。

そんな彼女に強く抱きしめられると、お肉に圧迫されて苦しいのですが、その柔らかさと温もりには、幸福感を覚えました。お母さまが臥せりがちなぶん、姉さまはばあやの抱擁を喜んでおいででした。そしてまたわたくしも、「許して」ともがきつつ、頬に触れる乳房の感触を、懐かしんだものでした。

「ささ、テラスでお母さまがお待ちですよ。お茶の準備をいたしますからね」

邪魔な英雄兄さまは那須のご実家にお戻りで、お父さまは患者さんがおられるのでめったには来られない。わたくしたちは女ばかり水入らずで、のびのびと過ごしておりました。

空気のいい軽井沢ではお母さまもご気分がよろしいのか、よく広葉樹の林の間を、ゆったりとした足どりで歩いておいでした。ひとしきり散歩を楽しんでから、テラスに出した椅子で寛いでおられたのでしょう。白い頬にほんのりと紅が差し、その風情はドキリとするほど艶《なま》めいて、「いらっしゃい、お転婆さんたち」と手招きされると、気恥ずかしくなってしまいます。

それは姉さまも同じで、ばあややお父さまに見せる天衣無縫ぶりはどこへやら、モジモジとはにかみつつ、淑女のようにおとなしくお座りになるのです。

木漏れ日に透けるお母さまの、儚げな笑顔。きっとマリアさまというのは、こういう人だったのではないでしょうか。目にするだけで背筋が伸びて、心に慈愛が湧いてくる。このかたがお嘆きになることだけはするまいと、自重の念が育つのです。

「あんまりばあやを疲れさせちゃいけませんよ」

そう言って乱れた髪を整えてくださる指の、なんと細く冷たいこと。

母と親しむには過ぎたかたでしたから、わたくしにはそれだけで充分嬉しいことでした。けれども姉さまはすぐにでも、そのお膝に身を投げ出したくて、ウズウズなさっているようでした。

姉さまはお母さまのことが、ほんとうにお好きだったのです。

さて来日したヒトラー・ユーゲント一行は、東京での公式行事と富士《ふじ》登山を終えると、近衛文麿《このえふみまろ》首相の招きで軽井沢にやってまいりました。なんでも首相のお従兄弟《いとこ》でいらっしゃる前田《まえだ》侯爵家の別荘で、ガーデンパーティーが開かれるというのです。

その噂を聞きつけて、姉さまが悪戯心《いたずらごころ》を出されました。

「ね、ちょっと近くまで行ってみない？」

もちろん住む世界が違うかたの集まりですから、紛れ込むわけにはまいりません。それでも遠くから気配なりとも感じられれば幸いと、わたくしたちはそれぞれの自転車に跨《またが》りました。

川端家の別荘は、お祖父さまが存命のころにカナダ人宣教師から買い受けたものだったそうです。アタゴ・レーンの中途にある古い別荘地で、丈高い樅《もみ》や楓、白樺などが重なるように葉陰を作っておりました。

川端家に引き取られたばかりの夏は、初めての自転車に手こずらされましたが、姉さまの猛特訓のおかげでもはや慣れたものです。半袖のワンピースが風にはためき、聖パウロカトリック教会の三角屋根も、見る間に後ろへと流れてゆきます。でも威勢がよかったのははじめだけ。侯爵様の別荘がある御水端《おみずばた》に近づくと、蟻《あり》の子も洩らさじとする警備に阻まれ、先へは行けそうにありません。せめてざわめきなり音楽なり、華やいだ気分を持ち帰りたいと耳をそばだてても、お屋敷があまりに広大なため、遠くで鳴くカッコウの声が聞こえるばかりでした。

諦めて帰ろうとしたところへ、同じく肩を落とした少女の二人組とゆき合いました。あちらのほうがやや年嵩《としかさ》で、女学校の低学年と思われます。

顔かたちは違えど、ウエストを共布のベルトで絞ったワンピースや、磨き上げられた自転車、白い麦わら帽子にほんのり日焼けした肌まで、間に鏡を立てられたかのように、わたくしたちと似通っておりました。

そこに漂うミーハー気分を、彼女たちも察知したのでしょう。互いに気まずい目礼を交わし、別々の方角へと、ペダルを踏み込んで去りました。

「誰でも考えるのね、こういうことって」

前を走る姉さまの呟きを、風が拾って届けてきます。わたくしもまた、秘密の花園と思っていた場所が誰でも出入り自由な公園だったと知ったような、ひどく白けた気持ちになっておりました。

後日ユーゲント一行が軽井沢を去るときは、美青年たちをひと目見ようと女学生が駅に押し寄せて、やれプレゼントだサインだと大騒ぎだったと聞いております。けれどもわたくしたちは水辺でクレソンを摘み、キツツキの大工事に耳を傾け、樅の木に住むリスにクルミをやり、しごく平穏に過ごしました。

その日の早朝、靄がかかってベールに包まれたようになったお庭を姉さまはふらふらと歩いておられ、小楢《こなら》の幹にそっと手をお触れになりました。

「ああ、けっきょくわたし、熱狂というものがよく分からないんだわ」

見ればその小楢は前の晩に、たっぷりと蜂蜜を塗り込んでおいたものでした。甘い香りに誘われて、背の光る甲虫《かぶとむし》から名も知らぬ羽虫まで、びっしりと貼りついておりました。

我を忘れたかのごときその饗宴は、白い靄がすっかり晴れてしまうまで続きました。

麗しのユーゲント一行と入れ替わるようにして、矢野《やの》家の奥さまと次男の順平《じゅんぺい》さんが、夏の終わりを楽しみに別荘へとお越しになりました。

矢野家の旦那さまとお父さまは、医学専門学校以来のご友人です。家族ぐるみのおつき合いで奥さま同士も仲がよく、旦那さま抜きでも軽井沢へは、毎年遊びに来ておられました。

矢野医院は牛込《うしごめ》区にあり、跡継ぎの恭一《きょういち》さんはすでに医専に通っておられました。お忙しいのか、ここ数年は軽井沢に同行なさらず、わたくしはほとんどこのかたにお目にかかったことがございません。

次男の順平さんは、たしかわたくしたちより三つ年長。そのときはまだ、いがぐり頭の中学生でした。

目も鼻の穴も真ん丸で、唇はおちょぼ。そのくせ顔が細長いため、彼を見ると龍子姉さまはいつも、「面白《おもしろ》の駒《こま》」とわたくしの耳元で囁かれたものです。

「面白の駒」とは、『落窪《おちくぼ》物語』に出てくる兵部少輔《ひょうぶのしょう》のこと。馬に似ているので殿上人《てんじょうびと》からは馬鹿にされ、意志薄弱ゆえに復讐の駒に使われてしまう、憐れな人です。

「お久しぶりね、お元気？」と姉さまがご挨拶をしても、順平さんは顔を赤らめて戸惑うばかり。そんな要領の悪さも「面白の駒」に通ずるものがあって、わたくしはいつも姉さまに囁かれるたび、口を押さえて笑いを堪《こら》えなければなりませんでした。

小ぢんまりとした別荘には寝室が四つしかございませんでしたので、矢野家のかたがおいでになると、わたくしが部屋を空け、姉さまと同じベッドに眠ることになります。

「寝た？」

「ううん、まだ」

一枚の布団に包《くる》まって、互いの寝息を測りつつ、お喋りしているうちに寝入ってしまう。

姉さまがはじめて添い寝をしてくださった夜のことが思い出されます。

「もう寝た？」

「あ、少しだけ」

暗闇の中、くぐもった声でうふふと笑う。その甘やかな時間が嬉しくて、順平さんに特別会いたいわけではないけれど、お越しになるのは大歓迎でした。

順平さんは物静かで、お庭でティーパーティーを開いても女たちの会話には加わらず、苔《こけ》むした石ころをじっと眺めているようなかたでした。

ピクニックにお誘いしても、やはり一人で道端の草花や、木に巻きついた蔓《つる》などを愛《め》でておられます。「面白の駒」の件でも分かるように、わたくしたちは少しばかり彼を軽んじておりましたので、「なにをご覧になっているの？」と問うこともなく、親睦《しんぼく》はいっこうに深まりませんでした。

「植物学者になりたいらしいのよね」

矢野の奥さまがそうおっしゃったのは、テラスでアイスクリームを作っているときだったでしょうか。順平さんは玄関ポーチの段差に腰掛け、採取した植物をノートに貼り、標本を作っておいでのようでした。

「次男だからなにを目指しても構わないけど、あの子もお医者さまになれば、龍子ちゃんのお婿さんになれるかもしれないのにねぇ」

大人たちはいつもそう言って、順平さんをからかわれたものです。お酒が入るとお父さままで、「そうだぞ、順平くん。ウチの婿養子になりなさい」などと悪乗りをなさいました。

幸い女ばかりのとりとめのない会話は、おほほと笑ってすぐ次の話題へと移りましたが、順平さんのお耳には届いていたのでしょう。聞こえないふりをなさっていても、首まで真っ赤に染めておいででした。

「ああ、腕が重くなっちゃった。ねぇ順平さん、代わってくださらない？」

奥さまは息子の心情には無頓着《むとんちゃく》に、アイスクリーム機のハンドルから手を離されます。

木製の大きなバケツに氷と塩をたっぷり詰めて、材料を入れた金属の筒を冷やしつつ、ハンドルをクルクル、クルクル、一時間近くも回せばアイスクリームの完成です。大勢で代わりばんこにやると楽しいのですが、粘りが出てくるとハンドルが重たくなっていけません。

助けを求められた順平さんは、頬をこすりながらこちらにいらっしゃいました。アイスクリーム機を抱え込むようにしてしゃがむと、わたくしたちとは目も合わせずに、黙々と作業にかかられます。

奥さまは椅子に掛けるとアイスクリームのことなどお忘れのごとく、お母さまとの会話に花を咲かせておられました。

「ところで、先月からまたガソリン切符が厳しくなったじゃない？」

「ええ。そのせいで主人もこの暑い最中に、自転車で往診しているのよ」

「円タクもちっとも走っていないわ。それに三越《みつこし》の代用品博覧会、ご覧になって？」

「いいえ。そのころにはもう軽井沢に来ていたもの」

「スプーンやバケツが木なのはともかく、鮭《さけ》皮のハンドバッグなんてものまであったわ。ゾッとしちゃう」

代用品といえば、それからほどなくして国策代用品普及協会なるものが設立され、蚕の蛹《さなぎ》を使った代用醤油《しょうゆ》が作られたり、金魚が泳げるほど薄いという金魚酒が出回ったりもいたしました。

中でも悪名高いのが、木綿の代用品のスフでしょう。水に潜らせただけで襤褸《ぼろ》になるその強度のなさは、和紙を揉《も》んで縫い合わせたのを着たほうがまだマシではないかと思うほど。あれはまったく、ひどい代物でした。

「なんだか嫌ぁね。南京陥落で、支那《シナ》事変はもうおしまいかと思ったのに」

「なにしろ支那は広いもの。近衛さんがはじめたのだから、近衛さんが収めてくださるでしょう」

「そうですとも、奥さまがた。どうせ我が国の大勝利に終わるのですから、今しばらくは質素、倹約。銃後の守りは私たちにかかっております、ってね」

アイスクリームを盛るためのガラスの器を運んできたばあやも会話に加わり、豊かな胸をどんと叩きます。

　奥向きを預かる彼女は出入りの米屋や酒屋などから、威勢のいいことを吹き込まれていたのでしょう。夏が終わって東京に戻ると、川端家の防火担任者として防空演習に参加し、喜々として火叩きを振るっていたものです。

　順平さんは額に玉の汗を浮かべ、一心にハンドルを回しておられました。「疲れた」ともおっしゃらないので姉さまとわたくしは、花占いカードで遊びはじめます。

いつもなら「代わってあげなさい」と注意を促すであろうお母さまも会話に夢中。順平さんには、頑張れば頑張るほど人から忘却される才能がおありだったのかもしれません。アイスクリームが出来上がるころには、順平さんの開襟シャツは体に貼りつき、下にお召しのランニングがすっかり透けて見えるほど。ばあやがようやく、「あら、お任せしてすみませんねぇ」とその労をねぎらいました。

　器に盛ったアイスクリームに、浅間《あさま》葡萄のジャムを添えて。混ぜ続けておりましたから食感は、もっちりとしたソフトクリームのよう。舌に載せるとたちまち溶けて、頬の内側がキュッと窄《すぼ》まります。

「ああ、美味しい」

　うっとりと目を細められる龍子姉さま。順平さんの唇が、満足げな笑みを刻みます。そのささやかな喜びに、目を留めたのはわたくしだけのようでした。

休暇の終わりに順平さんは、ご自分で作られた押し花の栞をわたくしたちにくださいました。わたくしには、ヒメジョオン。龍子姉さまにはツユクサを。

あとから花言葉を調べてみましたら、ヒメジョオンは「素朴、清楚」。ツユクサは「尊敬、敬われぬ愛、小夜曲《セレナーデ》」など。

植物がお好きだったはずの順平さんが、中学を卒業なさってから医学専門学校に進まれたのは、やはり姉さまが原因だったのでしょう。


お母さまの希望的観測とは裏腹に、戦線は縮小の影もなく、翌年の松も明けぬうちに第一次近衛内閣は総辞職となりました。

十五日には七十連勝を目前にして、横綱双葉山《ふたばやま》が西前頭三枚目の安藝《あき》ノ海《うみ》に敗れ、両国《りょうごく》国技館は天地がひっくり返ったような騒ぎとなります。巷《ちまた》では横綱の快進撃を、連戦連勝の日本軍の進撃と重ね合わせているむきもありました。

ですからその後さらに黒星を重ね、合計四連敗を喫した横綱に、ばあやなどは「嫌ですねえ。兵隊さんたちの士気が下がらなきゃいいんですけど」と、妙な心配をしていたものです。ところがさすが横綱と言うべきでしょうか。五月場所では、双葉山は見事全勝優勝。圧倒的な強さを見せつけて、国民の高揚を誘いました。

「いっそのこと戦争なんかやめて、お相撲《すもう》で勝負をつければいいと思うのよ」

相撲に興味のない龍子姉さまは熱狂に染まらずに、しれっとそんなことをおっしゃいました。

双葉山の黒星なんかよりもわたくしたちは、学校に御真影の奉安殿が作られたことに、漠然とした不安を覚えておりました。

おかしなシステムですが、御真影の交付はあくまでも、学校側の自主的な願い出に対する下賜という形を取られておりました。その資格を与えられながら出願しないということは、天皇への不敬に当たるおそれがございます。

わたくしたちの学校は、すでに二年も前から「なぜ御真影を奉戴しないのか」と、文部省に圧力をかけられていたのでした。

時局が進み、もはや抗しきれないところまできていたのでしょう。二月には、御真影奉戴式が執り行われました。

「ミス・ハートはずっと、奉安設備がございませんのでと、出願を『辞退』申し上げていたそうよ」

「プロテスタントは偶像崇拝が禁止でしょ？　いいのかしら」

「きっと宣教師の先生たちだってお辛いわよ。でもそうでもしないと、学校がお取り潰しになるかもしれないわ。わたしたちを守ってくださっているのよ」

「だけどミス・ハートが御真影を受け取りに行かれたら、『外国人の手には渡せない』と追い返されたっていうじゃない。代わりに教頭先生が行かれたのよ。そんなの、あんまりだわ」

ミッションスクールとはいえ、学友の大半はクリスチャンではなく、家に神棚と仏壇のある子たちでしたが、いわゆる軍国少女というのはいなかったように思います。それはひとえにミス・ハートが「汝《なんじ》の敵を愛せよ」と教え、慈愛の手で我々に降りかかってくる火の粉を払ってくださっていたおかげでしょう。

けれども炎の勢いは増しつつあり、ミス・ハートの手を以てしても、すべてを除けなくなってきたようでした。

その四月にわたくしたちは、高等女学科へと進みました。間もなく増産報国のため花《はな》小《こ》金《がね》井《い》に学校農場が開かれて、勤労作業に駆り出されるようになってゆきます。

少女たちは深刻さとはまだまだ無縁で、「エス」の真似事などをして喜んでおりましたし、「額を落つる玉の汗、化して垂穂《たりほ》の実となりぬ」と讃美歌を口ずさみつつ、太陽の下での作業を純粋に楽しんでいるようでした。

たしかに真夏の炎天下での草刈りや、寒い最中の早春の麦踏み、それから脱穀時のノギに刺される痛みを除けば、夕日に染まる武蔵野《むさしの》の大地の牧歌的光景は、なかなか悪くはなかったのです。

龍子姉さまも細腕に慣れぬ鎌を握り、「わたし、この景色をよく覚えておくわ」と、目を細めておいででした。

そうやって二人で微笑み合っておりますと、例によって郁子さんが、刈った草なんかを、背中に放り込んでくるわけです。わたくしはすかさず手を挙げて、

「先生、郁子さんがひどいです」

と告げ口をする。

そのやり取りもまた、農作業のときのお約束でした。

翌昭和十五年といえば、皇紀二六〇〇年の祝賀の年でした。神武《じんむ》天皇の即位から数えて二千六百年の節目にあたり、十一月十日には宮城、つまり皇居前の広場で内閣主催の式典が盛大に催されました。

近衛内閣総辞職のあと、わずか一年半あまりの間に首相は平沼《ひらぬま》、阿部《あべ》、米内《よない》とコロコロ代わり、そのころにはまた近衛さんが就いておられました。

前年には、ノモンハン事件の収束も待たずにドイツがソ連と不可侵条約を結び、ポーランドに侵攻したことで、第二次世界大戦が勃発《ぼっぱつ》しております。

首相に返り咲いた近衛さんは、九月には日独伊三国同盟、十月には大政翼賛会を成立させ、そしてこの式典では、お祝いの言葉を奏上しておいででした。

「わたし、万歳三唱って好きじゃないわ」

ラジオから流れる実況放送の、「天皇陛下、万歳」に合わせて隣家の塀の向こうから、万歳三唱の野太い声が聞こえてまいります。その日は祝いの昼酒が解禁されておりましたから、ずいぶんご機嫌なようでした。

「なんだか無理に高揚させようとしているでしょ。近ごろは標語も歌も全部それ。気持ちが悪いわ」

当時は「七・七ぜいたく禁令」が発令されて、東京市中には「ぜいたくは敵だ！」の看板が溢れかえっておりました。「一億一心」という言葉が使われはじめたのも、このころではないでしょうか。

そういえば皇紀二六〇〇年を祝して作られた国民歌、「紀元二千六百年」でも、一億の胸が云々《うんぬん》と歌われておりました。その後さらに戦局が悪くなると、「一億総火の玉」、「一億玉砕」と、国民は意思のない塊のように扱われてゆきます。「一億」を掲げるスローガンは、もう二度と見たくはないものです。

「姉さま、そういうこと、あんまり大きな声でおっしゃらないで」

皇紀二六〇〇年の目玉となるはずだった東京オリンピックと万博は、時局に鑑《かんが》み中止、もしくは延期となっておりました。それでいて「万歳」もなにもあったものじゃないと、わたくしだって思います。ですが胸の内で思うのと、口に出して言うのとでは大違いです。

「それじゃあうんと声を小さくするわ。わたしはね、贅沢がしたいわけじゃないの。しみじみと胸に染み入るような美しさを、ただ愛したいだけなの」

姉さまは胸の上に手を重ね、顔をぐっと近づけてこられました。

おっしゃりたいことは分かります。たとえばわたくしたちが愛読していた「少女の友」の目玉であった中原淳一の絵も、軍部の圧力により掲載を禁じられておりました。こんななよなよとした絵は時局に相応しくないというのです。

「弱く儚く美しいものから犠牲になるのよ、戦争って」

姉さまはおそらく、憤っておられたのでしょう。ひそめていたお声がまたもや高くなっておりました。

外は晴天。広縁に座っていると冷える季節でしたので、姉さまのお部屋でわたくしは、ブラウスの衿にレースを縫いつけておりました。翌日にはお父さまとのお約束で、奉祝に沸く銀座へ連れて行っていただくことになっておりましたから、そのためのお洒落《しゃれ》です。

産みの母に似たのか、わたくしは裁縫が得意でした。あの時代、裁縫は家事の中でも大きな比重を占めておりましたから、小学校や女学校の授業でも、決して少なくはない時間が裁縫に割かれていたものです。

男の先生の中にはもっと学科を重視すべしと、その風潮を苦々しく思っていらしたかたもいたようですが、わたくしにとっては数少ない得意科目。一方姉さまは学科の成績がすこぶるよい代わりに手先が不器用で、指を怪我されることがしょっちゅうでした。

ですからそのとき縫っていたのは、姉さまのブラウスです。木綿が貴重になっておりましたから新品ではなく、以前作ったものに手を加えておりました。

このくらいはご自分でやっていただかないと、裁縫の腕が上がるはずもないのですが、姉さまのほんのり桜色を帯びた指先に、赤い血の珠が浮く様を見るのは痛ましく、つい引き受けてしまうのです。

「はい、できましたよ」

ころんとした丸衿のブラウスは、胸下の切り返しにたっぷりとギャザーを寄せてあります。控え目な綿レースをつけただけでもぐっと乙女らしくなって、姉さまの花のかんばせを引き立てるであろうと思われました。

「ありがとう。まぁ、素敵だわ」

姉さまはわたくしからブラウスを受け取ると、歓声を上げてその胸に抱きしめます。

ああ、なんたる愛らしさ。前髪を横に流してピンで留めていらっしゃる、その秀でた額に柔らかそうな産毛が光っております。

「皺になってしまうわよ」

わたくしの注意にふふっと含み笑いを返し、姉さまはブラウスの衿をそっと指で撫でました。その仕草に、脇腹がぞくぞくと震えます。まるで自分がその指に、愛撫されたかのようで。

そんなことを考えるなんて、はしたない。それでもわたくしは、姉さまから目を離すことができませんでした。

「あのね、わたしが大事にしたいのは、まさにこのレースのようなものよ。実用のためならば、べつになくったって困らない。だけど、ないと味気ない。人の心にもきっと、レースの縁取りが必要なの」

そう呟かれた姉さまは、先刻とは打って変わって大人びた、沈んだ瞳をしておいででした。

皇紀二六〇〇年の奉祝は、十四日まで続きました。

マッチや砂糖は切符制となり、白米食も禁止されておりましたが、この日ばかりはと、ばあやが甘いぜんざいや、お米のピカピカ光るちらし寿司を作ってくれました。

銀座へのお出かけは、せっかくだからとお母さまも美しく装ってご一緒に。街の雑踏は容易に歩けぬほどでしたから、はぐれないようにと姉さまがご両親の手を握られました。

表通りの花電車や、久しぶりに食べたライスカレー。それよりも親子で手を繋ぎ合えたことが、よっぽど嬉しかったのでしょう。姉さまの笑顔は光り輝いておられました。

「ほら、咲ちゃんも」と、お母さまが象牙《ぞうげ》のように滑らかな手を差し伸べてくださる。それは幾度となく握った姉さまの手と、同じ形をしておりました。

さて奉祝期間が明けますと、「祝へ！　元気に朗らかに」と街中に貼り出された大政翼賛会のポスターが、一斉に「祝ひ終った　さぁ働かう！」というものに代わりました。

それについても姉さまは、「ひどく味気ないわ」と怒っておられたものです。余韻もなにも、あったものではございませんでした。

ですがあとから考えてみるとそのころはまだ、どうにか人間らしい暮らしが保たれておりました。姉さまのおっしゃる「レースのようなもの」は、戦火に煽《あお》られ焦がされて、どんどん失われてゆくのです。

明けて昭和十六年はしきりに新体制が叫ばれて、年賀状の取り扱いが中止され、門松も質素なものにすべしとの通達が出されます。国鉄の線路脇や公園が耕され、目黒《めぐろ》競馬場が広大な芋《いも》畑に変わったのも、このころだったのではないでしょうか。

　春先にはわたくしたちの通う学校名に、英国の「英」の字が入っているのがけしからんと咎《とが》められ、「永」に置き換わることになりました。

　その他にも多くの社名や商品名、芸名などのカタカナが敵性語とされましたが、明治のご維新以来国民の生活に染み渡った英米文化は払拭《ふっしょく》しきれるものではございません。だってそうでしょう。コロッケを油揚げ肉饅頭《まんじゅう》、コントラバスを妖怪的四弦などと呼ぶのは、やはり無理がありますもの。

「変だわ。こんなことにいったい、なんの意味があるのかしら」

　姉さまは桃色の頬を膨らませ、たいそうお腹立ちの様子でした。

「この理屈で言えば、漢語だってやめにしなきゃいけないわよ。支那とはもうずっと戦っているんだから」

「そりゃあ無理な話だよ。支那とはなんせ、後漢《ごかん》時代からのつき合いだ。漢語がダメなら俺たちは、言葉もろくに喋れないぜ」

　そんな分かりきったことを、したり顔でおっしゃるのは英雄兄さまです。

　四月からは早稲田大学の本科に進まれることになっており、さすがに東京にも慣れたのでしょう。身のこなしが洗練されたように思えます。その手には愛用のミゼットカメラが握られておりました。

　ミゼットは美篶《みすず》商会から発売された、日本発の豆カメラです。

手のひらに載る大きさながら、ずしりと重く、「四つ切りサイズの引き伸ばしにまで耐えうるあたり、他のおもちゃカメラとは一線を画する」と、兄さまが誇らしげに語っておられたものです。姉さまに対して蘊蓄《うんちく》を披露したがるところは、以前と変わらずなのでした。

頭上では桃の花が、ふわりと笑みこぼれておりました。その下にテーブルを出してもらって、姉さまとわたくしは紅茶を飲みつつ、わずかばかりの金平糖《こんぺいとう》を大事にかじっていたのです。

そこへ兄さまが、「お嬢さんがた、写真はいかが」とニヤニヤしながら近づいて来られたのでした。ミゼットを入手なさってからというもの、姉さまを撮りたくてたまらないようで、しばしばちょっかいをかけてくるのです。

「嫌な兄さまね」

龍子姉さまは、十四歳。

だんだん娘らしくおなりで、ネルの着物に兵児帯《へこおび》という普段着ながら、籐椅子のひじ掛けに寄りかかっている様は、まさに桃の花の化身のよう。

その甘い香りに幻惑された兄さまは、悪態をつかれてもなお嬉しげに頬を緩めておられました。

「英雄の『英』だってそのうちに、改名せよと言われるかもしれなくってよ」

「大変だ。そうなると、東条《とうじょう》英機《ひでき》陸相も変えなきゃいけなくなってくる」

「ま、余裕なのね」

そう言ってじゃれ合うお二人を、わたくしはただ静観しておりました。

姉さまは「エス」を持ちかけてくる女生徒には惚けたり冷淡だったりなさいますのに、英雄兄さまにはなかなかどうして、媚態《びたい》のようなものをお見せになるのです。

「余裕なんかないさ。龍ちゃんが被写体になってくれないからね」

美しい少女は皆その美を誇りたがるものと決めつけて、兄さまは少しばかり不躾《ぶしつけ》でした。

姉さまは本当に写真がお嫌いで、学校の集合写真ですら、前のかたに隠れておしまいになる。たとえば録音した自分の声を聞くと、違和感があって気恥ずかしいものですが、それと同じ感覚が写真でも起こるようでした。

姉さまの嫌がることは、できうるかぎり排除しなければなりません。

「諦めが悪いわよ、兄さま」

会話に割って入ったわたくしに、兄さまは苦々しげな顔を向けました。

「そうよ。何度お願いされたって、写真は嫌。ほら、代わりに咲ちゃんを撮ってあげて」

姉さまに懇願されて、兄さまは渋々カメラを構えました。

草鞋《わらじ》のように扁平なわたくしの顔など、撮れと言われて気が進むはずもありません。それでも「嫌だ」と断るのは失礼だと、配慮が働く程度には兄さまも成長なさっていたのでしょう。

わたくしもべつに期待はしておりませんから、構えることなくそのまま椅子に座っておりました。

「はい、撮るよ」と掛け声をかけた兄さまの、指はシャッターボタンに置かれただけ。押し込んでいないのは明白でしたが、そんなものはわたくしにとって、どうだっていいことでした。

そんないけ好かない英雄兄さまが、わたくしを頼ってこられたのは、その数日後だったと記憶しております。

夜中に尿意を覚えて目を覚ましたわたくしは、冷たい板張りの廊下を踏んで、ご不浄へと立ちました。

古い家のことでご不浄の引き戸には鍵がついておりませんでしたが、使用中であれば中から洩れる光で分かります。

電灯が消えておりましたから、わたくしは安心して木戸を開けました。

「ひっ！」

内側についている電灯のスイッチを押してすぐ、喉が引きつりそうになりました。

なんのことはない、無人と思われたところに人がしゃがんでいただけなのですが、昔のご不浄はただでさえ恐ろしいもの。居屋からは長い廊下で隔てられており、夜毎に物《もの》の怪《け》の住《すみ》処《か》となっていたとしても、おかしくはなかったのです。

「ひ、英雄兄さま？」

よくまぁ、驚きのあまりお小水を洩らさなかったものです。それだけはどうにか、下半身にキュッと力を入れて堪えました。

英雄兄さまは用を足しているのではなく、蓋をした和式便器の上にしゃがみ込んで、ぶるぶると震えておいででした。

電灯もつけずそんなところにいらしただけでも異様ですが、ご不浄は兄さまの部屋のほうにもございます。夜更けにわざわざ遠いほうまで、出張っていらっしゃらなくてもよさそうなものでした。

「どうなさったの、こんなところで」

兄さまは蒼白《そうはく》な顔をなさりながらも、唇の前に人差し指を立て、わたくしに声を落とすよう促しました。

いつからそこに潜んでおられたのでしょう。春先といえども夜の空気は冷たくて、その指には血の気がございませんでした。

綿のパジャマのみで羽織るものはなく、足元は裸足《はだし》にスリッパ。歯の根はすでに合っておりません。

カチカチカチカチと歯を鳴らしつつ兄さまは、「助けてくれ」とおっしゃいました。

事情はどうあれ、兄さまにそこにいられては、わたくしが用を足せません。

ひとまず出ていただいて、なすべきことを済ませてから、凍えかけた兄さまを忍び足で自室にお連れいたしました。

日常生活に於いて兄さまが、わたくしたちの居室のあるあたりに足を踏み入れる必要はございません。ましてや部屋に通すなどはじめての試みでしたが、身の危険はつゆほども覚えませんでした。兄さまがわたくしに興味がないことは、重々承知しておりましたから。

とはいえ一つの布団で休めるほど、心を許してもおりません。わたくしは兄さまに綿入れと、ショールを渡して差し上げました。同情というよりむしろ、彼の弱みを握ってやろうという、打算的な気持ちがありました。

「それで、なにがあったの？」

綿入れを着込み、ショールを脚に巻きつけて、ようやく震えの止まった兄さまは「実は――」と、言いづらそうに話されました。

そのころの台所女中に、キミというのがおりました。当時の女中奉公は花嫁修業としての性格が強く、二、三年で入れ替わることが多かったものですから、期間の短い人は顔も覚えておりません。

キミがいたのは、三ヶ月ほどだったでしょうか。どんな人だったのか、もはや思い出すことはできませんが、兄さまより歳上の、女盛りであったようです。

そのキミが英雄兄さまに言い寄っていたことを、わたくしははじめて知りました。

違和感は、キミが雇われたころからあったといいます。

たとえば兄さまが外出から戻られると、自室の物の配置が微妙に変わっていたりとか、靴下の穴がいつの間にか繕われているとか、入浴中に「お背中お流しいたしましょうか」と声をかけられたりだとか。

そしてその夜、就寝中の兄さまは、ふいに人の気配を感じて夢の中から引き戻されたそうです。おもむろに目を開けると、とたん全身の毛という毛が逆立ちました。

枕元に黒い影が座っており、顔を覗き込んでいたのです。

「うわっ！」

短く叫んで、兄さまは飛び起きました。

部屋が離れておりますから、その声は誰にも届きません。

暗闇に目が慣れてきてようやく、それが新入りの女中と分かりました。

「どうやら今までもそうやって、俺の寝ているところに忍んできたことがあったらしいんだ。まったく気づかなかったけど」

思い出してまた鳥肌が立ったのか、兄さまはしきりに腕をさすっておられました。

キミはひと目見たときから英雄さまの面影が頭から消えないのだと苦しい胸の内を吐露し、こうして見つかってしまったからには女に恥をかかせないでくれと、しなだれかかってきたそうです。

それを僥倖《ぎょうこう》と取るか、災厄と取るかは人しだい。

兄さまはまだ初心《うぶ》だったのでしょう。女のむき出しの欲望に恐れをなし、相手を突き飛ばして逃げてしまわれたのでした。

「それからずっと、お手洗いに潜んでいらしたの？」

「ああ。戻るとまだキミが待っていそうで、恐ろしくて」

もしかするとその夜は、兄さまをお屋敷から追い出すチャンスだったのかもしれません。

わたくしがそこでひと声叫べば、兄さまは年頃の娘の部屋に忍んできた無法者です。傷心の女中と口裏を合わせれば、さらに追い込むこともできたでしょう。

でもわたくしは、二番目の母のことを考えておりました。女中だてらに主家の男を誘惑しようとするキミの性根が、実に気に食わなかったのです。

身のほどを知らぬ女中など、百害あって一利なし。一時の激情に流されて、わたくしは判断を誤りました。

「そういうことならばあやに言って、即刻辞めさせるべきだわね」

「そんな理由で？　それはちょっと、若い女性には酷じゃないかな」

「あら、お優しいこと」

煮えきらない兄さまです。

女は想いを寄せてきた相手を心底嫌い抜くこともできますが、男の人にはなかなか難しいのでしょうか。捨て身で迫られればわずかなりとも、悪い気はしないのかもしれません。

兄さまが女中を告発したがらないのであれば、仕方がない。

翌朝わたくしは家人が起きだす前に兄さまを追い立てて自室に帰し、台所の鼠《ねずみ》入《い》らずに仕舞われた和三盆糖を取り出しました。

特別な日のためにと、ばあやが油紙に包んで大切に保管していたものです。それをあとからこっそり、女中部屋のキミの柳行李に忍ばせておきました。

キミが暇《いとま》を出されたのは、その翌日のこと。

兄さまはことのなりゆきに少しばかり胸を痛めたようですが、春の陽気が増すごとにお庭で見かける機会が多くなった姉さまの笑顔に慰められ、すぐに忘れてしまったようです。

女中の一件があってから、わたくしに弱みを見せても平気と思うようになったのでしょうか。兄さまは時に「咲ちゃん」とわたくしを手招きで呼び寄せて、水仙の花を手折る姉さまを眩しげに眺めつつ、相談を持ちかけてこられました。

「どうしよう、僕は早稲田ではなく、慶応《けいおう》に行くべきだったのかもしれない」

「あら、どうして？」

「龍ちゃんをお嫁さんにしようと思ったら、やっぱり医者にならなきゃ。そうだろう？」

慶応にあって早稲田にないもの、それは医学部です。

兄さまは切なさに酔っておられるように、ふっとため息をつかれました。

すでに早稲田の仏文科に進むことが決まっておられるのに、なにを今さら。それに兄さまは、理系科目がからっきしだったのです。

「だけど早稲田はいち早く、正規の女学生を受け入れるようになったじゃない。お母さまがずいぶん褒めていらしたわ。お父さまだって女子の教育には肯定的だし、それに姉さまにはとにかく甘いんだから。姉さまがどうしてもとおっしゃるなら、きっとお許しになるわよ」

それはほんの口先だけの慰めでした。いくらなんでもお父さまが、総領娘の姉さまを医者でもない男に遣るはずがございません。

けれども兄さまは「そうか、咲ちゃんありがとう」と、わたくしの言葉ひとつで顔を輝かせる。その様子がおかしくて、ずいぶん無責任なことを並べ立てたものでした。

しかしわたくしの役割は、兄さまをぬか喜びさせることではなかったのでしょう。早めに現実を突きつけて、想いを断ち切らせてやるべきだったのです。

五　美佐

　風邪を引いた。

　このところ梅雨冷えのする日が続いていたのに、銭湯帰りの濡れ髪のまま、裁縫に打ち込んでいたのが悪かったのか。朝起きるとミミズに這《は》い回られるような悪寒がして、熱が出ているのだと分かった。

　手元に体温計がないから、正確な体温は分からない。物に摑まっていないと立っていられないあたり、それなりに高熱なのだろう。

「まいったなぁ」

　今日は古物商専門の市がある日だった。夏の主力商品となる浴衣を中心に仕入れてくるつもりだったのに、これではとても行けそうにない。

　スマホを見ると、なんと九時半を過ぎていた。無意識のうちにアラームを止めて、そのまま寝続けていたのだろう。

　病んでも一人。長い髪をバッサリと切ったみたいに、首筋がうそ寒い。

　美佐が体調を崩すと要一郎は、決まってカップアイスを買ってきた。

きっかけは、結婚式の数日前。疲労が溜まったのか、夕方から急に熱が出た。そのとき要一郎に「ほしいもの、ある？」と聞かれ、「ハーゲンダッツ、ストロベリー味」と答えたのだ。

それ以来、要一郎は律儀にストロベリー味のハーゲンダッツを買ってくる。愛があればその融通の利かなさも、可愛いと受け止められるのだろう。だけどもういい加減、熱っぽい舌の上で溶けてゆく甘ったるいアイスには辟易《へきえき》していた。

病院に、行ったほうがいいだろうか。でも体がだるくて、起き上がるのも億劫だ。こんなとき、トイレが共同なのはやっぱり不便だと思う。

美佐は寝たまま腕をうんと伸ばし、ペットボトルの水をひと口飲んだ。軽く寝返りを打つと、スチールラックに足が当たる。反対側を向くと、すぐ目の前が押し入れの襖だ。

「狭っ」

あらためて実感し、美佐はひっそりと笑う。それから重い瞼を静かに閉じた。

ドンドンドンと、ドアを叩く音で目が覚めた。手元のスマホを引き寄せてみると、四時を過ぎている。よく寝たものだ。昼前に病院に行って薬をもらってきたお蔭か、頭が軽くなった気がする。

「おーい、ミサミサ。生きてる？」

関くんの声だ。「はぁい」と返事をしてから美佐は、寝間着代わりにしている浴衣の乱れを直す。少しくらい胸元が開いていたって関くんは気にしないだろうが、一応のエチケットだ。

「ああ、よかった。自力で動けるんだね」

関くんは今日も巻きスカートとパンツの中間のような、難解な服を着ていた。美佐の顔を見て、安心したように頬を緩める。「起こしちゃったかな。悪かったね。ほら、寝てなさい寝てなさい」と、美佐を布団へと追い遣った。

「一応スポドリやゼリー飲料買ってきたけど、この部屋冷蔵庫ないよね」

「大丈夫。ぬるくなっても常温でいける」

「そう思って、腐りづらそうなものにしといた」

枕元にコンビニの袋を置くと、関くんは自分で座るスペースを作り、腰を落ち着ける。

「一つちょうだい」と手を伸ばし、さっそくゼリー飲料をいただくことにした。

「てかさ、外廊下やたらナメクジいたんだけど。どうなってんの、このアパート」

「ああ、梅雨になると出るの。部屋の中までは入って来ないんだけどね」

着物にとって湿気は大敵だから、エアコンも扇風機もないのに、除湿機だけはフル稼働している。そのお蔭か、じめじめとした季節でも、どうにか寝起きできていた。もっとも本格的な夏が来れば、とても太刀打ちできないのだろうけど。

喉をつるつると通ってゆくゼリーはレモン味。熱の残る体には心地よく、瑞々しさが漲《みなぎ》ってゆく。半分ほど飲んで、美佐はふうと息を吐いた。

「市、行けなかった。年会費もったいないなぁ」

「あんな古狸《ふるだぬき》の巣窟《そうくつ》、行ったらよけいに悪化するって」

今日の古物市場は着物専門ではなく、骨董も扱う市だった。他にも家具、家電やブランド品を専門に扱う市もある。市によって入会金や年会費が必要だったり、紹介制だったり、古物商としてのキャリアが問われたりと、様々だ。年会費を払っているのに定期開催される市に行けないと、少し損した気分になる。

部外者が入って来られないぶん、何度か通っていると見覚えのある顔ばかりになる。会場も地域のコミュニティーセンターとさほど広くもないので、関くんは美佐がいないことにすぐ気づいたのだろう。昼休みに連絡をくれて、どうも風邪らしいと告げたのだった。

「体調が悪いときくらいさ、自分ちに帰れば？　一人だと心細いでしょ」

自分のために買ったらしいコーラのボトルをプシュッと開けて、関くんがごくりと喉仏を上下させる。そう思ったから、顔を見に来てくれたのか。この人も、一人暮らしが長いはずだ。

「うーん。むしろ相手の食事の心配をしなくていいぶん、一人のほうが楽かも。『ご飯作れそうにない』って言ったら、『分かった。外で食べてくる』って返されるのも腹が立つ。私のご飯のことは考えてくれないのかって」

「あ、分かる。元彼もそうだった。それで精一杯気を遣ってるつもりなんだよね」

「そうなの。気の回し方が甘いの。けっきょく自分の面倒は自分で見なきゃいけないから、だったらもう、一人でいいよね」

　もちろん、心細いことは否めない。だが要一郎がいたって、安心感とはほど遠い。心のよりどころとなる相手が傍にいてこそ、病身を委ねられるのだ。

「馬鹿だねぇ。それなのに、離婚はしないなんて言い張っちゃって」

「ごもっともです」

　関くんに盛大に呆れられ、美佐は布団に座ったまま肩を縮めた。

　心の中ではもうとっくに、要一郎に見切りをつけている。それなのに離婚するならこちらからという意地とプライドだけで、婚姻関係にしがみついていた。

　そのくせ明大前のマンションにも、あれから一度も戻れずにいる。別居状態が長引けば、美佐が不利になるばかりだというのに。

　なにもかもが、矛盾している。そんなことは、指摘されるまでもなく分かっている。

「結婚して、七年だっけ？」

「ううん、八年」

「八年かぁ。よく耐えたよ。もう自由になったっていいんじゃない？」

　義母の過干渉とプレッシャー、そして夫の無関心。女友達に話せばきっと、批難の嵐が巻き起こる。だが長年にわたる不妊治療のストレスから、子育てに邁進《まいしん》する友人たちとはすっかり疎遠になっていた。要一郎と出会うきっかけになった大学時代の友人だって、もうずっと連絡を取っていない。だからこんなふうに甘やかしてくれるのは、もはや関くんだけだった。

「耐えたっていうか、私もずるいの。けっきょくお金だよ。今さら一人でやってくのは大変だもの。ネットショップの収入だって、ギリギリ生活できる程度。この部屋にエアコンをつける余裕もないんだよ」

「でも現状、自分の収入だけでこの部屋の家賃払って暮らしてんでしょ。どう感じてるの？」

「不便だけど、快適」

「ほらね」

答えは、すでに出ている。自分でも薄々分かっていた事実を突きつけられて、美佐は言葉に詰まる。いたたまれなくて、勢いよく枕に顔を埋めた。

関くんの優しい声が、慈雨のごとく頭上に注がれる。

「僕も人に言えた義理じゃないけど、ミサミサは終わりの気配が好きなんだよね。古物商の性《さが》というかさ」

桜なら散り際、春より秋、終わりかけの祭り囃子を、あともう一曲だけと望む気持ち。過ぎ去った時代の物に、胸がざわつくほどの愛おしさを覚えてしまう。惜別《せきべつ》の情の強さは、否めない。

「そんな、いいものじゃないよ」

枕に潰されて、声がくぐもる。たしかに人より感傷的な性分なのかもしれないが、この状況を楽しんでいるかのような言い分には神経が尖る。

関くんにも、他人の問題に踏み込みすぎたという自覚があるのだろう。

「なんてね。自分が失恋したばかりだから、ミサミサもさっさと一人になっちゃえばいいと思って言ってるわけだけど」と、冗談めかして一歩引いた。

「なに、また失恋したわけ？」

美佐もまた、関くんが用意してくれたその流れに乗ることにした。

「ああ、したともさ。もう三年もカットをお願いしてた美容師のコカドさんが、十六も下の女と結婚しやがったの！」

「だから、髪が伸び続けてるんだ」

ゆっくりと寝返りを打って、くすりと笑う。一つにまとめられた関くんの髪は、今まで見た中で最も長い。

「どうして僕、ノンケにしかときめかないのかしら」

「因果ね」

「もう、嫌」

関くんの頭が、美佐のすぐ目の前に落ちてくる。狭い中で体を縮めて、横たわったのだ。

「風邪、うつるよ」と注意しても、関くんは「んー」と生返事をするばかり。嫌だと言っても、投げ出すわけにはいかない。人はそれぞれに、やっかいな性分を抱えて生きている。

「ねぇ、ミサミサ。お互いに還暦過ぎても一人だったら、僕と結婚しない？」

「なに、老後の心配？」

笑い飛ばそうとしたけれど、うまくできなかった。美佐だって一人が楽と言いながら、先のことを考えると恐ろしい。自分はいったい、いくつまで生きるのだろうか。生きてしまえるのだろうか。

直視するのが怖いから、その問題からはつい、目を逸らしてしまう。

「まぁ私もどうやら、子供を持てない人生らしいし」

「僕は最初っから無理だけど。ミサミサは、そんなにほしかった？」

「どうだろう。でも柔らかくて温かいものをこう、抱きしめられれば、それだけで満たされる気がする」

「危険だね」

「そうね、危険ね」

いつまでも母親の腕の中で、大人しくしていてはくれない子供。いずれ手放さなければならないと分かっていても、小さな温もりに依存してしまう。自分とは別の人間がそこにいることを、認められないまま手を伸ばす。

「うちの母親なんて、いまだに見合いの話を持ってくるよ」

「知らないわけじゃないんでしょう？」

「もちろん。期待させるのも悪いから、三十になる前に言ったよ」

「どうだった？」

「泣かれた。『まともに産んでやれなくてごめん』って。ぜったいに、気づかなかったはずはないと思うんだけど」

関くんは、今どんな顔をしているのか。美佐からは頭頂部しか見えない。つむじの形が、とても素直で綺麗だと思った。

「その数ヶ月後には、『いい拝み屋さんがいるんだけど、行ってみない？』って連絡がきた。もはや憑《つ》き物扱いよ。そんなものでどうにかなるなら、苦労しないって」

中学時代から、関くんは骨董屋の祖父の家に入り浸っていたという。表向きは、骨董が好きだから。でも母親が求める息子像を、演じるのが辛くなったせいでもあった。

子供のころの関くんはさぞ可愛かったろうから、母親の気持ちも分からないではない。自慢の息子が人並みの幸せを手にできないなんて、認めたくはないだろう。それはきっと、義母も同じだ。

「母親こそが、病なんだよ。本人も、それを求める人にとっても」

関くんの言わんとすることは、美佐にもよく分かった。母親になろうとして足掻《あが》き、なれなくて、劣等感の沼に溺《おぼ》れていた。一方「母親」をまっとうしてきた義母は自信に満ちており、強かった。

母の愛は偉大だとか、母は強しとか、父親の存在感がかき消されるほどに「母」のイメージは肉づけされ、肥大してきた。自分も望めばいつでもその輪の中に入れると思っていたのに。何度挑戦しても手が届かなくて、もうすっかりずたぼろだ。

女を性愛の対象としない関くんは、女に母性を求めない。だから調理器具も冷蔵庫もないこの部屋に来ても、「女子力ない」といった揶揄《やゆ》はしない。そんなところが美佐には気楽で、どんどん親しくなっていった。

関くんも、美佐になにか近いものを感じて傍にいるのだろうか。それともただ憐れと思って、つき合ってくれているだけか。

「でも結婚は、遠慮しとく。関くんぜったい、抜け駆けするから」

「ええっ。ひっどぉい」

「だいたい言い出しっぺが裏切るんだよ、こういうのって」

「じゃあ僕も、幸せになれるってことかしら」

「なりなさいよ、せっかくだから」

実のところ、どういう状態が幸せなのかは分からない。美佐の場合は、子供さえできていれば幸せだったのか。そこから得られる幸せは間違いなくあったのだろうけど、関くんと目も合わさずに寝転がって、喋っているこの瞬間もそこそこ幸せだった。

美佐はしばらく口を噤《つぐ》み、古ぼけた天井を見上げる。おそらく合板なのだろう。実家の天井とは違い、木目が妙に整っている。

たしか夫が働き、妻が専業主婦で、子供が二人の家庭を「標準世帯」と言うのだったか。でも人の営みがこの天井のように、のっぺりと均《なら》せるはずもない。「標準世帯」がすっかり標準ではなくなってしまったこの時代に、新しい幸せのモデルはまだできていないのだろう。

「あ、そうだ」

関くんが、床に手をついて起き上がる。なんだろうと見ていると、傍らに置いたバッグをまさぐりはじめた。Ａ４サイズの二つ折りクラッチだ。

「はい。これをミサミサに見せようと思って来たんだよ」

そう言って差し出されたのは、古い白黒写真だった。

やかんで温めたレトルトの卵粥《たまごがゆ》を、適当な器もないのでマグカップに移す。それをコンビニでもらえるプラスチックスプーンでもそもそと食べていると、さすがにちょっと虚しくなった。

明大前のマンションに置いてきた、萩《はぎ》焼の茶碗が恋しい。透明感のある青のガラス釉《ゆう》に一目惚れをして買ったものだ。夫婦《めおと》茶碗じゃなかったから、同じサイズのものを二つ買って帰ったら、要一郎は「俺には小さい」と嫌がった。

身の周りに少しでも、綺麗なものがあれば心が慰められる。要一郎は、そういったことにはあまり構わない性格だ。彼はずっと、独身のときに買った百円ショップのどんぶり茶碗を使い続けている。

ふうふうと粥を吹き冷ましながら、口に運ぶ。体はいくぶん楽になった。頭がまだ重い気がするのは、寝すぎたせいかもしれない。関くんが帰ってからもうひと眠りして、すでに八時を過ぎている。

布団の上に座ったまま食事を終えて、薬を飲み、美佐はふうと息をつく。枕元には関くんが置いていったコンビニ袋と、古い写真。汗ばんだ衿元を寛げて、あらためて古写真を手に取った。

古びて白くぼけたようになったそれは、通りの両脇にびっしりと店が並ぶ商店街の写真だった。裏を返せば手書きの文字で、『昭和八年麻布十番』とある。関くんが今日の市で競り落とした、昭和初期の古写真の中の一枚だそうだ。

戦前の写真と知って、驚いた。保存状態が悪かったのか画面がぼやけていて見づらいが、眼鏡屋や呉服屋の幟《のぼり》がはためき、レストランらしき店の前には『ランチ』と書かれた看板が出ている。麻布十番は今も賑わう商店街だが、活気では決して負けていない。

鳥居坂上にあったという川端家からは、坂を下ってゆけばこの商店街に突き当たるはず。祖母の手記に出てくるばあやも、このあたりで買い物をしていたのだろう。写真には、割烹着を着た女性の姿もちらほらと窺える。関くん曰く、この通りにはコロンバンの支店もあったそうだ。

そういった、今もある店の名前が出てくると実感できる。あの時代と現代が、間違いなく地続きであると。戦局が進むまで町の人々は、ささやかな日常を楽しんでいたのだ。

ちょうど、「Ⅰ」のノートを読み終えたところだった。美佐は立ち上がり、空になったマグカップを流しに置くと、「Ⅱ」のノートを手に取って布団に戻る。手記の中の「咲ちゃん」の、「英雄兄さま」に対する反感はなかなかのもので、そんな二人がどういう経緯で夫婦になったのかが気になっていた。

それにしても祖母は、当時のことをよく覚えていたものだ。関くんの同業者に満州《まんしゅう》引き揚げ者のお爺さんがいて、あの人も何年何月になにがあったと、生き字引のように覚えている。昨日の夕飯のメニューは忘れてしまっても、生きづらかった時代の記憶は魂に深く刻み込まれてしまうのだろうか。

美佐はなにも知らなかった。昭和十五年に皇紀二六〇〇年の目玉事業としてオリンピックと万博が招致されていたことも、それらが日中戦争の長期化により中止に追い込まれてしまったことも。

来年二〇二〇年には東京オリンピック、二〇二五年には大阪・関西万博が開催される見通しだ。どちらも六〇年代から七〇年代に青春を過ごしたおじさんたちの懐古趣味にしか見えなかったし、平和の祭典という言葉にも薄ら寒いものを感じていた。

だが実際に、世界がある程度平和で、ある程度落ち着いていなければ実現できないイベントなのだ。オリンピックや万博が開けるくらいの平和を保ち続ける努力が、世界各国に課されている。きっと、そういうことなのだろう。

ノートを開き、麻布十番の古写真を最後のページに挟む。それから一ページ目に戻り、中を読もうとして、美佐は傍らに放り出してあったスマホが震えていることに気がついた。

布団の上だったから振動音が吸収されて、着信に気づくのが遅れた。登録していない番号だったが、不審に思う暇もなく「はい」と出る。

「もしもし、美佐さん？」

男の声だった。おそらくもう、若くはない。その上で、「美佐さん」と呼びかけてくる相手は、一人しかいなかった。

「はい。お義父《とう》さん？」

「ああ、突然すまないね」

目の前に義父がいれば、動揺を隠しきれなかっただろう。辛うじて声だけは取り繕って、

「いいえ。どうなさったんですか」と問い返す。

まさか義父の携帯から、電話を受ける日が来るとは思わなかった。要一郎の実家と義母の番号は登録してあるのだが、義父とは番号の交換すらしていない。下手をすれば、要一郎だって知らない可能性があった。

「焼酎《しょうちゅう》が、届いたからさ」

「ああ、よかった。無事届きましたか」

「うん、ありがとう」

そういえば今日は六月第三日曜日。父の日だった。

母の日には毎年食事会が催されるが、父の日には特になにもない。美食家ではない義父も、それで不満はないのだろう。元日の集まりだって、いつも市販の伊達《だて》巻《ま》きを肴《さかな》にちびちびと酒を飲んでいる。

だが美佐としてはなにもしないのは決まりが悪く、毎年芋焼酎を贈っている。といってもネットで適当なものを見繕うだけのこと。要一郎の名前で送ってはいるが、美佐の手回しで

あることは明らかだった。

「本当に、よかったです。それでは――」

「美佐さんは、要一郎のところにはまだ戻っていないんだよね?」

電話を切るタイミングを探していたのに、質問を被せられた。こちらの動向は、相変わらず筒抜けだ。

美佐は義母からの連絡には、生返事を返している。なにを聞いても「近いうちに」としか答えない美佐に痺《しび》れを切らして、義父に電話をかけさせたのかもしれない。

焼酎のお礼は、例年ならば手紙で届くのだ。地元の高校で校長まで勤め上げた義父らしい、丁重な文面だった。

どう答えるのが無難だろうか。迷ったせいで、不自然な間が空いた。その沈黙を、どう受け取ったものか。

「すまないね」と、義父が言った。

「要一郎もその、君を迎えに行くくらいの男気を見せればいいんだが」

美佐は息を押し殺し、電話越しの気配を窺う。また沈黙ができてしまった。

「いいや、無理か。あいつは私に似すぎてしまった。そう思うだろう?」

取り繕うように、義父が苦笑する。

「今、お一人なんですか?」と尋ねると、「そう、車の中」と答えた。義母の目を避けて、わざわざ車庫の車からかけていた。

ならそれほど、頑《かたく》なになる必要はないか。美佐は背後の襖に軽く身を預けた。

「要一郎と、話はできていますか？」

「電話は、よくかかってくるようになりました」

「そう」

耳元で聞こえたため息は、安堵によるものだろうか。

美佐が「離婚はしない」と宣言してからというもの、遠慮がなくなったように要一郎から連絡はくる。でもいつごろ戻ってくるのかと聞くばかりで、対話をしようという姿勢ではない。あの男は、美佐に離婚の意志がないなら万事解決とでも思っているのだろう。

「実はうちのカミさんもね、お袋から散々責められたんだよ。子供ができるまで、四年ほどかかったからね」

「そうですか」

猛烈に、電話を切りたくなってきた。だから許してやってくれとでも？　と吐き捨てたいのを、理性の手綱を引き締めて堪える。

「鎌倉武士の家系なんだから」と嫁を責めるのは、磯貝家に代々伝わる伝統のようなものだったのだ。義母は自分の代でその呪いを断ち切ることができなかった。それだけのこと。同情には値しない。

「私が間に入って庇ってやればよかったんだろうが、そういったことは苦手でね。今思えば、申し訳ないことをしたよ」

要一郎も何十年後かには、これと同じようなことを言うのだろうか。笑って聞き流すことは、できそうになかった。

「あの、すみませんお義父さん」

そう言いながら、美佐は二つ三つ咳をする。我ながら、白々しいほどの空咳である。

「今、風邪を引いていて」

「ああ、言われてみれば声がおかしいね。気づかずにすまない」

迂闊《うかつ》な人だ。あらゆることに気づかないふりをし続けて、本物の鈍感になってしまった。身勝手な懺悔《ざんげ》を聞かされても、白けた気分になるばかり。けっきょくのところ誰に対しても、悪者になりたくはないだけだ。

「では、お大事に。焼酎、ありがたく飲ませてもらうよ。芋が好きだとちらりと言ったのを覚えていてくれて、嬉しかったんだ、本当に」

ではまたと電話が切られ、美佐は崩れるように横たわる。ひょっとすると、熱がぶり返したかもしれない。登録のない番号からの電話なんて、無視すればよかったのだと後悔した。芋焼酎が好きだと義父が言っていたのは、たしか結婚前の、両家の顔合わせのときだったか。豪勢な母の日と比べれば、辻褄《つじつま》合わせのようでしかない父の日のプレゼントに真心を汲み取ってしまう程度には、義父も孤独なのかもしれない。

このところいつ戻ってくるのかとうるさい要一郎も、ただ寂しいだけなのだ。一緒にいたって、べつに満たされはしないだろうに。

「その部屋、真夏はさすがに過ごせないでしょう」と、要一郎はなぜか得意げに言ったものだ。

冬は厚着をすれば小さな電気ストーブ一つで乗り切れたが、近ごろの東京の夏は、エアコンが必需品だ。室内で寝ているだけで熱中症になり、命を落とすケースもある。梅雨が明けたらあまりの暑さに泣きついてくるだろうと、要一郎は踏んでいる。

「夏に、なったら」

小さく呟き、美佐は祖母のノートを胸に抱きしめる。モラトリアムに似た時間はもう、あまり残されていなかった。

六　咲子

昭和十六年の四月には、わたくしたちは高等女学科の三年生に、英雄兄さまはそれまでの丸帽を早稲田大学特有の天井がひし形に張った角帽に代えて、それぞれ進級、進学を果たしました。

それと時を同じくして、ついに東京、大阪、名古屋《なごや》などの大都市で、お米の配給制度がはじまります。

大人一人あたりの配給量は、一日二合三勺《じゃく》。今の食生活からすればずいぶん多いようですが、副菜が少なくお米でお腹を満たすのが普通だったあの時代、それは心許ない分量でした。

特にお父さまにとって打撃だったのは、一般車のガソリン使用が完全に禁止されたこと。ご自慢のフォードは、車庫で埃を被っておりました。お酒も配給制になったのですが、あまりたしなまれないかたなので、こちらはもっぱら料理用か、物々交換に使ったものです。

校名の変更を余儀なくされたわたくしたちの学校では、英語の授業も危ういのではないかと思われましたが、それはまだ通常通り。先生がたの「敵を知るにはまず言語から」という詭弁《きべん》のもと、わたくしたちが卒業するまでは、授業時間を大幅に短縮されこそすれ、なくなりはいたしませんでした。

少し前から外国人宣教師の引き揚げ帰国がはじまり、校長先生はすでに日本人に代わっている。そんな状況下でもミス・ハートはまだ、身の危険も顧みず、日本に踏み止まっておいででした。

間もなく英語での礼拝は廃止され、明治神宮参拝、五大節、勅語奉読式などが学校行事に組み入れられてゆきました。それでも、いえ、だからこそミス・ハートは、教育の砦《とりで》を守るべく、使命に燃えておられたのでしょう。

ミス・ハートは日本の子女に、キリスト教精神が水のごとく染みわたるようにと願っておいででした。洗礼こそ受けませんでしたが、わたくしの胸には彼女の説いた奉仕の精神が、深く浸透していたのだと思います。

そのころから勤労奉仕として、時折宮城外苑の草むしりに駆り出されるようになりました。お国のためとはいえ、女学生が集ってお喋りのないはずがございません。わたくしたちは頭と頭をつき合わせ、手と口を同じくらい動かしておりました。

ミス・ハートのご苦悩も知らず、呑気なもの。少女というのは日々を楽しく軽薄に、生きてゆきたいものなのです。

「――それでね、壁に掛かっていた絵を見てすれ違いを悟ったシャルル・ボワイエの顔がいいのよ。涙を誘うの。素敵なの」

声を潜めつつも力説なさっているのは、ゆりかもめさんです。叔母さんと一緒に観に行かれたという、「邂逅《めぐりあい》」の話をしておいででした。

シャルル・ボワイエとアイリーン・ダンが主演を務める、ラブロマンス。本数は極端に少なくなったものの、まだどうにか、アメリカの映画も公開されておりました。

「あら、あなたゲイリー・クーパーひと筋じゃなかった？　浮気だわね」

茶々を入れるのは、なんにでも嚙みつかずにおれない郁子さん。スピーカーさんまでが参戦して、

「でも郁子さんはクラーク・ゲーブルでしょ。あのお髭の、どこがいいのか分からないわ」

などと例の大声でおっしゃるものですから、近くにいたクラスメイトが振り返り、監督に来ておられたネズミ先生に見つかってしまいました。

「なんですか、あなたたちは。雑談などして情けない」

その雑談内容がアメリカの、しかも男性俳優についてと知れば、ネズミ先生のお怒りはもっと激しいものになっていたことでしょう。

深く追及されなくてよかったと胸を撫で下ろした、その刹那《せつな》。

「ネズミ小僧」と姉さまが、わたくしだけに聞こえる声で呟かれました。

もとから色黒なのにネズミ先生は、日焼け防止に手拭いを頰《ほ》っ被《かむ》りにしておいでだったのです。

「ちょっと、姉さま」

笑ってはいけない状況で、笑いを堪えるのは至難の業《わざ》。口元を押さえてうつむいても、肩が波打つのを抑えきれません。

「なにを笑っているんです、川端さん」

案の定見とがめられて、名指しされてしまいました。

「あとで教官室にいらっしゃい！」

そんなわけで勤労奉仕が終わって学校に戻ったその足で、わたくしたちは教官室へと向かいました。「川端さん」と指名されたのだから、連帯責任だとおっしゃって、姉さまもつき合ってくださったのです。

「まったくもってあなたたちは、畏れ多くも陛下のお庭で談笑するなど不敬の極みにございます。その御代を尊び、心から拝し奉ってこその赤子ではございませんか。あなたたちは毎日学校で奉仕の精神を学んでいるはずなのに、それが身についていないとは嘆かわしい。英米との開戦も辞さじというこの時節にこそ、銃後を預かる我々が心を一《いっ》にせねばならないのですよ」

ネズミ先生のお説教はくどくどと長く、わたくしたちはただ頭を垂れて拝聴しておりました。姉さまの鼻の頭が日に焼けて、少し赤くなっております。早く帰って冷やして差し上げたいと、わたくしはずいぶんヤキモキいたしました。

「あれは奉仕ではないわ。搾取よ」

姉さまがはっきりとした声でそうおっしゃったのは、教官室を辞して帰途についてからでした。おそらく聞かれて困る人がいないところまで、怒りを我慢なさっていたのでしょう。

「奉仕というのは誰に強要されずとも、心の内から自然と滲み出てくるものだわ。ミス・ハートのおっしゃるのは、そういうことだったわ」

　ああ、己の正義に忠実な龍子姉さま。わたくしはその手をキュッと握りしめました。

「ええ、そうよ。そうですとも」

　姉さまは潤んだ瞳でわたくしを見上げ、手を強く握り返してこられます。

「咲ちゃん。わたし、本当に咲ちゃんがいてくれてよかったと思うわ」

　なんといじらしいのでしょう。夕日に染まったそのお顔は神々しいほどに輝いて、こういうかたこそ幸せになるべきと思われました。

「いるわ。わたくし、ずっと姉さまの傍にいるわ」

　姉さまの小さなお手々は柔らかく、ほんのりと湿っておられる。その感触を手のひらに刻んでわたくしは、心に深く誓いました。

　たしかに聞き届けたとでも言うように、一羽のカラスがカアカアと鳴きながら、頭の上をよぎってゆきました。

　そのころ日本はアメリカとの和平交渉の真っ最中で、しかも上手くいってはいませんでした。六月には不可侵条約を破って独ソ戦争がはじまり、ソ連を加えた四国同盟で英米に対抗すべしという松岡洋右《まつおかようすけ》外相の構想は、一夜にして崩れ去ってしまいます。

日本の対支政策に横槍を入れてくる英米と、それを解決できない政府に痺れを切らし、ネズミ先生がおっしゃったように「英米との開戦も辞さじ」と、声高に叫ぶ人もありました。それでもわたくしは、よもやアメリカとは戦争になるまいと高を括《くく》っておりました。というのもお父さまが、「なぁに、心配いらない。この間松岡さんが更迭されて、第三次近衛内閣が立ったろ。あれはアメリカとの和平を第一とする内閣だ。なんせアメリカとは物量が違うよ。戦争回避のために、近衛さんにはもうひと踏ん張りしてもらわにゃいかんな」とおっしゃっていたものですから。

物量の差は、映画を観ても明らかです。女学生のわたくしの目にもそう映るのですから、よもや偉い大人たちが、判断を誤ることはなかろうと信じておりました。

ところが第三次近衛内閣が成立して間もなく、日米交渉は進めながらも、不足しがちな石油、天然ゴム、鉄鉱石などの資源を求め、南部仏印進駐を陸軍が強行してしまったのです。

それに怒ったアメリカは、対抗措置として日本への石油の輸出を全面禁止。新聞は「ＡＢＣＤ包囲網」と書きたてて、国民の反発心を煽りました。

戦時色のさほど強くなかった我が校でも、ついに防空演習がはじまって、バケツリレーなどに精を出す羽目になったものです。防空頭巾の分厚いのはみっともなくて嫌だと姉さまがおっしゃるので、古い麻の葉模様の着物を解いて、布団綿をごくごく薄く詰めました。その厚みのなさがわたくしたちの、危機感のなさの表れでした。

首相が東条さんに代わっても、防空演習にはさして身の入らぬまま。そして青天の霹靂《へきれき》のごとき、十二月八日を迎えるのです。

　すっきりと晴れ渡った、底冷えのする朝でした。川端家の食事は、まず男性。つまりお父さまと英雄兄さま、それからお母さまとわたくしたち、最後に女中という順番です。

　洗面と身支度を終えて茶の間へ行きますと、なぜかラジオがつけっぱなしで、すでに朝食を終えたはずのお父さまが、難しい顔でじっと座っておられました。

「やあ、龍ちゃん咲ちゃん、大変だ。ついにアメリカと戦争だ」

　英雄兄さまは興奮に顔をほてらせて、わたくしたちを迎えます。ラジオからは正気を失ったかのように、軍艦マーチが流れておりました。

「アメリカと？　どうしてそんなことになったの」

「それはまだ分からないよ。臨時ニュースを聴いただけだから」

　間もなくお母さまが、ばあやに呼ばれて部屋に入ってこられました。その日の朝食はご飯に大根と葉っぱのお味噌《みそ》汁、退院なさった患者さんが差し入れてくださったメザシだったと記憶しております。

　胸が波立っておりますから、ものを食べても途中でつっかえて、真っ直ぐ胃の中に落ちてゆきません。そのうちにラジオが「臨時ニュースを申し上げます」と、二度繰り返しました。

「大本営陸海軍部、十二月八日午前六時発表。帝国陸海軍は本八日未明、西太平洋に於いてアメリカ、イギリス軍と戦闘状態に入れり」

　続報を待っていらしたお父さまは、「そんなにすぐには分からんか」と、組んでいた腕を解かれます。それから「ゆっくり食べなさい」と姉さまの頭をひと撫ですると、ばあやが淹れてくれた番茶も飲まずに部屋を出て行かれました。

「まだ戦争が続くのね」

お母さまの顔色はいつもよりいっそう青白く、憂いがかかって見えました。

「なにを言うんですか、おばさん。日本がついにやったんですよ。いつまでも米英に頭を押さえつけられちゃいないんだ」

「ええ、ええ。その通りです英さま。このところのモヤモヤが、すっと晴れたようですよ」

英雄兄さまとばあやは開戦の報に、のぼせ上がっているようです。

庭木に遊びに来る小鳥の声すらなく、閑静なお屋敷街の気配はまるで、嵐の前の静けさでした。

「こんなことになるんなら、ゆりかもめさんご推薦の『邂逅』を観ておくんだったわ」

アメリカと戦争になればもう、かの国の映画を観ることは叶わないでしょう。わたくしたちはこんな事態にまずそれをお嘆きになる姉さまの感性を、もっと問題にすべきだったのかもしれません。

食卓の傍らには、今朝の新聞が畳んだまま置かれておりました。

日米開戦の速報によって双六のコマを一気に進めてしまった感のあるその朝には、届いて間もない新聞ですらもはや新鮮味がなく、手に取る気にもなりませんでした。

わたくしは微かに震える手を、祈るように組み合わせました。

その日の一時間目はミス・ハートによる、英語のリスニングテストが予定されておりました。

教室に入るとクラスメイトは例外なく動揺しており、わたくしたちに気づいてまず茶目さんと頭でっかちさんが駆け寄ってこられました。

「今朝のラジオ、お聴きになって？」

「ええ、もちろんよ」

頭でっかちさんの質問に、わたくしは頰を引き締めます。

ところが茶目さんは深刻さのかけらもなく、「ちょっと聞いてよ」と大げさな身振り手振りでおっしゃいました。

「ゆりかもめさんたら、日米開戦を学校に来るまでご存じなかったのよ」

「しょうがないじゃない。昨日からラジオの調子がおかしいんだもの」

少し離れたところでスピーカーさんとお話をしていたゆりかもめさんも、顔を赤らめてこちらに加わります。

「あなたらしいわ」と姉さまが、朗らかにお笑いになりました。

「期待を裏切らないというか」

「愛すべきドジだわね」

「ラジオにもドジってうつるのかしら」

友人たちから口々にからかわれ、「んもう」と膨れるゆりかもめさんの愛らしさ。彼女のドジはいついかなるときも、わたくしたちを和ませてくれました。

「ごきげんよう」と、そこに登校していらしたのは郁子さんです。

挨拶を交わしてから頭でっかちさんがずいっと身を乗り出して、わたくしたちにしたのと同じ質問をなさいました。

郁子さんは神妙に頷いて、くるくるとよく動く瞳を陰らせます。

「心配ね。ミス・ハートはどうなってしまうのかしら」

そう、少女たちが仲良し同士で小島を作ってひそひそと囁き合っているのは、まさにそのことでした。

わたくしたちの小さな胸を占めていたのは日本の勝利でも大和民族の誇りでもなく、慕わしいかたの今後の安否だったのです。

ミス・ハートはアメリカ人ではありませんが、母国カナダも連合国の一員でございました。

わたくしたちに分かるのは、その身の安全はきわめて不確実だということ。みんなを沸かせるのがお得意な茶目さんも、さすがにうつむいて黙りこくってしまいました。

ところが日本語による朝の礼拝を終えて再び教室に戻ってきた少女たちは、一時限目の鐘の音とともにお越しになったミス・ハートのご様子に、圧倒されることになるのです。

ミス・ハートはいつもどおりの歩調で教壇にお立ちになり、落ち着いたハシバミ色の瞳でわたくしたちを見回してから、筆記用具以外は机の中に仕舞うようにとおっしゃいました。

そして戦争の影など微塵も感じさせぬ、朗々とした声でリスニングの問題文を読み上げてくださったのです。

なんて芯《しん》の強い、ご立派な女性だったのでしょう。今思い返しても、じわりと胸が熱くなります。少女たちは皆、込み上げてくる涙を堪えながら答案用紙と向き合ったものでした。

お昼前になりますと、宣戦の大詔の奉読と、東条首相による政府声明がラジオから流れてまいりました。首相の口ぶりには過熱したところもなく、「自存自衛をまっとうするため」の戦争であると主張なさっておりました。そして午後一時にはようやく、開戦のあらましが発表されたのです。

わたくしたちはそれらの放送を、教室のスピーカーを通して聴いておりました。

開戦の火蓋を切って落としたのは、ハワイ方面への決死の大空襲。時を置かずして上海《シャンハイ》ではイギリス砲艦を撃沈し、シンガポールを爆撃。それからダバオ、ウエーキ、グアムの敵軍事施設を爆撃と、華々しい戦果が発表されてゆきました。

その放送が終わらぬうちに、特高、特別高等警察の車が校庭に停まり、ミス・ハートの身柄は拘束されました。そしてそのまま、付属幼稚園の園舎に軟禁されてしまったのです。

特高に連行されて校庭を横切るミス・ハートは背筋をピンと伸ばしておられ、その毅然《きぜん》とした横顔に、わたくしたちは涙を堪えることもできず、教室の窓から静かにお見送りをいたしました。

「そう。素晴らしい先生だったのにね」

家に帰るとお母さまはまた自室で寝ついておられ、わたくしたちの話を聞くと、目元を袂でそっと拭われました。

顔を真っ赤にしながらも姉さまは、小さな握りこぶしを作って耐えておられる。そのいじらしさにわたくしの胸はいっそう切なく軋《きし》みます。

ちょうどお帰りになったのでしょう。玄関のあたりからラジオで流れ続けていた軍艦マーチを口ずさむ、英雄兄さまの声が聞こえてまいりました。

ずいぶん気忙《きぜわ》しい一日でした。それでも神経が昂《たかぶ》っていたのでしょうか。その夜はなかなか寝つかれず、窓辺に寄って見た月の明るさに、驚かされたものでした。

歪《いびつ》なレモンのような形の、臥待月《ふしまちづき》。満月でもないのに皓々《こうこう》と光り輝いているのは、灯火管制のせいでした。

これはもう、演習ではないのです。

明けて昭和十七年、元日の朝は枕元に用意しておいた、真新しい下着に着替えることからはじまります。

まっさらな衣類に身を包み、気持ちも装いも新たに一年のスタートを切る。けれども晴れ着は時局に慮《おもんぱか》って三年前に新調したきりでしたから、着るには工夫が必要でした。

龍子姉さまは前年からほとんど身丈がお変わりでなかったのですが、同じ着物ではおかわいそう。わたくしが十一歳のときに誂《あつら》えていただいた宝相華《ほうそうげ》の錦紗の晴れ着がちょうどよく、それに亀甲柄の全通帯を締めて差し上げました。

問題はわたくしです。三年前の道長《みちなが》取りの綸子《りんず》はすでに肩上げと腰上げを取ってありましたので、さらに肩の縫い代をいっぱいに出し、腰紐の位置を下げることによって、どうにか着ることができました。

支度を終えて廊下に出ると、柱も床板も年が改まったことを知っているのか、やけに凜とした佇まいで黒光りしております。

英雄兄さまが国元にお帰りなので、お正月の厳《おごそ》かさが乱されることもなく、お父さま、お母さまと新年の挨拶を交わしてから、歳の若い順、つまりわたくしからお屠蘇《とそ》をいただきました。

子供用の、清酒を加えていない本みりんのお屠蘇です。砂糖が不足しがちな世の中でしたからその甘味が嬉しく、姉さまと頬を窪ませてそっと目配せをし合いました。

「龍ちゃん、いらっしゃい。帯が少し歪んでいるわ」

綸子の訪問着をお召しのお母さまが、手招きをなさいます。

小柄な姉さまに似合うように、帯は小振りのふくら雀に結んでありました。

優雅な手つきでその羽と垂れを整えて、お母さまがすまなさそうに微笑まれたのを覚えております。

「来年こそは、晴れ着を新しく作りましょうね」

姉さまはなんだってお似合いですが、年少者向けの晴れ着はやはり幼く、わたくしもまた、裄《ゆき》の短いのを気にして腕を縮めておりました。

そんな娘たちの様子にお母さまは、同じ女としてお心を痛めておられたのでしょう。

「次のお正月までには、日本が勝って戦争が終わっているわ」

大東亜戦争と呼ばれるようになったその戦争で、日本軍は次々と南方の島を攻め落とし、クリスマスにはイギリスの植民地であった香港《ホンコン》を占領しておりました。ですからわたくしたちはお母さまのお言葉に疑問を抱かず、「きっとよ」と念を押したものでした。

それから配給のお餅《もち》が入ったお雑煮を食べ、市電と地下鉄を乗り継いで、ばあやに浅草の観音様へ連れて行ってもらいました。

戦勝ムードに沸く境内は、武運長久や必勝の祈願に詰めかけた参拝客により、例年より活気があったくらいです。路地ではまだ晴れ着姿の少女たちが羽根つきをする、のどかな光景が見られました。

「ああいう鶯色《うぐいすいろ》もいいわねえ」

ミス・ハートの軟禁以来曇りがちだった姉さまのお顔も、久しぶりに和らいでおられます。日本が勝つとミス・ハートの処遇はどうなるのか。そんな不安が胸をよぎりましたが、姉さまの微笑みを損なうまいと、黙っておりました。

まだ見ぬ翌年の晴れ着に心を躍らせることで、わたくしたちは肌に感じる不穏なものから目を逸らそうとしていたのです。

ですがそれからわずか二十日ほどのちに、「繊維製品配給消費統制規則」なるものが制定され、翌月から衣料切符制度が実施されるようになりました。

都市部では年間一人あたり百点の切符が配布され、背広の上下が五十点、半袖シャツが六点、ズロース四点、靴下二点などと定められているのを、手持ちの切符でまかなわねばなりません。

そう言うと今の若い人には、その切符がお金代わりのように思えるかもしれませんが、お金はまた別に必要なのです。

規則の制定から実施までの間は買い溜め防止のため、市中の呉服店、洋品店は軒並み戸を閉ざしておりました。

それでもばあやはどこからか、下着類に足袋《たび》、靴下、タオルや手拭いを調達し、「よその人には内緒ですよ」と、大きな茶箱いっぱいに詰めて隠していたものです。

茶箱を押し入れの中に押し込むのを手伝いながら、わたくしは心の中で、晴れ着のことを考えておりました。「来年こそは」というお母さまとのお約束は、きっと果たされずに終わることでしょう。

春になるとわたくしたちは、高等女学科の四年生。

新しい教室にも馴染みはじめたうららかな正午すぎ、東京に初の空襲がありました。

四月十八日の、ドーリットル空襲です。

土曜の半ドン授業の日で、終業の鐘は鳴っているのに先生がなかなかお話をやめてくださらない。少女たちの苛立ちが静かに渦巻く中、窓際に座っておいでの頭でっかちさんが、突然「あ！」と叫びました。

ドジなゆりかもめさんや、声量を調整できないスピーカーさんならともかく、彼女が授業の流れを阻害するなど、普通なら考えられません。

クラスメイトのみならず先生までもが、さっと窓の外に目を遣りました。

そのときわたくしたちが見たのは、北を指して悠々と飛び去ってゆく、大型飛行機の後ろ姿です。垂直尾翼が二枚ある、見たことのない形をしておりました。

「ずいぶん低いところを飛んでいるのね」

空襲警報のサイレンが鳴り響いたのは、姉さまがそう呟かれて、しばらく経ってからのこと。それによってわたくしたちは、あれが敵機だったことを悟ったのです。

日ごろの防空演習のお蔭で特に慌てることもなく、少女たちは非常袋を提《さ》げて廊下に並びました。警報が解除されるまで、冷たい床にうずくまって待つのです。

そうしている間、外ではなにが起こっているか分かりません。わたくしと姉さまは不安の目を見交わして、キュッと手を握り合いました。

「ああ、嬢さまたち。よかったご無事で」

警報が解けて自宅に帰ると、ばあやが門の前まで出て待っていてくれました。

わたくしたちを両腕に抱き、涙ぐんでさえいます。大げさなことと思いましたが、話を聞けば、お母さまが心配のあまり卒倒なさったというのです。

　わたくしたちは制服のままお母さまの枕元に無事を知らせに行き、そこで東部軍司令部発表のラジオ放送を耳にいたしました。

　曰く、「現在まで判明せる追撃九機にして、わが方の損害は軽微なる模様」

「ほらね、だから大丈夫と申しましたでしょ。帝都の空の守りは強固なんです。アメリカさんは、はるばる撃ち落とされに来たようなもんですよ」

　ばあやはまるで、鬼の首を取ったかのように誇らしげでした。

　その節くれだった手で額の手拭いを取り換えられて、お母さまも「そうね」と目を細められます。

　わたくしたちも、ついに敵機が日本の上空に飛来したというのに、さしたる危機感も抱けぬまま。そのときはお母さまをお慰めするのが第一でございました。

「お母さま、あんまり気を揉まないで。学校は近いんだから、なにかあったら走ってくるわ」

「そうよ。それに、わたくしも一緒ですもの。姉さまのことは、必ずお守りしますわ」

「咲ちゃん――」

　いつもお優しいお母さま。震える声でわたくしの名前を呼ぶと、膝に置いた手をキュッと握ってくださいました。

「頼んだわよ」

以前よりも細ったその指には、存外に強い力が込められておりました。

英雄兄さまがお帰りになったのは、午後遅くなってからのこと。広縁に出て読書をしていたわたくしの元に、ふらふらと近づいてこられます。

「珍しいね。一人？」

「ええ。姉さまは、お母さまのところに」

「ふぅん」

兄さまは生返事のような相槌《あいづち》を打たれ、わたくしの手元に目を遣りました。

「ずいぶん、呑気なものを読んでいるんだね」

手にしていた文庫はたしか、マーク・トウェインの『王子と乞食《こじき》』。作者がアメリカ人ですし、イングランドの王子のお話ですから、二重の意味で敵性文学といえましょう。

でもべつに、自宅でひっそりと読むくらいの自由はあってもいいじゃありませんか。わたくしは腹立ちまぎれに兄さまを睨みつけ、その顔色がいつもと違うことに気づきました。

「どうなさったの、真っ青よ」

「ああ。昼間の空襲で、大学の近くが燃えたんだ」

「そんな。ラジオではなにも――」

「早稲田中学の校庭で、焼《しょう》夷《い》弾《だん》の直撃を受けて生徒が一人亡くなった」

ではわたくしたちが教室の窓から見た飛行機は、あのまま早稲田方面へと向かったのでしょうか。早稲田大学と早稲田中学は、ほとんど隣接しておりました。

「ご覧になったの？」

「いいや、直接は見ていない。でも後で様子を見に行くと、肉の脂の焦げるにおいが残っていたよ」

ずっと後になってから知ったことですが、この空襲では東京のみならず川崎《かわさき》、横須賀《よこすか》、名古屋といった都市が爆撃されており、九十名近い死者が出ておりました。

今ならトップニュースになる規模です。それなのに、蟬《せみ》におしっこを引っかけられたようなものだと、ほとんどの国民が思い込まされておりました。

「だけど、敵機は撃墜されたんでしょう？」

「さぁ、分からない。堕《お》ちたのは見なかった」

撃墜されたB25爆撃機の残骸は、後日靖国《やすくに》神社で公開され、新聞にも大きく載りました。ですがそれも実は、中国の日本占領地区に不時着したものを移送して、展示していたものらしいのです。

嘘、嘘、嘘、嘘ばっかり。戦局が進むにつれ戦略とは程遠い、子供が親に叱られるのを回避しようとしてつく嘘のような、稚拙さが垣間見えるようになってゆきます。早くもその片《へん》鱗《りん》を感じ取り、ざわつく胸をわたくしは、手のひらでギュッと押さえました。

「このお話、お母さまのいるところではしないでちょうだい」

「どうして？」

「お願いよ」

敵機がなぜ中学校のグラウンドなどを狙ったのか、理由は分かりません。それでも帝都の防空には信頼が置けないことは理解できました。

次に爆弾が落ちるのは、わたくしたちの学校ではないと誰が言えましょう。お母さまには、余計な心労をおかけしたくはありませんでした。

その本土初空襲に使われたB25は、太平洋上のアメリカ空母から飛来したものだったといいます。こうして日本海軍はアメリカ空母隊を制圧するために、ミッドウェー作戦を決行せざるを得なくなりました。

六月五日のミッドウェー海戦に於いて、日本軍は空母四隻とその搭載機を失い、三千人以上の戦死者を出す大敗北を喫します。ですが例の隠蔽《いんぺい》体質によって、あたかも日本が勝利したかのような報道がなされました。

遠い洋上のこと、偽りを述べられても疑念を抱く余地はなく、その海戦についてなにかを憂えたという記憶はございません。

わたくしたちにとってはそれ以上に、悲しい出来事が起こりました。軟禁状態だったミス・ハートとの、お別れの日がやってきたのです。

日米間で仕立てた交換船に乗って、ついにカナダへご帰国なさるとのこと。全校生徒が鳥居坂に居並んで、そのご出立をお見送りいたしました。

敵国の人ということで、裏口からこっそり出るようにとの軍部の通達があったそうですが、学校に功のあるかたにそんな仕打ちはできないと申し立て、どうにかお別れのときを設けることができたのです。

ふくよかだったミス・ハートは、ずいぶんお痩《や》せになられたようでした。それでもいつもどおり背筋を伸ばし、少女たちの整列に彩られた花道を、惜しむようにゆっくりと歩いてこられました。

言葉を交わすことは禁じられておりましたから、少女たちは涙をぐっと堪え、あるいは堪えきれずに肩を震わせて、恩師の姿を目に焼きつけんとしておりました。

ミス・ハートはしっかりと前を向いておいででしたが、その穏やかな気配はわたくしたち一人一人を、そっと抱きしめてくださるかのよう。約半年間の軟禁という憂き目に遭い、教育という使命を取り上げられてもなお、ミス・ハートは真っ直ぐな魂で、敵国のいたいけな少女たちを正しく導こうとしておられたのです。

そんな先生のお姿が目に焼きついておりましたから、その後いくらラジオが鬼畜米英と声高に叫んでも、角の生えたアメリカ兵の風刺画を見せられても、それに同調する気持ちはわたくしたちに、微塵も湧き上がりはいたしませんでした。

お見送りの前にあった礼拝の、お説教は「善きサマリア人のたとえ」。

生まれた国や民族にかかわらず、隣人たるべき人はきっと大勢いて、相互の理解や結びつきがもっと強固でさえあれば、戦争など起こらずに済んだのかもしれません。

そう思うと目の前を過ぎてゆかれるミス・ハートの美しい横顔が、みるみる涙に溶けてゆきます。感謝をお伝えしたくても、拍手さえしてはいけなくて、口惜しさに眩暈《めまい》がしそうでした。

そのとき隣に立っておられた龍子姉さまが、抑えた声でぽつりと呟かれたのです。

「And in thy wisdom make me wise」

本当に微かなお声でしたから、そのフレーズを元から知っていなければ、わたくしとて聞き取れはしなかったでしょう。

そしてそなたの英知の懐で私を賢明にさせたまえ。

それはかつてミス・ハートが暗唱してくださったテニスンの詩の、別の一節でございました。

姉さまのお声はミス・ハートに届いたのかどうか。確証はございません。

ただ涙に曇る視界の中で、引き締まったその唇が、微かに笑みを刻んだような気がいたしました。

ミス・ハートとは、それっきり。

伝え聞くところによると、戦後再び来日なさり、山梨の姉妹校で老境に至るまで教鞭《きょうべん》を執っておられたそうです。まさにご自身の人生を、教育と信仰に捧げた、ご立派なかたでございました。

高等女学校の英語は随意科目とし、週三時間以内とする。

そんな通達が文部省より出されたのは、ミス・ハートが帰国されて間もなくのことでした。

彼女の魂は、我が校の日本人教師にもしっかりと受け継がれておりました。それならばと工夫をして、昼休みに英語の特別授業を開いてくださったものです。

たとえばクラスで役を割り振って演じた、『リア王』の英語劇。

実直な末娘コーディリアは龍子姉さま、わたくしは忠臣ケント伯、リア王は自ら立候補した郁子さんが演じられ、そのあまりの熱演ぶりに死んだはずのコーディリアがお腹を抱えて笑いだしてしまうという、愉快な一幕がございました。

「うんと練習をして、クリスマス礼拝で演《や》れたらきっと素敵ね」

そう提案なさったのは、オズワルド役の頭でっかちさん。道化役のゆりかもめさんがすかさず「いいわね！」と顔を輝かせました。

「だったら衣装も作らないと」

「ブリタニア風のドレスってどんなかしら」

「剣や甲冑《かっちゅう》も必要ね」

「大変、台詞《せりふ》を覚えきれるかしら」

「心配めさるな、あなたは馬の前脚よ」

「まぁ、ひどい！」

口々に声を上げて、少女たちは無邪気にはしゃいでみせました。ですが衣装になる布どころか針や糸まで不足していること、そしておそらくクリスマス礼拝は開かれないであろうことを、誰もが分かっておりました。

明日にでも頭上に迫り来るかと思われた敵機は、夏を過ぎ、二学期がはじまっても影すら見せず。不安をひとまず脇に押しやって、わたくしたちは努めて明るく振舞っていたのです。

秋には前年に公布された「国民勤労報国協力令」により、印刷会社の工場での、勤労奉仕がございました。

働き盛りの男性たちが兵隊に取られ、労働力不足がいよいよ深刻になっていたのでしょう。わたくしたちは、年間三十日以内の勤労奉仕を義務として課されていたのです。

工場での仕事は、満州国で使用される軍票の、印刷ミスの検査でした。

大きな紙に十枚ずつ印刷されたお札を目視でチェックしてゆくのですから、慣れないうちはたいそう遅く、でもしばらくするとサッと目を通しただけで違和感を見つけられるようになりました。

熟練の工員さんの作業スピードはそれはもう神がかっていて、わたくしたちはまるで手品でも見るように、厭《あ》かずに眺めていたものです。

それから検査の済んだ紙を百枚ずつ金属板にセットして裁断台へ回すのですが、これは二人一組な上に作業が単調なので、どうしてもお喋りに花が咲いてしまいます。近くに工員さんがおられますから、べつに聞かれて困る話でなくとも暗号のつもりで、単語を逆さまに言ったり、英語を交えたりしておりました。

そんな他愛のないお喋りを、咎められた記憶はございません。

それどころかスピーカーさんが作業をしながら鼻歌を歌っていると、工員さんから「もっと歌って」とせがまれるほどでした。

よく声の通るスピーカーさんは歌がお上手で、「東京ラプソディ」「あ、それなのに」「支那の夜」といった、かつての流行歌をよくご存じでしたから、それはもう大人気。

思うに大人たちもまた、軍歌以外の楽曲に飢えていたのでしょう。

十一月になると蔬菜《そさい》の販売が隣組単位の登録制になるというので、庭木の一部を崩して家庭菜園といたしました。

患者さんが診療のお礼にと、野菜や芋、ときには魚、卵、羊羹などの甘味まで届けてくださることがありましたので、川端家の食事情は他と比べて悪いということはございませんでした。

けれども隣組の組長さんから「食料増産に努めるように」と厳命されては、無視もできません。先のことを考えれば、どのみち菜園は必要でした。

ですがものには言いようがございます。「腹の足しにもならん庭木なんかさっさと抜いてしまいなさい」という組長さんのお言葉に、姉さまはいたく憤慨しておられました。

組長さんは川端家のすぐ裏にお住まいで、庭で乾布摩擦をなさっているのを、板塀越しに見かけることがありました。

やけに偉ぶったかたで、特に女子供には顎を反らせ気味にしてお話しになる。元は小学校で校長先生をやっておいでだったそうですが、ミス・ハートとはずいぶん違うものだと思いました。

菜園を作るにあたり、犠牲となったのは花桃と五葉松、それから本御影《ほんみかげ》の庭石でした。花桃は姉さまがお生まれになったときに植えられたもので、そろそろ寿命だったそうですが、桃の節句のたびに彩りを添えてくれたその木には愛着もあり、庭師さんに持って行ってもらうときには姉さまと手を取り合って、いいところに植え直してくださいとお願いいたしました。

畑仕事に関しては、学校農場での経験が役に立ったものです。

へっぴり腰の英雄兄さまよりも、わたくしのほうがよっぽど鍬《くわ》の扱いが上手でした。実家が新潟の米農家だったというばあやはさすがに慣れていて、ほとんど二人で土起こしをしてしまいました。

「ばあやも咲ちゃんも、下半身の重心が安定しているんだよ」

悔し紛れにそんなことをおっしゃる兄さまの、憎たらしいことといったら。腰つきが柳のようにしなやかな姉さまには、出てきた小石を脇によける作業に専念していただきました。

間もなく農閑期に入るというので、寒さに強いフユナを少しだけ蒔《ま》き、冬の間は主に土づくりです。体を動かしていると指の先にまでドクドクと血が巡ってくるのが感じられて、清々しくさえありました。

その一方で労働に向かない龍子姉さまは、思考が内へ内へと閉じてゆく傾向にあったようです。睫毛《まつげ》をやや伏せぎみに、ここにはないなにかを見つめているような憂い顔を、よくなさるようになりました。

そんな表情をなさることの罪深さを、姉さまはちっともお分かりではありませんでした。

通りすがりの学生さんが、ハッと息を呑んで振り返る。先生でさえ授業で当てるのを躊躇する。郁子さんが憂い顔を真似《まね》て「『顰《ひそ》みに倣う』だわね」と笑われる。

それにほら、鍬を放り出して休んでいる英雄兄さまも、魂を抜かれたかのように、姉さまの横顔に見入っているではありませんか。

わたくしの胸も、息切れしたように苦しくなってまいります。それを紛らわそうと、マメのできた手で懸命に、畑を耕しておりました。

種を蒔いたフユナは数日で芽を出して、ゆっくり、着実に葉を伸ばしてゆきます。でも中にはきっと、発芽しないまま土に還《かえ》ってしまった種もあったことでしょう。

日増しに寒さの募りゆく、十二月。耕した畑に霜が降り、水の冷たさに指先が凍りそうになる季節。にもかかわらず医者の診断書がないかぎり、家庭ではガス風呂を焚《た》くことも叶わなくなってしまいました。

一年ほど前からすでに家庭用ガスの使用は割り当て制になっておりましたが、使用料超過の家庭に対しガス栓《せん》を一戸一孔に封印する閉塞班が出動するようになったのはこのころです。夏なら水を浴びればいいのでしょうけど、真冬に向かわんとする季節に、なんと無体なお触れでしょう。川端醫院《いいん》の待合室は、診断書を求めるお年寄りでたちまちいっぱいになりました。

日米開戦から、丸一年。大東亜戦争という大それた看板を掲げてしまったのがいけなかったのでしょうか。年の暮れが迫っても戦争は終息に向かうどころか南方に長く戦線を伸ばし、広げた風呂敷が畳めなくなってしまっている。アッツ、キスカ、ガダルカナル、ニューギニア――。それまでは名前も聞いたことのなかった島が、頭の中の地図に点在しておりました。

「ごめんなさいね。来年こそは晴れ着を作ってあげるって約束したのに」

もともと線の細かったお母さまはさらにお痩せになって、綿入れを着ているとかえって体の厚みが分からないほどでした。それなのに青ざめた顔で、新年の支度を気になさっているのです。

衣料は相変わらず切符制で、少しも余裕がございませんでした。幸いわたくしも姉さまも成長が止まったようで、無理をしてまで誂える必要はなかったのですが、お母さまは娘盛りの姉さまを着飾らせたいようでした。

「家にある切符を総動員すれば、一人分くらいはなんとかなると思うのだけど――」

「とんでもない。切符を使い切ってしまったら、旦那さまのシャツが足りなくなったときにどうなさるんですか。考えただけで頭が痛いですよ」

お母さまは四十代半ばにおなりでしたが、いつまでも娘っぽさが抜けないのは、ばあやが常に傍にいたせいかもしれません。

「いいのよ、お母さま。あるものでうんと工夫する。それもまた楽しいわ」

十六歳の姉さまやわたくしのほうが、たぶんお母さまよりもしっかりしておりました。

そうして迎えた昭和十八年。晴れ着はまずわたくしの道長取りの綸子を姉さまに合わせて縫い直し、そこから出た端布を昨年姉さまがお召しになった宝相華の錦紗の、肩口と裾に継ぎ足しました。

今風に言うと、パッチワークです。苦肉の策でしたが子供っぽかった晴れ着が粋になり、お母さまにも「まぁ、咲ちゃん。あなたドレスメーカーになれるわよ」と感心していただきました。

誰がご覧になっていたのか、そのパッチワーク晴れ着は隣組でも評判で、のちに組長さんが「町会に出すから貸してほしい」と言ってこられたほどです。

お母さまの代理で町会に出たばあやによれば、「若い娘の晴れ着でさえこれほど立派に更生できるのだから、工夫して倹約に努めること」と、褒めちぎられていたそうです。

リフォームした衣服のことを、当時は更生服と呼んでおりました。

「そんなことを言ったって組長さんは、ガス風呂に入っているのにね」

得意げなばあやとは裏腹に、冷めていらしたのは龍子姉さまです。

わたくしが夜なべをして晴れ着を縫い直したのは、新年を心楽しく迎えたいがため。それを戦争のプロパガンダに使われたのが、気に食わなかったのでしょう。

組長さんがお父さまに頼んで患ってもいないリウマチの診断書を出してもらっていたことは、川端家の中だけの秘密でございました。

それにしてもそのころの冬は、本当に寒かったものです。なにしろガスストーブが使えませんから、暖房といえば物置から発掘した火鉢程度。しかも炭の配給が滞ることがしょっちゅうで、暖を取るには不充分でした。

そこで家にいる間は湯たんぽを綿入れの中に抱いて、お腹を温めておりました。ばあやには「妊婦さんみたいですよ。若い娘さんが、みっともない」と叱られましたが、ぬるくなってくると顔を洗ったり体を拭き清めたりもできるので、なかなか重宝だったのです。

そんな厳しい寒さも緩みゆく、二月の下旬だったと思います。

学校から帰るとばあやが「お帰りなさいまし」と、満面の笑みで出迎えてくれました。珍しいほどの機嫌のよさです。

時局柄女中を何人も置いているのは贅沢だと咎められ、年が明けてからは、ばあやの他に台所女中が一人いるだけ。あまりの忙しさにばあやは気が立っており、腰が痛いの、節々が軋むのと、わたくしを相手に愚痴をこぼすことが増えておりました。

「待ってね、ばあや。すぐに着替えてくるわ」

その日は切って乾かしておいた種イモの植えつけをする約束でした。ですがばあやは着替えのために自室へ向かおうとしたわたくしを、「いいんです、また明日でも」と引き留めるのです。

「それより、お母さまのお部屋へ行ってごらんなさいまし」

　その含みのある笑いかたに、わたくしは姉さまと顔を見合わせました。

　お天気のいい日でしたから、お母さまもご気分がよろしかったのでしょう。久しぶりに布団を上げて、陶製の火鉢にくたりと寄りかかっておいででした。

「ただいま帰りました」

　戸口でご挨拶をいたしますと、ぱっと顔を上げて「早く、こちらにいらっしゃい」と手招きをなさいます。白い頰にほんのりと紅が差し、どうやら興奮しておられるようです。

　なんだろうと首を傾げると、お母さまの膝元に真新しい反物が、二巻転がっているのが目に留まりました。

「お母さま、これは――」

　驚きのあまりわたくしは、息が止まりそうになりました。

　それは色糸をふんだんに使って織り上げられた、銘仙の反物でした。

　かつてモダンなデザインと大胆な配色で女子学生を虜にした銘仙は、数年前から時局銘仙という、地味な色柄のものしか作られなくなっておりました。

　奢侈品《しゃしひん》等製造販売制限規則、いわゆる七・七禁令の直後、「國策だ！　金糸も抜かう」という見出しのついた新聞記事が出たのを覚えております。織物の産地では女子工員や女学生まで動員して、すでに出来上がった反物から、金糸銀糸を抜かせたのです。

そのような無駄な作業に人手と時間を費やして、なにが国策なのでしょう。友禅や箔置きを施したものならともかく、安価な銘仙まで規制の対象とするなんて。

ところが、その反物はどうしたことか。お母さまに促されて広げてみると、目にも鮮やかな色づかいではありませんか。

「ああ」と、思わずため息が洩れてしまいます。

「出入りの呉服屋さんがね、廃業するからと言って、在庫を安く譲ってくだすったのよ」

反物は、一対で春秋を表しておりました。

春は桜。淡いオレンジの地に無数に織り込まれた花びらの、ところどころに目の覚めるようなピンク色や青紫が紛れており、その遊び心が実にいいアクセントになっております。

秋は楓。こちらは紫に黒の流水模様と渋いものの、楓は大柄で、発色のいい赤と黄色に彩られておりました。

「素敵だわ」

龍子姉さまは、魂を抜かれたかのように反物に見入っておられます。

そんな姉さまを見てお母さまは、満足げに微笑まれました。

「なんでも好きに作るといいわ。顔映りからすると、桜が龍ちゃんで、楓が咲ちゃんかしら」

「いいえ、お母さま。それじゃあつまらないわ」

姉さまは急に正気に返り、熱弁を振るわれました。母娘そろって頬を紅潮させて、いやに艶めいたご様子です。

「たしかにわたしは春生まれで、咲ちゃんは秋だけど。名前だとわたしが秋で、咲ちゃんは春よ。龍田川と、桜咲く。ね、咲ちゃん桜を着てみない？」

小柄で色が白いので、姉さまにはいつも明るい色が割り当てられます。だからきっと、たまには紫を着てみたいと思われたのでしょう。

「ええ、いいわ。桜も素敵だもの」

姉さまが喜ばれるなら、わたくしも嬉しい。明るいオレンジ色はわたくしのくすんだ肌には合わないでしょうが、まったく問題はございませんでした。

「ええ、素敵。どちらも本当に素敵。お母さま、ありがとう」

「いいのよ。でも着て出ることはできないから、バッグなどの小物にしてしまったほうがいいかもね」

「いいえ、着物よ。ぜったい着物。ね、咲ちゃん。仕立ててくれるわよね」

わたくしとて、めったに見ることのできなくなった華やかな銘仙に、無駄な鋏《はさみ》を入れたくはありませんでした。

「もちろんよ」

「お袖は長めね。子供っぽい肩上げはもういらないわ」

「ええ、分かっているわ」

巷では、服装の簡略化が叫ばれておりました。銀座の街頭に大日本婦人会のかたが立ち、妄信者の目で『決戦です！　すぐにお袖を切ってください』というチラシを配っていたものです。

姉さまのお好きな袖丈は、一尺七寸。お召しになると長めのお袖がなよなよと揺らめいて、抱きしめてしまいたくなるほど儚げでございました。

あの切迫した時代に実用性のない布を買い、着られもしない着物を縫う。

馬鹿らしいと笑う人もあるでしょう。ですが女三人は久しぶりに、それぞれの心が弾む音を聞いたのです。

いいえ、四人でした。戸口に座ってばあやがその様子を、にこにこと眺めておりましたから。

それ以来わたくしは、夜を徹して着物を縫い進めてゆきました。

側面を遮光塗装された、灯火管制用電球では明るさが足りません。毛布を被せたスタンドを手元に引き寄せて、ひたすら針を動かします。どうにか春までには仕上げたい。そんなふうに焦っていたのは、やはり自分の反物が桜柄だったからでしょう。

ですがなにごとも、姉さまが最優先。楓柄のほうから先にちくちくと縫っておりますと、姉さまは「どう？」と毎日のようにわたくしの部屋を覗かれます。

ときにはそのままわたくしの布団で眠ってしまわれることもあり、針仕事のかたわら暗い中にぼんやりと浮かび上がる整った寝顔を、厭《あ》きず眺めたものでした。

今宵はこれまでと区切りをつけてその隣に滑り込めば、布団の中はほんのり湿った温かさ。果実の熟れたようなにおいがして、少しドキリとさせられます。

横を向いて寝ているその背に頰を寄せ、お腹に手を回しますと、どこもかしこも柔らかくていらっしゃる。姉さまの体が、「そろそろ食べごろよ」と囁きかけてくるようでした。

もしかするとわたくしからも、このようなにおいが漂い出ているのでしょうか。脇に鼻を近づけて嗅いでみても、なにも香りません。畑仕事ですっかりたくましくなった体は触れると硬く、年頃の女とはとうてい思えませんでした。

でも、いいんだわ。わたくしはお嫁になんか行かない。お母さまのばあやのように、ずっと姉さまにお仕えしてゆくんだもの。

わたくしの望みといえば、それだけでした。たとえ姉さまがご結婚なさっても、影のように寄り添って、支えてゆけるものと信じていたのです。

春までにはと根を詰めたのに、二枚の着物が縫い上がったころにはもう、東京の桜はほとんど散っておりました。

「姉さま、できたわ！」

わたくしは仕上がったばかりの着物を抱きしめ、喜びのあまり隣の部屋へと駆け込みました。

膝の上に書物を広げ、うつらうつらとなさっていた姉さまが、驚いて顔をお上げになる。それからわたくしが胸に抱いているものに目を留めて、「きゃあ！」と声高く叫ばれました。

ご自分の着物は先にできておりましたのに、楽しみは分かち合うべきだわとおっしゃって、我慢なさっていたのです。わたくしも高揚しておりましたから、互いに手と手を取り合って、「きゃあ、きゃあ」と跳ね回りました。

「なんです、お嬢さまがた。虫でも出ましたか」

そこへ慌てて飛び込んできたのはばあやです。掃除の途中だったらしく、ハタキを手にしたままでした。

そんなばあやに駆け寄って、姉さまは上機嫌にくるりと回って見せました。

「違うの。例の着物が仕上がったのよ」

「着物？　ああ、あれですか」

ばあやもまた、喜色満面。ぱぁっと顔色が華やぎました。

それでもお小言は忘れません。

「まったく、最終学年におなりだってのに。子供みたいに叫ばれるから、私はなにごとかと思いましたよ」

四月半ばの、うららかな午後でした。わたくしたちはいよいよ、高等女学科の五年生になっておりました。

「ごめんなさい。だけど、とっても嬉しいんだもの」

姉さまはにこにこと、謝罪の言葉を口になさいました。反省の色は窺えませんが、無邪気な笑顔にはまだあどけなさが残っていて、ばあやとてほだされずにはいられません。

「そうですか。じゃあその嬉しさを、お母さまにも分けて差し上げてくださいな」

「ああ、そうね。そうだわ。行きましょ、咲ちゃん」

姉さまに手を取られ、わたくしは「ええ」と頷きました。ところが連れ立って部屋をあとにしようとすると、ばあやが前に立ち塞がるではありませんか。

「おっと。そうじゃございません、お嬢さまがた」

「なぁに。もしかしてお母さま、眠ってらっしゃる？」

「いいえ。さっきお部屋を覗いてきましたが、起きて繕いものをなさってましたよ」

「じゃあなぜ行かせてくれないの？」

片頬を膨らませた姉さまに、ばあやはにやりと笑いかけました。

「せっかくのお着物ですよ。ちゃあんと、お召しになってくださいませ」

わたくしと姉さまは、ハッと顔を見合わせます。

「まぁ、大変！」と、ほとんど同時に叫んでおりました。

「どうしよう、どの帯を合わせようかしら」

「待って、姉さま。わたくしの部屋からもありったけを持ってくるわ」

「帯揚げと帯締めも！」

「ええ。半衿も縫わなきゃだわ」

そこからはもう、大忙しです。箪笥の中身をひっくり返し、あれでもない、これでもない、こっちがいい、あっちもいいと浮かれ騒ぐ。

「早くしないと日が暮れちまいますよ」と、ばあやに呆れられるほどでした。

そうして出来上がった姉さまの装いは、楓の着物に糸車の刺繍が入った黒繻子帯。それだけでは甘さが足りないので半衿と帯締めに赤を入れ、帯揚げは色鮮やかなピンク色にいたしました。

わたくしのは記憶が曖昧《あいまい》ですが、桜の着物に大きな揚羽蝶の柄の、水色のモスリン帯を締めていたと思います。

ああ、そうです。着物の地色が派手だから帯は渋めにしようと思ったのに、姉さまに「こちらのほうが可愛いわ。ぜったいよ」と押し切られたのでした。

姉さまの長いお下げには赤いリボンを、おかっぱのわたくしは前髪をピンで留めて大人っぽく。

そんな娘たちを見てお母さまは、「まぁ！」と目を輝かせました。

「なんて素敵なのかしら。二人とも、もっとよく見せてちょうだい」

お母さまのお望みのままに、わたくしたちは袖を広げたり、その場でくるりと回ってみたり、まるでショウのモデルにでもなったようです。

「やっぱりいいわね。家の中が華やぐわ。外に着て行けないのが悔しいけれど」

そうおっしゃって目元を拭われたお母さまの口惜しさは、わたくしにもよく分かりました。

いよいよ女として花開こうという姉さまの美を、地味な着物に押し込めたまま、時は過ぎようとしていたのです。

花の命は短いものを。ほころびかけた花弁はもう、待っていてはくれません。

「お嬢様がた、ちょいと庭へおいでなさいまし。英雄さまが写真を撮ってくださるそうですよ」

ですからばあやが襖を開けて誘いかけてきたときは、妙案だと思いました。龍子姉さまの今このときを、切り取っておきたかったのです。

「行きましょう、姉さま。ちょうど小手毬が満開よ」

わたくしは先に立って、写真嫌いの姉さまを促しました。姉さまは気が進まないご様子でしたが、

「撮ってもらいなさい。私も写真が見たいわ」

というお母さまの勧めもあって、渋々腰を上げられました。

さすがの姉さまも真新しい着物に身を包んだ高揚感と、お母さまには勝てなかったようです。

英雄兄さまはすでに庭に出て、わたくしたちを待っておいででした。一人前の写真家気取りで、手で作った枡で景色を切り取り、矯《た》めつ眇《すが》めつしていらっしゃるではありませんか。

「いやだ、兄さまったら。なりきってる」

龍子姉さまの笑い声に振り返った兄さまは、呆けたように固まってしまわれました。

無理もありません。姉さまの白い肌に紫地の着物はよく映えて、たおやかな肩の線もいっそう引き立てられております。

愛らしく、麗しく、妖艶ですらある。少女から女へと羽化する途中の危うい美が、陽炎《かげろう》のようにたゆたっておりました。

「ああ、うん。なかなかだね」

そうおっしゃって鼻の頭をこする兄さまの、見苦しいこと。照れが勝って、素直に褒めることもできやしない。男の矜《きょう》持《じ》というのはたいてい、女が目を瞑《つむ》ってあげているからこそ、保たれているものですのに。

そんな兄さまに当てつけるように、わたくしは浮かれたふりをして姉さまと手を繋いでおりました。ひと針ひと針根気よく縫い上げた着物が、まるでもう一枚の皮膚のように姉さまの体に寄り添っている。この美しいかたの一番近くにいるのは、紛れもなくわたくしでした。

「ささ、姉さま。小手毬の前へ」

気の利かない兄さまの代わりに、エスコートするのもわたくしです。こんもりと盛り上がった白い花の前に立つと、姉さまはいっそう臈《ろう》たけて、香気に包まれたように霞《かす》んで見えるのでした。

「ついに観念したね、龍ちゃん」

学生服のポケットからミゼットを取り出し、兄さまはニヤニヤと笑っておられます。ついに姉さまを写真に収めることができる。その嬉しさに、自然と口元が緩むようでした。

「ええ、だけど一枚きりよ」

「いや、失敗したときのために、何枚か撮っといたほうがよかないかなぁ」

「それは兄さまの腕次第。わたしは咲ちゃんと並んでいる写真が一枚あればそれでいいの。ほら、早くしてちょうだい」

「でもなぁ」

「撮りたくないなら、べつにいいけど」

「分かったよ。じゃあ二人とも、もう少し寄って」

美しい少女の強情には、折れてやるのも喜びです。しょうがないなとため息をつき、兄さまはたった一枚のために集中力を発揮なさいます。

「あ、ダメだ。顔に影がかかるから、もう少し左にずれて」

光の加減を見ながら指示を出し、ついには地面に片膝をついてしまわれました。

小型カメラですから、シャッターの音はよく聞こえません。

「撮った？」と姉さまが尋ねると、兄さまは一気に消耗なさったご様子で「ああ」と頷かれました。

「じゃあ、紙に焼いてちょうだいね」

ねぎらいの言葉はございませんでした。姉さまはすぐにわたくしの手を取られ、悪戯っぽく笑ってみせました。

「ね、お父さまが往診からお帰りになるまでこの格好でいて、驚かせてやりましょうよ」

無垢《むく》で罪深い龍子姉さま。英雄兄さまのご苦労など歯牙にもかけず、ご自分の楽しみで頭がいっぱいでいらっしゃる。それでも兄さまは満足げに、カメラを撫でておられるのです。

このときの写真は大切に、家族のアルバムへと収められました。

それからしばらくして、とても嘆かわしいことが起こりました。

連合艦隊司令長官、山本《やまもと》五十六《いそろく》大将の戦死が「海ゆかば」のメロディーと共に報じられたのが、五月半ばのこと。

歴戦の猛者《もさ》であり、真珠湾《しんじゅわん》攻撃の功労者でもあられた山本大将は、ひと月も前にアメリカの戦闘機に襲撃されて、ブーゲンビル島のジャングルに命を散らしておられたのです。

英雄の死に国民が意気消沈せぬよう、当局はわざと報道を遅らせたのではないでしょうか。

物々しい国葬が執り行われたのは、さらにその翌月。世事に疎いわたくしでさえ、大変なかたが亡くなられたものだ、この先日本はどうなってゆくのだろうかと、不安に胸が塞がるようでした。

そしてついにわたくしたちの学校でも、防空服装、すなわちもんぺの着用が義務化されてしまったのです。

上は従来どおりのセーラー服、下は絣の着物を解いて縫い直したもんぺ。しばらくすると見慣れてしまいましたが、その取り合わせはあまりにもちぐはぐでした。

姿見の前に立ち、姉さまはひとこと、「野暮ったいわね」とおっしゃったものです。

「少しの辛抱よ、姉さま」

慰めるわたくしの声にも、力がこもりません。

姉さまは「辛抱しているうちに、おばさんになってしまうわ」と苦笑なさいました。

これでは少女たちの花園も色褪《あ》せて、「エス」だなんだと騒ぐ気も起こりません。それに最終学年ともなりますと、卒業を待たずにお嫁入りをするかたも出てまいりました。

お友達の中では頭でっかちさんが七月に、お嫁入りのために学校を去りました。たいへんな勉強家でいらしたから、てっきり師範科へ進むものと、周りも本人も思っておりましたのに。婚約者の出征前にぜひにと、ご結婚を急がれたのです。

娘時代の終焉は、もはや秒読み段階に入っておりました。

もっとも美しいはずの年頃に、お洒落のひとつもできないもどかしさ。もんぺほど女を所帯臭く見せてしまう衣服は、他にございません。

せめてもの抵抗でしょうか。姉さまは花柄のワンピースやレースを縫いつけたブラウスなどを、セーラー服ともんぺの下に忍ばせるようになりました。

人の目に触れはしなくとも、いつも美しいものと共にありたい。もんぺの下に乙女心を包み隠し、しれっとした顔で登校なさっていたのです。

「空襲で死ぬかもしれないならなおのこと、好きなものを身に着けていたいわ。それだけはわたし、ぜったいに譲らないの」

姉さまのその信念は郁子さんをはじめとするお友達にも受け入れられ、秘かな流行となりました。それは柔らかな心を持つ少女たちの、ささやかな抵抗でした。
たとえ国家という名の大足に踏みにじられようとも、最後まで美しいものを手放しはしない。

きっと大勢の少女たちが心にそう誓いながら、戦火に焼かれていったのです。

もちろん蹂躙《じゅうりん》されたのは、少女たちの心だけではございませんでした。

兵力不足を補うため、その年の九月にはついに高等教育機関に在籍する学生たちの、徴兵猶予が停止となります。それにより満二十歳以上の文科系学生は徴兵検査を受け、丙種合格者までが十二月入隊と定められました。

早稲田大学に在学中の英雄兄さまも、対象年齢に達しておりました。勉学半ばにしてペンを銃に持ち替え、出陣せねばなりません。

東条首相の重大演説があるというので、わたくしたちは英雄兄さまも交えて居間でラジオを聴いており、その取り決めを知りました。

「あんまりだわ」

真っ先に嘆かれたのは、お母さまです。人の親でいらっしゃるだけに、未来を摘み取られんとする若人たちの身の上を、他人事とは思われなかったのでしょう。

理工学、もしくは医学の道に進んでいれば、兄さまにもいましばしの猶予がおありだったのに。理系の学生は戦時に有用な人材として、引き続き徴兵延期とされておりました。

「なぁに、とうに覚悟していたことですよ。龍ちゃんや咲ちゃんのためにも、立派に戦って参ります」

口では勇ましいことをおっしゃりながら、兄さまの青ざめたお顔には諦念が滲んでおりました。その鼻腔には早稲田中学の校庭で嗅いだという、人肉の焦げるにおいが蘇《よみがえ》っていたのかもしれません。

十月二十一日は、出陣学徒壮行会。冷たい雨の降る明治神宮外苑競技場に、学帽に学生服姿、脚にはゲートルを巻いた学生たちが、三八式歩兵銃をかついで入場いたしました。

見送られる者には、見送る者が必要です。

近隣の女学生が観衆として動員され、わたくしたちもスタンドを埋め尽くす人々に交じって式の進行を見守ったものでした。

スタンドからはあまりに遠く、英雄兄さまを見分けることはできませんでしたが、彼らの揃った足並みは意気軒昂というよりも、悲壮感の漂うものでした。きっとどの学生の顔にも、兄さまと同じ諦念の色が窺えたことでしょう。

東条首相の訓示は忠君愛国を叩き込むいつものご調子で、正直なところ聞き流してもいいようなものでした。その一方で答辞を読み上げた帝大生の一文が、今も耳に残っております。

「生等《せいら》もとより生還を期せず」

まだ歳若い学生たちに、なぜそのような覚悟を背負わせねばならなかったのでしょう。彼らの親兄弟の誰一人、死んでこいとは望まぬものを。

見送りの女学生の中には、兄や婚約者の姿を必死で探していた者もあったはず。土砂降りの中傘も差せず、とめどなく流れる涙は雨に紛れてゆきました。

一人でも多いご生還を。

その願いは、スタンドにいたすべての少女たち共通のものでした。いざ閉会となって学生たちがゲートを出てゆこうとしたとき、スタンドにいた一部の女学生が雪崩《なだれ》を打って競技場内に入り込み、彼らを間近に見送ったのです。

はしたないとか下品だとか、良識ある大人たちは眉を顰めました。ですが目の前にいるのは自分たちの夫となってもおかしくはなかった男たちです。ただ純粋に、死地へと向かう彼らに「行ってらっしゃい」と伝えたかっただけのこと。その真心をいったい誰が責められましょう。

学生たちは涙ながらの見送りに手を振るでもなく、真っ直ぐ前を向いたまま退場してゆきました。

その日兄さまは大学から交付された銃と帯剣を手にし、靴下裸足で帰宅なさいました。ぬかるみと化したグラウンドに短靴を取られ、拾い上げることもできずにそのまま進むしかなかったのです。

もはや個人の都合で歩みを止めることはできない。学生たちのその後の運命を表しているかのようで、泥まみれになった兄さまを、はじめて憐れと思いました。

わたくしは観ておりませんが、このときのニュース映画をご覧になったゆりかもめさんによると、出陣学徒壮行会の映像はアメリカ側が撮影した空母「ホーネット」のフィルムの後に流されたそうです。

すさまじい弾幕、その中をかいくぐる日本の海軍機、被弾したと思われる機体が海に墜落するシーン。近代戦の苛烈さが生々しく写し取られており、出陣学徒たちの赴く末を憂えてゆりかもめさんは、ハンカチを涙で濡らしたとおっしゃいました。

日本軍はすでにガダルカナル島からの撤退を余儀なくされ、アッツ島では守備隊が残らず玉砕。同盟国のイタリアはいち早く無条件降伏を受け入れておりました。敗色はわたくしたちの目にも映るほど、明らかになっていたのです。

雨が降り続いていたせいか、わたくしの記憶に残る壮行会の景色に色はございません。対照的なのは、約二十年後の東京オリンピックです。同じ競技場に各国の旗が色鮮やかに揺らめいており、平和の祭典を喜ぶよりも、大掛かりな茶番を見せられたような気持ちになったことでした。あの地面の下には今もなお、学生たちの短靴が埋まっている。そう思えてならないのです。

壮行会の三日後の朝、英雄兄さまは徴兵検査を受けるべく、ご実家へと発たれました。

それから十二月の入隊までは地元で挨拶回りをなさるらしく、東京にはもうお戻りにならない。これが今生の別れになるかもしれません。

兄さまは愚痴も泣き言も洩らさず、門の外まで見送りに出たわたくしたちに「行ってまいります」とだけおっしゃいました。背筋の伸びた、ご立派な旅立ちでした。

本当は、戦争になど行きたくはなかったはずなのに。殺すのも、殺されるのも嫌だったろうに。

学徒壮行会に参加した約二万五千人の学徒兵のうち、三千人以上が戦死したと言われております。この先は崖《がけ》だと分かっていても、時代のうねりに巻き込まれ、前に進むことしかできなかったのです。

英雄兄さまが東京を発たれてからしばらくは、家の中が静かでした。兄さまとは部屋が離れておりましたが、昨日までいらした人の気配がしないのは寂しいものです。

多いときは使用人も含めて九人が暮らしておりましたのに、そのころには最後まで残っていた台所女中も辞めており、耳を澄ましてもしわぶきひとつ聞こえてはきませんでした。

川端家が急に賑やかになったのは、十一月も半ばになってから。お父さまが、姉さまの縁談をお決めになったのです。

「見て、咲ちゃん。わたしこのかたと結婚することになったわ」

お父さまに呼ばれて洋館に行っておられた姉さまは、嬉しくもなさそうに、一枚の写真を差し出されました。

なにかに驚いているような真ん丸な目と、おちょぼ口。記憶にある顔立ちからあまりお変わりでないそのかたは、矢野医院の次男坊、順平さんでした。

軽井沢の別荘で黙々と植物標本を作っていらした少年も、成長して東京医学専門学校に籍を置く学生になっていたのです。

わたくしは思わず顔をしかめそうになりました。間延びした輪郭は年齢と共にさらに延び、バランスを欠いているではありませんか。姉さまだって「面白の駒」と揶揄していたくらいですから、嫌に違いありません。大人たちの口にしていた冗談が、よもや現実のものになろうとは。

「どうして、順平さんなの」

当然のごとく姉さまは、そうお尋ねになりました。するとお父さまは姉さまの目を見返して、穏やかな口調でおっしゃったそうです。

「順平くんでダメな理由があるなら、言ってみなさい」

医学生で次男坊、子供のころからつき合いがあり、心根の優しいことも知っております。若い医師が次々に軍医として応召されてゆく中で、川端家の入り婿として他に適当な人物は思いつきませんでした。

お父さまがこの婚姻を急がれたのは、女子挺身隊の問題もあったことでしょう。

女子挺身隊とは、十四歳から二十五歳までの未婚、無職、無在学の女子を対象とした、勤労動員の強化策です。そのころはまだ強制ではございませんでしたが、お父さまは近いうちに義務化されると踏んでおられました。

翌年三月に卒業を控えたわたくしたち。家事手伝いといった身分では工場に動員されてしまいますから、慣れぬ作業で怪我をするおそれもあります。労働に向かぬ姉さまが、そのような境遇に耐えられるでしょうか。このタイミングでの縁談は、愛娘を案じるお父さまの親心なのでした。

実際に年が明けて間もなく東条首相が「余裕のある女子の勤労逃れは許されない」と発言なさり、「女子挺身隊制度強化方策要綱」だの、「女子挺身勤労令」だのと、締めつけが強くなってゆきました。戦争末期には飛行機のようなものまでが、女の手で作られていたのです。

順平さんではダメな理由を問われた姉さまも、そのあたりのことをお考えになったのでしょう。

「分かったわ。ありがとう、お父さま」と、承諾なさいました。

「これでよかったのよね、咲ちゃん」

それでもわたくしの後押しがほしくて、そんなことをおっしゃる姉さま。女ですもの、親同士の取り決めとはいえ、結婚に夢を見るのは当然のことです。

でも結婚は夢などではなく、ただの現実なのでした。せめて身近にいるわたくしが、祝福して差し上げねばなりません。

「ええ、姉さま。いいご縁談だわ。順平さんならきっと、姉さまによくしてくださるもの」

「いつだったか、押し花の栞をくださったことがあったわね」

「そうよ。汗だくになって、アイスクリームを作ってくださったことも」

「ああ、アイスクリーム。食べたいわ」

あの軽井沢に遊んだ夏の日々、まだ子供だったわたくしたちの、なんと幸福だったことでしょう。思い出がひどく遠く感ぜられて、わたくしたちは互いにきつく抱き合いました。

「大丈夫よ。姉さまはきっと幸せにおなりだわ。わたくし、保証するわ」

「ええ、咲ちゃん。ありがとう」

こうしてまとまった縁談でしたが、姉さまは一つだけ、お父さまに条件をお出しになりました。

「できることなら、学校は卒業したいわ」

そんなささやかな願いですら、叶わぬ人が大勢いたのです。

平時であれば、成績のよかった姉さまには進学という道もおありだったかもしれません。それだけに、お父さまもお辛かったことでしょう。

「分かった、お前の望むようにしよう」と、強く頷かれたそうです。

どちらにせよ順平さんはあと一年学校がありましたから、ただちにというわけではございませんでした。婚約者に召集令状が届き、つかの間の結婚生活のために学校を辞めていった少女たちに比べれば、まだ余裕があったのです。

姉さまの結婚式は、卒業式の翌々日と決まりました。

それから卒業までの数ヶ月を、わたくしたちは宝物のように大切に過ごしました。かつては「乙女の港」に憧れて「エス」だなんだと騒いでいた少女たちも、だんだん身の振りかたを決めてゆきます。

まず、頭でっかちさんに続いてゆりかもめさんが、学校を辞めて嫁いでゆかれました。スピーカーさんと茶目さんは師範科へ。郁子さんはお父さまが経営してらっしゃるクロスメーカーに、事務員としてすべり込む手筈になっておりました。

そしてわたくしは、川端醫院の看護助手として働くことになっていたのです。

姉さまの縁談が決まってすぐ、お父さまはわたくしの意向も聞いてくださいました。

「龍ちゃんのことばかり焦ってしまったけど、次は咲ちゃんだね。でもその前に、君がどうしたいのかを聞いておこう」

洋館の応接間で、膝をつき合わせてのお話でした。

「咲ちゃんが望むなら、進学しても構わないし、就職先を世話してもいい。結婚するならとびきりの相手を見つけてあげる」

実の娘でもないのに、なんとありがたい申し出でしょう。

けれどもわたくしの心は、すでに決まっておりました。

「わたくしは、看護婦になりとうございます」

それは姉さまに縁談が持ち上がる前から考えていたことです。

わたくしのただひとつの望みは、龍子姉さまと共にあること。結婚なんて、これっぽっちもしたいと思ったことはございません。川端醫院の看護婦になれば、いずれ女主人となられる姉さまを、陰日向にお助けすることもできるでしょう。

　お父さまは「よろしい、分かった」と、わたくしの希望を受け入れてくださいました。

「だが、今は養成所に入ることを勧められない。なにせ即席の看護婦を、一人でも多く戦場に送り込もうとしているからね」

　支那事変からこちら、従軍看護婦は常に不足しておりました。

　それに伴い看護婦資格の取得年齢は引き下げられ、日赤《にっせき》では従来三年だった救護看護婦の教育期間を、二年半に短縮。そのうちに乙種看護婦という二年間の促成コースがそれに取って代わり、下は十六歳からの歳若い看護婦を、数多く輩出していたのです。

　また日赤出身の看護婦には応召義務がありますが、そうではない一般看護婦も、三ヶ月の補備教育を受け、臨時看護婦として従軍してゆくのです。げんに川端醫院でも、古参の看護婦が一人残っているだけで、あとは皆戦争に取られておりました。

「戦争が終わったら、必ず勉強させてあげる。だからしばらくは、ウチで看護助手をやらないかい？」

　戦争が終わったら――。物心ついたころから戦時体制にあったわたくしには、戦争のない日常というものが、うまく想像できませんでした。

「近いうちに終わるのでしょうか」

「ああ。あと二年はもつまい」

　声を潜めてそうおっしゃったお父さま。その目には悲愴の色がちらつき、まるでこの国の負けざまが、見えていらっしゃるかのようでした。

あと二年。けれどもお父さまの二年と十七歳だったわたくしの二年とでは、長さがまるで違います。まだ二年も我慢しなければならないのかと、途方に暮れた気持ちになりました。

それでも姉さまのお傍にいられるなら、わたくしはなんだっていいのです。

「お父さま、お世話になります」と、膝に手をついて頭を下げました。

やまべに向かいてわれ　目をあぐ
助けはいずかたより　きたるか
あめつちのみかみより
助けぞ　われにきたる

讃美歌２８８番、「やまべに向かいてわれ」。

少女たちの歌声が、青空に吸い込まれてゆきます。

卒業までの間わたくしたちは、屋上で讃美歌を歌っては、互いの心を慰めたものでした。

春に向かって埃っぽくなってゆく空気を感じながら、つかの間の解放感に身を委ねるのです。

「やっぱり物足りないわね。頭でっかちさんのアルトと、ゆりかもめさんのメゾソプラノが入らないと」

そう呟いたわたくしに、食ってかかるのはもちろん郁子さんです。

「だけど私たちだって、もうすぐバラバラじゃない」

「私と茶目さんは、師範科で一緒だけどね」

「ああ、いいわねぇ」

結婚を控えた姉さまは少しも嬉しそうではなく、スピーカーさんと茶目さんを羨ましそうにご覧になっておりました。

おそらく姉さまは勉学を続けたかったというよりも、まだ当分女学生でいたかったのでしょう。あのころは誰もが高等女学校に進めるわけでなく、少女期というのは特権階級にしか存在しないものでした。

「でもそうね。これからは呑気に女学生をやれる時代ではないんだわ」

そうおっしゃったのは、独り言だったのかもしれません。それを受けて茶目さんが、しみじみと首を振りました。

「勤労動員も増えているしねぇ」

気分の沈む話題でした。でも郁子さんときたら、生意気そうな鼻先をツンと持ち上げておっしゃるのです。

「まともに勉強ができないから、私はいったん学校を去るのよ。情勢が落ち着いたら、きっと学びなおしてやるんだから」

そのような時代にあっても、郁子さんは勝気でした。いっそ頼もしくすらあって、ひとりでに口元がほころびます。

「それからきっと、『凮月堂《ふうげつどう》』のシュー・ア・ラ・クレームを好きなだけ頬張ってやるわ！」

フン、と勝ち誇ったように鼻を鳴らした郁子さん。少女たちはとたんに色めき立ちました。

「じゃあじゃあ、私は『梅むら』のお汁粉！」

「もちろん『資生堂《しせいどう》パーラー』のアイスクリームね！」

「『コロンバン』のショートケーキでしょ！」

懐かしさと憧れに、胸が張り裂けそうでした。

甘味というのはただの味覚の一種ではございません。共に食べた人の記憶まで、鮮明に残してくれるものです。そしてそれはたいていの場合、幸せな記憶なのです。

わたくしたちはそこにはないお菓子を想像し合い、うふふと肩をすくめました。

卒業までの期間が短くなってゆくとともに、姉さまの結婚式の日取りもどんどん近づいてまいりました。

披露宴には遊興飲食税がかかりましたから、自宅でごく質素に、花婿は国民服、花嫁は上っ張りにもんぺで充分とされておりました。でもいくら物のない時代とはいえ、姉さまの晴れの日のお衣装がもんぺだなんて、わたくしには耐えられません。

そこでわたくしはお母さまの婚礼衣装だったという黒振袖を、姉さまの身丈に縫い直すことにいたしました。

着物を解いてひと針ひと針、姉さまとの思い出を縫い込んでゆきます。はじめての対面から、八年の月日が経とうとしておりました。
目を閉じれば赤い友禅の振袖に身を包んだ姉さまの、あどけないお姿が瞼に浮かぶよう。あれからいっそう美しく、たおやかに成長なさった龍子姉さま。共に過ごした日々を思うと、胸がキュッと絞られます。

　べつによその家へお嫁に行くわけではなく、姉さまはこれまでどおり川端家でお暮らしになるのに。やけに寂しく、切なくて、せっかくの花嫁衣裳に涙を落としそうになりました。

「咲ちゃん、咲ちゃん、ありがとう」

　そうやって仕上げた花嫁衣裳を、姉さまは胸に抱いて喜んでくださいました。婚礼の準備の中で喜色を示してくださったのは、このときだけだったと思います。

「咲ちゃんだけよ、わたしの気持ちを知っていてくれるのは。お願い、ずっと傍にいてね」

涙を湛《たた》えたその瞳は、この世で最も美しい湖です。湖面に映るわたくしが、力強く頷きました。

「もちろんよ、姉さま」

「お婆さんになってもよ」

「ええ、そのつもりよ」

　わたくしたちが求めているのは、お互いだけ。感極まって、どちらからともなく手を握り合う。あのときのうっとりとした気持ちは、どこへ行ってしまったのでしょう。

　ひんやりとした姉さまの、小さな手。

少しも傷つかないように、わたくしが包んで温めて差し上げたかった。
姉さま、龍子姉さま。
どうしてわたくしは、姉さまの手の届かないところに来てしまったのでしょう。

それにしても、慌ただしい時代を生きたものです。卒業式を終えてセーラー服を脱いだかと思えば、すぐさま結婚式。

「私たち、離れ離れになってもお友達よ」という甘ったるい別れの言葉に浸る間もなく、姉さまは三々九度の盃を傾けておられました。

仲人はお父さまの医専時代の恩師だという教授夫妻。あとは両家の家族だけという、ひっそりとしたお式でした。

人数分のお赤飯とお汁粉が用意できたのは、ばあやの面目躍如といったところ。卒業式の謝恩会でお祝いにいただいたお砂糖が、さっそく役に立ちました。

お座敷の上座に姉さまと並んで座る順平さんの、なんと誇らしげであったこと。鼻の穴が真ん丸に開いており、「あら、ますます『面白の駒』」と、わたくしは袂の陰で笑いを嚙み殺したほどでした。

姉さまの婿となる順平さんに、英雄兄さまのときのような嫉妬を覚えなかったのは、彼を侮っていたからでしょう。男性としての魅力に欠けて、大人しく、怒りもしない順平さんは、姉さまにとってもわたくしにとっても、御しやすいかたでした。

ですからわたくしは順平さんに、遠慮というものをいたしませんでした。むしろわたくしと姉さまが談笑していると、あちらが声をかけるのを控えるくらい。それを不満に思う様子もなく、まるで空気のようにお過ごしでした。

順平さんはまだ学生ということもあり、平日は牛込の実家から通学なさっておられました。美しい新妻とひとつ屋根の下にあっては勉学に身が入らなかろうと、周りが懸念したのかもしれません。

そういう環境でしたから、姉さまは結婚してもお下げ髪が銃後髷《まげ》に変わったくらいで、ちっとも娘っぽさが抜けませんでした。相も変わらず川端家のお嬢様として、甘やかされておられたのです。

しかし時代は姉さまだけに、優しくしてはくれません。ちょうどそのころ戦局の激化に伴い、隣組の奉仕で横穴防空壕を掘ることになりました。

隣組の防災訓練や奉仕活動には一家の主婦が出るべしとされていたところを、川端家ではお母さまが虚弱なのを理由にばあやが務めておりましたが、姉さまが若奥様となったからには、もはや言い訳は通用しません。

午前と午後に分けて各組から十九名ずつ出すようにと通達されて、姉さまも渋々出かけてゆかれました。

はたしてあの細腕と柳腰で、土掘り作業などできるのでしょうか。

わたくしの懸念は的中し、午前の作業を終えて少し日焼けなさった姉さまは、頬に擦り傷をこしらえてお帰りになりました。

「どうなさったの」と尋ねれば、土を満載にしたリヤカーを引こうとしたものの、あまりの重さにピクリとも動かず、むしろ姉さまのほうが転んでしまわれたというのです。

なんたる非力。慣れぬ労働で怪我を負わせてしまったことが申し訳なく、わたくしは心に決めました。

　今後一切、力を使う奉仕には姉さまを出すまい。

おそらくわたくしは、猛烈に怒っていたのです。その桜色の爪が土で黒ずんでいるのも許せなくて、ブラシを使って丁寧に、洗い落として差し上げました。

「姉さま、これからはわたくしが壕掘りに行くわ」

わたくしには医院の仕事がございましたが、器具の消毒や病室の掃除など、基本的には雑用でした。壕掘りとて一日中あるでなし、両立はできると踏んだのです。

若かったのでしょう。庭の畑の世話も、ばあやを手伝って台所仕事もしておりましたが、くたくたに疲れてもひと晩眠れば、体は問題なく動きました。

「いいのよ、咲ちゃん。そこまでしてくれなくても」

姉さまは遠慮なさいましたし、「あそこの家は、娘までまともに働けないのか」と、ご近所から陰口を叩かれることもございました。

　大日本婦人会の襷を誇らしげに掛けておられた奥さんは、お母さまに面と向かって文句をつけにこられたほどです。

「あなたのところはただでさえ、お国のために戦える男の子がいらっしゃらないじゃありませんか。あなたは体が弱くて、娘さんも虚弱でいらっしゃる。そんなことでは通りませんよ。国債さえ買っていればいいとでも思ってらっしゃるの？」

お役に立てぬ申し訳なさから、お母さまは国債をずいぶん購入なさっていたようでした。終戦後紙切れ同然になってしまった代物を、「すみません、すみません」と肩を縮めながら買っておられたお母さま。それでもまだ足りぬと責められて、その繊細なお心は、傷を増やすばかりでした。

女は権力のしもべです。そのころはなにせ「国家」が後ろ盾になっておりましたから、妄信的な女たちの声が大きかったのも無理からぬことでした。

自分たちはなにもしていないのに、急に偉くなったように錯覚をして、「正義は我にあり」とばかりに振りかざす。でも本当は正義など、それぞれの歪な心に歪な形で宿っているものなのです。

たとえばわたくしの正義といえば、姉さまをお守りすること。その白い肌が辛苦の垢《あか》にまみれぬよう、一段高いところに祀《まつ》り上げておくことでした。

崇拝の対象は、常に美しく保っておくもの。ご本尊を磨かぬお坊様など、きっといらっしゃらないでしょう。

そんなことを言ったところで、頭の固いご婦人たちに通じるはずもございません。わたくしはにっこり笑って、こう申し上げました。

「ご心配なく。わたくしきっと誰よりも、お役に立ってみせますわ」

実際のところわたくしは、女性が三人がかりで引くリヤカーを、一人で扱うことができました。その働きぶりを見ているうちに、うるさい雀は一羽二羽と口を閉ざしていったものです。

肉体労働といえば、建物疎開のお手伝いにも精を出しました。

防空対策として長年住み慣れた家を追い出され、それを強制的に打ち壊されてしまう。家主のかたにはお気の毒でしたが、不要となった木材をいただいて燃料の足しにできるのはありがたいことでした。

わたくしが労働にいそしむ代わり、姉さまは自宅で優雅にお過ごしでした。

主に物語などを読み、気まぐれのように家事をなさる。そんな姉さま目当てに郁子さんが、よく遊びに来られるようになりました。

ご実家のクロスメーカーは部門の縮小を余儀なくされ、官需製品の生産で露命を繋いでいたようです。事務員といえど仕事が少なく、郁子さんはお暇だったのかもしれません。

奉仕活動を終えて泥まみれで帰宅してみると、客間から二人の朗らかな笑い声が聞こえてまいります。少しばかり妬《や》けましたが、姉さまがそうして笑っておられると、外の厳しい現実など幻ではないかと、しばし忘れることができました。

「ね、郁子さん。このトウモロコシ、わたしが種を蒔いて収穫したのよ。よくできていると思わない？」

「あら嫌だ、龍子さん。まるで主婦みたいよ」

「だって、主婦だもの」

その年は菜園のトウモロコシがたんまり採れましたので、粉にしてよくパンを焼いたものです。

もっとも姉さまがなさったのは本当に種蒔きと収穫だけで、耕したり、水をやったり、草をむしったりという過程は、わたくしの仕事だったのですが。それでもご自分で作ったと主張なさる無邪気さを、わたくしは心より愛しておりました。

ですがお二人が笑い合う話題といえば、もはやほとんどが思い出話。近況を報告しあったところで、愉快なことなどあるでしょうか。

たとえばスピーカーさんと茶目さんは、学徒勤労動員で群馬に行ってしまわれました。

それまで期間が限定されていた学徒勤労動員が通年実施と定められ、わたくしたちの通っていた学校でも、高女科の三年生から五年生までは校内に設置された工場に、師範科は群馬県の農園に、それぞれ動員されたのです。

「そんなことのために、上の学校に進んだわけじゃないのにね」

姉さまのやるせない呟きは、そのままスピーカーさんたちや親御さんのお気持ちでもあったことでしょう。麗しの学び舎にはハンダやケーブルといった無骨なものが運び込まれ、少女たちは青春を奪われてゆきました。

やがて横穴防空壕が完成し、奉仕内容が軽作業になると、姉さまもまた輪番制で町会事務所へと通われます。

はじめは工場から出た金属屑《くず》の選別程度の作業でした。けれども七月にサイパン島が陥落してからだんだんきな臭いものになってゆき、ついには兵器の部分品を作らされていたようです。

一般の主婦や少年少女たちが、兵器製造の末端に携わっている。その事実がおそらくアメリカ側に、絨毯《じゅうたん》爆撃の口実を与えてしまったのでしょう。

東条内閣が総辞職したところで、もう遅い。坂道を転がる石は、速度を増してゆくばかりです。

いよいよ本土決戦の日も近いと、一億総武装化が叫ばれて、一家の主婦も竹槍を握らされる。空襲に備えて軽井沢の別荘に荷物疎開をしたのもこのころで、家の中はがらんどうになっておりました。

慣れぬ奉仕作業と訓練に、姉さまの瑞々しい手は強張り、時に血マメを作ってこられる。わたくしは世を呪いつつ、夜な夜なその手にクリームを塗り込んで差し上げたことでした。

二人で午後のお茶を楽しんだ広縁と藤棚も取り壊されて、防空壕になっております。コロコロと笑い声を上げながらお菓子をつまんだコロンバンも、砂糖の供給がなくなり休業に。優しく楽しい思い出が、ことごとく灰色に塗り替えられてゆくのでした。

看護婦だけでなく、当然医者も不足しておりましたから、川端家の婿である順平さんは、九月に医専を繰り上げ卒業なさいました。そして翌十月には、陸軍軍医として入営することが、すでに定められていたのです。

　週末だけの夫婦であったとはいえ、永遠《とわ》の杯を交わし合った仲です。馴染み合うほどの暇もなく、運命の手によって引き裂かれておしまいになる。そのわりに若いお二人は情熱の炎を燃やすでもなく、日常を淡々と過ごしておいででした。

　順平さんは卒業から入営までの短い期間のうちに、できうる限りの知識を得んと医局に通い詰めておられます。姉さまは、それを別段寂しいとは感じていらっしゃらないご様子でした。

　ですがわたくしは大切な姉さまが軽んじられているように思え、黙ってはいられません。順平さんがお帰りの際、他に人がいないタイミングを見計らって詰め寄りました。

「順平さんは、龍子姉さまを残してゆかれるのがお辛くはないのですか」

　あたり障りのない会話しか交わしてこなかった義妹に責め立てられて、順平さんは丸眼鏡の奥の目を、きょとんと瞬いておられました。

「それは、辛いに決まっています」

　やがてわたくしの憤慨のわけを悟られたのでしょう。心持ち口元を緩め、そうおっしゃいました。

「だったら、少しでも多くお傍にいる時間を作ってあげてくださいな」

「恐ろしいんです」

順平さんは青ざめた顔をして、額に手を置かれました。その指は、わたくしよりも華奢なくらいでした。

「あの人の温もりに甘えたら、行きたくないと口走ってしまいそうで。今の私には、知識だけが味方なのです」

技術も経験も乏しいまま、軍医として発たれるのです。ご自分の命とて安全ではなく、さぞ大きな不安を抱えておられたことでしょう。

けれども夫婦ならば、泣こうが喚《わめ》こうが支え合い、それを糧としてゆけばよいものを。順平さんにとって姉さまは、いまだ憧れの対象で、弱みを見せたくはない女性だったのでしょう。

ですからお二人の間には、強い絆《きずな》など芽生えようもありませんでした。

「咲子さん。どうかあの人のことを、よろしく頼みます」

こちらの手を取らんばかりに懇願する順平さんを、わたくしは軽蔑したのだと思います。頭の片隅が、すっと冷えてゆくのが分かりました。

たった一人の妻と心を通わせるよりも、ご自身の矜持を保つことを優先なさる。それが彼なりの美学だったのでしょうが、わたくしにはただのやせ我慢にしか見えませんでした。

その張りぼてのような矜持を、順平さんは守りぬいたのでしょう。出立の朝に「ご無事をお祈りしております」と切り火を打ち、夫を送り出した姉さまは、いまいち実感を伴っていないようにぼんやりとなさっておいででした。

悲しいことに順平さんが入営しても、生活にはなんの影響もございませんでした。もともと家にいることの少なかった人です。英雄兄さまが去ったあとのほうがまだ、喪失感が大きかったくらいでした。

その英雄兄さまといえば、海軍に入り横須賀の武山《たけやま》海兵団に入団なさったそうで、一度消息を報せる手紙が来たっきり。こちらから姉さまのご結婚のことを報せると、連絡はぱったり途絶えてしまいました。

例の出陣壮行会の日から、わずか一年。その間に神風《かみかぜ》特攻隊の初出撃があり、捨て身の攻撃によって多くの学徒兵が命を散らしてゆきました。

そして我々の頭上にも、ついに火の粉が降りかかってまいります。

あれは忘れもしない、十一月二十四日。正午ごろにわたくしは、お櫃《ひつ》の中の冷たい麦飯でせっせとおにぎりを作っておりました。

前夜は患者さんのお産に立ち会って、ほとんど寝てはおりません。夜半過ぎに産気づいた妊婦さんが飛び込みでやって来て、叩き起こされてからずっと、お父さまの助手を務めていたのです。

お産はまだ続いておりました。ベテラン看護婦の富澤《とみざわ》さんが出勤されたので交代して、体力を消耗している妊婦さんとお父さまのお腹になにか入れてやらねばと、台所に立ったのでした。

　ばあやもまた真夜中からお湯を沸かしたり、血のついたシーツを洗ったりと大奮闘でしたから、仮眠を取っていたのでしょう。台所に人気《ひとけ》はなく、お母さまと姉さまは自室でなにをなさっているのか、家の中はしんと静まり返っておりました。

その静寂が空襲警報に打ち破られても、わたくしは徹夜明けのぼやけた頭で「またか」と思いました。サイパン島の陥落後、Ｂ29が偵察目的で空を脅かすことが数度あり、そろそろ慣れかけていたのです。

ですから遠くでドンと爆撃音がしたときは、背筋がピシリと凍りました。まるで打ち上げ花火のような、空気を揺るがす音でした。

　来た。ついに来た。

「姉さま、お母さま、ばあや！」

うなじの毛を逆立たせ、わたくしは廊下を駆けました。

向かいっ方から顔面蒼白のお母さまが、ばあやに支えられてまいります。

「防空壕へ！」

「姉さま、姉さま！」

短く声をかけて、すれ違いました。

こちらは部屋から飛び出してこられる気配もない。襖を開けると姉さまは、箪笥を開けて中をまさぐっておられました。

「なにしてるの、早く！」

振り返った姉さまの顔は、血の気が失せて真っ白になっておりました。それなのに「もんぺに穿《は》き替えなきゃ」などと、素《す》っ頓狂《とんきょう》なことをおっしゃるのです。

もんぺ嫌いの姉さまは、家で寛ぐときはいちいち着物に着替えていたのです。

「そのままでいいから、来て！」

差し出した手に縋ってこられる、姉さまの可憐であったこと。歌舞伎の道行のように手に手を取り合い、わたくしたちは庭の壕に飛び込みました。

防空壕は職人を雇って掘っただけあってそれなりに広く、床は簀子《すのこ》で高くして、地面の冷たさを直接感じぬよう布団を敷き詰めておりました。

電気は引いておりましたし、食料の備蓄もある。それでも家族全員が何時間も籠《こも》っていると息苦しく、とても手足を伸ばしては寝られませんでした。

「咲ちゃん、お父さまは！」

薄い暗がりの中、わたくしの顔をご覧になって、お母さまが甲走った声を上げました。ばあやにしがみついたまま、ぶるぶると震えておられます。

「まだ、お産の最中よ」

苦しみ喘《あえ》ぐ妊婦を放って、逃げる医者などおりません。

「そんな、そんな」

お母さまは唇をわななかせ、気も失わんばかりです。わたくしは姉さまを避難させたことで余裕が出て、いくぶん冷静になっておりました。

爆撃なのか高射砲なのか、大気を揺るがす不穏な音は続いておりましたが、どうやら近づいてはこないようです。

「わたくし、見てくるわ！」

「咲ちゃん！」

姉さまの制止も聞かず、穴倉を抜けて走りだしました。

洋館に駆け込んだわたくしは、赤ちゃんの産声に出迎えられました。それはたしかに分娩室から、力強く聞こえてきたのです。

「爆撃の音に驚いたのか、最後はスポンと出てきたよ」

恐怖の色も見せずにお父さまは、産着に包まれた赤ちゃんを見てにこやかに笑っておいででした。

一見微笑ましく安らかなご様子でしたが、わたくしはなぜか、背筋に冷たいものを感じました。お父さまは防空壕の中で震えている家族のことなど、まるで忘れておられるかのようでした。

その日の空襲は中島《なかじま》飛行機武蔵製作所を中心に、江戸川《えどがわ》区や品川《しながわ》区、東京湾などが狙われたそうです。昭和十七年のドーリットル空襲からは、実に二年半ぶり。一人の赤ちゃんが誕生する間に、二百人以上の尊い命が失われました。

わたくしたちの住む麻布区への初空襲は、その六日後の十一月三十日。被害は軽微でしたが、防空壕の中で姉さまはぽつりと呟かれました。

「もう、家にいてももんぺを脱ぐことはできないのね」

それからというものわたくしたちは、いつ来るとも知れぬ空襲の恐怖に翻弄されねばなりませんでした。

中でもお母さまの怯《おび》えようはお気の毒なほど。警報が解除されるまで、防空壕の隅で異様に目を光らせて震えておいででした。ご自分の身よりも患者さんを優先なさってしまうお父さまを、ひどく心配しておられたのです。

ですからわたくしは空襲警報の鳴る最中、幾度となく医院と防空壕を往復し、お母さまにはお父さまの無事を、お父さまには家族の無事を伝える役目を果たしました。

そんな折、上空をかすめ飛んでゆくＢ29は、時に銀色の機体が日に映えて、キラリと光り輝くのです。不謹慎ながら、美しいとさえ思いました。

聞いた話によると撃墜されたＢ29は、我が国の物量不足を嘲笑《あざわら》うかのように、ボルトの一つ一つまでがピカピカの新品だったそうです。

それに対するわたくしたちの武器は、防空壕の中に立てかけてある火叩きと、バケツの水。隣組の常会があると、裏の組長さん宅のお庭から「自宅に落ちた焼夷弾は、体を張って消し止めるように！」という勇ましい声が聞こえてまいりました。でもこれだけの装備で、どれほど持ちこたえられるというのでしょう。

会合から戻ると姉さまは、いつだって重いため息をついておられました。

年が押し詰まるにつれて、換気の問題で火も焚けない防空壕は、底冷えがしてまいります。どれだけ布団を敷いても土壁を筵《むしろ》で覆っても、骨の髄まで凍るよう。大晦日《おおみそか》の夜もやはり空襲警報に脅かされ、わたくしたちは白い息を吐きながら、身を寄せ合って新年を迎えたのでした。

昭和二十年。その年はまず、深い悲しみからはじまりました。

おそらく極寒の避難生活と、栄養不足、それから日々のご心労が祟《たた》ったのでしょう。ただでさえ心身ともに痩せ細っておられたお母さまが、松も明けぬうちに風邪をこじらせて、あっけなく身罷《みまか》ってしまわれたのです。

このかたがいらっしゃらなければ、わたくしが川端家に引き取られることはなかったでしょう。実の子と分け隔てなく、とまではいかぬものの、娘として大切に育ててくださいました。

そんな優しいお母さまの死で、わたくしたちの心は、病葉《わくらば》のように蝕《むしば》まれてゆくのでした。

たとえばお父さまは、慌ただしさのうちに葬儀が終わると、暇になるのを恐れるように、仕事にのめり込んでしまわれました。

当時はまだ、自宅に産婆さんを呼んでのお産が主流でした。でもひとたび難産となれば、医師の手が必要となってくる。お父さまは産婆さんたちに提携を持ちかけて、呼ばれれば真夜中でも構わずに飛んでゆかれました。

また診察にかかるお金のない妊婦さんの家を、一軒一軒無償で回り、場合によってはお産も無償で引き受けておられたのでした。

「お願いですから、少しは休んでください」

寝る間も惜しんで働くお父さまにお願い申し上げても、「ああ、そうだね」と生返事をするだけで、声は届いていないのです。そしてまた診察鞄《かばん》を手に、ふらふらと出かけてしまうのでした。

健康と引き換えにお父さまの人望は高まってゆきましたが、三つ揃いを着こなしてフォードで往診に出ておられたかたとは、まるで別人でした。

ご自慢の髭は伸び放題。頬がこけ、落ち窪んだ目だけが恐ろしいほど光っておられ、よれた白衣を着て足を引きずるように歩くお姿には、鬼気迫るものがございました。

そんなお父さまにわたくしは、日本神話のイザナギノミコトを見た気がします。亡き妻イザナミに「お前の国の人間を、一日千人殺してやる」と言われ、「それならば私は、一日千五百の産屋を建てよう」と返したイザナギです。

人の命が紙より薄い世の中で、一人でも多くの命を産みだすために、お父さまはじわじわと正気を失ってゆかれました。

お母さまの死以来龍子姉さまは、自分の中に閉じこもりがちになりました。

自室の押し入れから行李いっぱいの「少女の友」と、懐かしい付録を引っ張り出して、一人で遊んでおられるのです。

ああ、中原淳一の花栞。フラワーゲーム。松本かつぢのかるた。幸せの時代がそこに詰まっておりました。

どれもひと目見れば涙が滲むほど愛おしい、わたくしたちの、

姉さまはそれらを身の回りにちりばめることで、お母さまのいない現実から、己を守っておられたのでしょう。うつろな目で思い出の中に閉じこもっておられる姉さまは、悲しいほど美しゅうございました。

そしてばあやもまた、お母さまの虚弱がうつったかのように、寝込みがちになりました。牝牛のように頑強だった人がみるみる痩せて、髪もたちまち真っ白に。時折「律子《りつこ》さま」とお母さまの名を呼んですすり泣く声が、部屋の襖越しに聞こえたものです。

「どうか、私にお暇をください」

ばあやが腫《は》れぼったい目でお父さまに申し出たのは、ひと月ほど泣き暮らしたあとでした。

「このままでは、川端家のお荷物ですから」

思うように働けず、食い扶持《ぶち》を減らすだけの我が身が情けない。幸い郷里の弟夫婦が空襲を心配して手紙をくれたのでと、弱々しい声で訴えたのです。

家族同然のばあやです。肩身の狭さなど感じずに、ずっといてほしいというのが家族の総意でしたが、お母さまのいらっしゃらない家にはもう、居続ける意味がなかったのでしょう。戦争が終わったら必ず帰ってくるようにと約束して、わたくしたちは新潟に発つばあやを見送りました。

三月一日、お母さまのささやかな四十九日の法要が終わって、すぐのこと。

小さな行李だけを背負って、ばあやは何度も何度もこちらを振り返りながら去ってゆきました。

それが最後に見たばあやの姿でした。

ばあやが寝込んでからというもの、わたくしは獅子奮迅の働きをしていたと思います。

なにしろそれまで手伝い程度だった家事が、丸ごと肩にのしかかってきたのです。

医院の雑用と、菜園の世話。それに掃除機も洗濯機も普及していなかった時代の家事。わたくしは起きてから寝るまで、ほとんど動き回っておりました。

それでも若かったのと、川端家を支えられるのは自分しかいないという気概から、疲れを感じるということはございませんでした。

たとえ体調の優れない日であっても、庭仕事の手をふと止めると、窓越しに姉さまの横顔が窺えます。「少女の友」を開いて、夢見るように微笑んでおられるお姿が。

その穏やかな世界にしばし見とれ、そうだわたくしにはこのかたがいると、どこからともなく活力が湧いてくるのでした。

さて、ばあやが新潟に発って数日後のこと。思わぬ人が川端家を訪ねて来られました。

お父さまは回診に出ておられ、誰もいない医院の待合室の床を、懸命に磨いていた昼下がりの出来事です。

「咲ちゃん」と呼ばれて顔を上げると、玄関のガラス戸を開けて、予備士官の軍服を着た男性が入ってくるところでした。

甘ったるい春の陽気のせいで、はじめは幻かと思いました。英雄兄さまのように見えるけれど、もしや英霊になって帰って来られたのかもしれない。それほどに現実感のない訪問でした。

「おや、もう顔を忘れられたかな」

ぽかんとしているわたくしに、兄さまは悪戯っぽく笑いかけてこられました。どうやら生身のようでした。

まさか、まだ内地におられたなんて。思わず雑巾を放り出して駆け寄りました。

「びっくりしたわ。いったい、どうなさったの」

「ああ、実は同僚の華族様の結婚式があってね」

やんごとなきかたへのお祝いとして、予備学生時代の戦友たちと共に爆雷で取れた魚を担ぎ、横須賀から出て来られたそうなのです。そのついでにこっそり抜けて、挨拶に寄ってくださったのでした。

「そんなことをして、平気なの？」

「なぁに。悪友たちが上手くごまかしてくれているはずだよ」

兄さまはことのほか顔色もよく、お元気そうに見えました。

わたくしは素直に兄さまの健康を喜び、すっかり寂しくなってしまった川端家の現状を、ぽつりぽつりとお話ししました。

「なんだか、賑やかだった昔が嘘みたい。年が明けてすぐお母さまが亡くなって、ばあやも田舎に帰ったばかりなの」

ところが兄さまは驚きもせず、「らしいね」と神妙に頷くのです。

「ご存じだったの？」

「ああ。ここに来る途中、噂に聞いてね」

「そうだったの」

容姿のいい兄さまは、近所のご婦人がたに人気がありました。どこかのお喋りな奥さんに捕まって、話につき合わされたのでしょうか。

「大変だったんだね」

「ええ、そうね。だけどこの国で大変じゃないところなんて、どこにもないわ」

久しぶりの再会というのに、しんみりとした空気が流れてしまいました。わたくしは気を取り直そうと、無理に笑顔を作りました。

「どうしましょう。少しお待ちになれば、お父さまがお帰りになると思うのだけど」

「そうか。でも残念だけど、もう行かなきゃ」

「まぁ、慌ただしいのね。じゃあ、ちょっとだけ待って。姉さまを呼んでくるわ」

「いや、咲ちゃん。それには及ばないよ」

身を翻そうとしたわたくしを、兄さまが呼び止めます。

「どうして。会いたくはないの？」

「ああ、まぁね――」

言葉を濁して兄さまは、視線を床に落としました。

ああ、そうか。きっとお辛いんだわ。姉さまはもう、人のものだもの。

そのときわたくしは、はじめて過去の安請け合いを恥じました。

わたくしはこの人に、優しくはなかった。姉さまの寵愛を奪われまいとするあまり、傷つけても平気でいられました。

いったいどんな思いで、姉さま結婚の報を受け取ったことでしょう。「おめでとう」と書いて寄越すこともできないほどに、打ちひしがれたに違いありません。

姉さまが人妻になったことで、わたくしはようやく兄さまに、人並みの同情を抱くことができました。

「兄さま、ごめんなさい」

「どうして咲ちゃんが謝るの。どうしようもないことだよ」

愛おしい姉さまに会おうともせず、死地に赴かんとする英雄兄さま。わたくしならば遠目にでもそのご尊顔を拝したいところですが、それすら叶わぬほどに、彼の傷は深いのでしょう。

わたくしは勝手にそう解釈し、一人で兄さまをお見送りすることにいたしました。

「じゃあね、咲ちゃん。元気で」

「兄さまも——」

お元気でと口にしかけて、いったん唇を閉じました。

「ご武運を」

「ありがとう」

その笑顔の、爽やかだったこと。死を覚悟した人間は、こんなにもサッパリと笑えるものでしょうか。

わたくしは滲む涙を前掛けで押さえながら、英雄兄さまに手を振りました。

「あら、そうなの」

英雄兄さまとのつかの間の再会をお伝えしても、姉さまは無感動に頷かれただけでした。

わたくしですら涙したというのに、お膝の上の「少女の友」に目を落としたままなのです。

以前の姉さまなら「まぁ、わたしもお見送りしたかったわ。どうして呼んでくれないの」と、お怒りになったに違いありません。違和感を覚えつつもわたくしは、「残念だったわね」と取り繕いました。

「本当にお時間がなかったみたいで、すぐに発ってしまわれて」

「ええ、そうね。残念ね」

口先だけでそう言って、姉さまは雑誌のページをめくられます。あまりにも、心ここにあらずでございました。

「姉さま、大丈夫？」

「ええ。どうして？」

軽く首を傾げて、にっこりと微笑みかけてくる。姉さまは、どうやら大丈夫ではないようでした。

まるでバリケードのように「少女の友」と付録を身の回りに巡らせて、真ん中にちょこんと座っていらっしゃる。そうやって過酷な現実から、ご自身を守ろうとなさっていたのでしょうか。

心が乖離《かいり》していても、姉さまが穏やかに過ごせるのならば、それでいい。わたくしはそのときそう思い、それ以上姉さまを問い詰めるのをやめてしまいました。

「あら、アルバム。こっちの行李に入っていたのね」

色鮮やかな「少女の友」の表紙の中に、革張りのアルバムが紛れ込んでおりました。てっきり疎開荷物の中に入れたものと思っていた、家族のアルバムです。

わたくしはそれをなにげなく手に取り、開きました。ずいぶん若いころのお母さまが、広縁で笑っておられます。次のページには、フォードにもたれかかったお父さま。桃の若木の前でお包《くる》み姿の赤ん坊を抱いた、お二人の写真もございます。

それから幼稚園の制服をお召しの龍子姉さま。なにをおむずかりなのか、泣きべそをかいてばあやに手を引かれています。ばあやはまだ顔の皺が少なくて、堂々と肥え太っておりました。

姉さまがお庭の池に落ちて泣いていらっしゃる写真は、いったい誰が撮ったのでしょう。羽子板を握りしめておいでですから、羽根を追いかけて足を滑らせたものと見えます。

写真館で撮ったらしい、姉さまの小学科進学の記念写真。その先は次第に写真嫌いが発揮されて、一年生、二年生、三年生と、クラスの集合写真だけが続きます。

ああ、これはわたくしが引き取られて間もなくの写真。満開の藤棚の前に、直立不動で立っております。学校の制服が出来上がって、記念に撮っていただいたのでした。

一ページごとに、ノスタルジーが香り立つ。そこに写っているもので、そのときまで損なわれていなかったのは、防火水槽代わりに残された庭の池くらいのものでした。

まだ二十歳にもなっていないのに、ずいぶん遠くに来てしまった。そんな気がしみじみといたしました。

「あら？」

写真が途切れて余白ばかりになったページで、わたくしは手を止めました。ぱらぱらと、残りのページも確かめます。

一番最後に貼ったはずの、銘仙を着たわたくしたちの写真。小手毬の前で並んで撮った、大事なあの一枚がなかったのです。

「ねぇ、姉さま。あのお写真は？」

「どれ？」

「二人で撮った、銘仙の」

「差し上げたわ」

「どなたに？」

「欲しいとおっしゃるから」

「順平さん？」

たまに届く葉書によれば、順平さんは満州の部隊に配属されたようでした。具体的な居場所は検閲の対象になりますから分かりませんが、きっと大陸の空の下、愛おしい妻の写真を眺めては、心慰められているのでしょう。

姉さまはなにもおっしゃらず。うつろな目をしたまま、にっこりと微笑まれました。

英雄兄さまの思いがけぬご訪問から一週間も経たぬ、三月十日。

その日の夜、東京が燃えました。一夜にして十万人もの死者が出たという、東京大空襲です。

幸い川端家に被害はございませんでしたが、防空壕から顔を出して窺うに、東の空は血のように燃え、新聞の文字すらはっきりと読めるほどの明るさでした。

おびただしい数の人がイモリの黒焼きのように焼かれ、防空壕の中で蒸し焼きになり、燃える川に飛び込んで命を落としました。きっとアメリカは日本人を滅ぼしつくすつもりなのでしょう。そうとしか思えぬ、大殺戮《だいさつりく》でした。

被害が集中したのは下町地区でしたが、わたくしたちの住む麻布区も無傷では済みませんでした。笄《こうがい》町、霞《かすみ》町あたりに焼夷弾が落ち、市兵衛《いちべえ》町にあった永井荷風《ながいかふう》先生のお宅も焼けてしまったそうです。お住まいが近いので、先生が散歩をなさっているお姿は、たまにお見かけしたことがございました。

お父さまは空襲の夜が明けると勇んで診療鞄を持ち、罹災者が詰めているという国民学校へ飛んでゆかれました。そしてただでさえ乏しい薬や包帯、ガーゼなどを、惜しげもなく振舞ってこられたのです。

「東京はもうダメだ。龍子と咲ちゃんは、軽井沢へ行きなさい」

それはばあやが国元に帰ると決まってから、幾度となく言われていたことでした。でもどこかが壊れてしまったようなお父さまを、一人残してゆくことはとてもできません。

「お父さまも行くとおっしゃるなら、考えるわ」

姉さまもまた、変わり果てたお父さまを心配なさっていたのでしょう。軽井沢行きを何度勧められても、静かに首を振りました。

「それはできない。焼け出された人たちの中には、お産間近の妊婦さんもいるんだ」

「そうね。お父さまは娘たちよりも、大事な使命があるんだわ」

「なにを言う。そんなものは、比べられやしないだろう」

「いいのよ。使命のために死ねるのが男の人だもの。喜んで巻き添えを食らってあげるわ」

男たちがはじめた戦争でした。女たちは我が子をいたずらに死なせ、そしてまた、幼子もろとも焼かれようとしておりました。

赤々と燃える東の空を眺めながら、姉さまはやけに冴《さ》え冴《ざ》えとした顔で「お母さまはこれを見ずに亡くなってよかったのかもしれない。あの人にはきっと、耐えられないわ」とおっしゃいました。

そして姉さまは運命というものに、逆らわぬことにしたのです。

父と娘は真正面から見つめ合いました。先に目を逸らしたのは、お父さまのほうでした。

わたくしはそっと台所に立ち、トウモロコシ入りのご飯を炊いて、また避難所に行くというお父さまに、赤子の拳《こぶし》ほどのおにぎりをたくさん持たせて差し上げました。

母と子は、死んでゆきます。

ゆりかもめさんと、彼女の生後四ヶ月にも満たぬ赤ちゃんも、その大空襲で亡くなっておりました。

日本橋《にほんばし》に嫁いでいたゆりかもめさんは、我が子を胸に火の手から逃げまどい、ここなら大丈夫と、明治座の地下に逃げ込みました。頑丈そうな建物ですから、大勢のかたがそこを避難場所に選んだようです。

ところが停電で自動シャッターが下り、避難していた人たちは、みんな煙に巻かれて亡くなってしまいました。窒息死ですからご遺体は綺麗なもので、ゆりかもめさんは赤ちゃんをしっかりと抱きしめたまま、こと切れていたそうです。

十万分の二にすぎぬ死。でもわたくしたちにとっては、大きすぎる死でした。

この悲しい報告は、郁子さんからもたらされました。

「わたし、まだ赤ちゃんを見せてもらってないわ」

三者とりどりの沈黙ののちに、姉さまがぽつりと呟かれました。

「私もよ。お嫁に行った人のところに、そうそう遊びに行けるわけじゃないもの」

だからこそ、婿取りをした川端家に遊びにいらっしゃるのでしょう。郁子さんは深くため息をつかれ、首を振りました。

「女の子よね？」

「そう聞いてるわ」

「あのゆりかもめさんが、母親にねぇ」

しみじみと呟き、やがてわたくしたちは、顔を見合わせてぷっとふき出してしまうのです。

「ねぇ、覚えてる？　かくれんぼのとき、ゆりかもめさんたらミス・ハートのスカートの下に隠れようとしたの」

「もちろんよ。こっぴどく叱られて、『ここなら絶対に見つからないと思いました』とおっしゃったのよね」

「ヴァイオリンを習っておいでだったけど、ひどいものだった」

「そうね、音楽室の窓が割れないかと、気を揉んだわ」

「お裁縫の時間に縫ったズボン。なぜか袋状になってるの！」

「あった、あった。『ねぇ、ちょっと私にも穿かせて。いやだ、脚が出ない！』ってね」

「回し穿きしたわ」

わたくしたちは、あははと声を上げて笑いました。

「あの、ゆりかもめさんがねぇ」

「ええ、ゆりかもめさんが」

それから静かに、目元を袖で押さえました。

はじめて触れた、友人の訃報《ふほう》でした。

間もなくベテラン看護婦の富澤さんが、山梨にいるという甥《おい》を頼って疎開してゆきました。川端醫院の行く末を案じて踏ん張ってくださいましたが、家を焼かれてしまっては、どうしようもありません。

我が家に身を寄せてはどうかと強く勧めましたが、火の手から逃れる際によほど怖い思いをなさったのでしょう。「東京はもうこりごりです」と、ほとんど身一つで行ってしまわれました。

お父さまは、空襲警報が鳴っていようとお構いなしに往診に出てゆかれます。人を生かそうと躍起になっている鬼人を、止める手立てはございません。

ついに硫黄《いおう》島も敵の手に落ち、いつこの頭上にも焼夷弾の雨が降るかと危ぶまれる中、わたくしが、家と姉さまを守らねばなりませんでした。

ガタガタと振動する家の中で、爆音に怯えた夜もありました。天を覆う黒煙と、夕焼けを映したように染まる姉さまの頬。雪のごとく降る灰を肩に積もらせて、来るなら来てみろと勇んだ夜も。

用心のためにわたくしたちは、同じ部屋で眠るようになりました。

二組敷いた布団の片方で姉さまの寝息を聞いていると、幼いころに戻ったようで、じわりと胸が満たされます。でもたちまち空襲警報に叩き起こされ、家中を走り回る羽目になるのでした。

夜間に警報が鳴ると、いつでも避難できるよう、起きていなければなりません。そんなとき姉さまは隣組で配給された鉄兜《かぶと》を被り、ごくごく小さな灯で夢中になって、『源氏物語』を読んでおられました。

郁子さんが置いて行かれたという、現代語訳の谷崎《たにざき》源氏です。

姉さまが読みたいとおっしゃったのか、それとも「少女の友」ばかりを読んでいらっしゃる姉さまを、郁子さんが不憫《ふびん》に思われたのか。どちらにせよ雅《みやび》やかな王朝の物語はその柔らかな心を捉え、殺伐とした世界との間に、薄い膜を作ってくれたようでした。

谷崎潤一郎《じゅんいちろう》の手になる「二十六巻本」と呼ばれるその翻訳は、発禁処分を免れるために、不敬にあたるとされる藤壺の章などが、あらかじめ削除されたものでした。

一千年も前に宮中で大流行した物語に難癖をつけるなど、なんて愚かなこと。光源氏と藤壺の不貞や、不貞の子が即位する場面などが省かれては、物語的な葛藤《かっとう》がなくなってしまうではありませんか。

本来ならば姉さまは、そのような理不尽をお許しにならないはずでした。「これは無粋というものだわ」と、ぷりぷり怒りながら読まれたことでしょう。けれども姉さまは美しい蝶々が舞っているのを眺めるような目をなさって、静かに文字を追っておられるのでした。

「ねぇ、散歩に出ない？」

そのころ自室に引きこもりがちだった姉さまが、唐突にそうおっしゃって、驚いたことがございました。

時局がどうあれ桜は暦どおりに満開でしたから、花の気配に誘われたのでしょう。わたくしたちは絣の着物を縫い直した、惨めなもんぺ姿で花見に出かけましたむろん、花見弁当や菓子といったものはございません。建物疎開で引き倒されたり、空襲で焼けたりしてまばらになった家並みにも、暖かな日差しは平等に降り注いでおりました。そんなものはちっとも目に入らぬご様子で、姉さまは民家の塀からこぼれ出た桜の花に、うっとりと頬を寄せておられるのです。

「綺麗ね、咲ちゃん」

「ええ。綺麗よ、姉さま」

全焼した家を背景に、桜に気を取られている姉さまは、天上から迷い込んできた天女のように無垢でした。

　しばらく行くと、民家の前に莚を敷いた露天商がおりました。自宅が建物疎開の対象となり、余分な家財を売りさばこうとしている、その家の住人です。
見れば立派な簞笥や甕《かめ》、値の張りそうな器ものなどが、二束三文の値で売られておりました。

　あら素敵、と思うお皿などもあるのですが、道行く人は誰も足を止めません。明日にも空襲で焼かれるおそれがあるのですから、買っても意味がないのです。

　格安なのにと惜しむ視線を投げながら、通り過ぎようとしたそのとき。不意に姉さまが、莚の前にしゃがまれました。

「綺麗ねぇ」と細められた目の先にあったのは、九谷《くたに》焼のティーカップです。繊細な筆致で花鳥風月が描かれて、いかにも姉さま好みでした。

「これ、ペアでおいくら。まぁ、そんなに安くていいの？　いただくわ」

　露店を広げていたおじさんですら面食らうほど、姉さまはそれをあたりまえのように購入なさいました。

「はい、咲ちゃん。鳥とお花、どっちがいい？」

　わたくしに好きな絵柄を選ばせてくださる。その笑顔は輝くようで、一点の曇りもございませんでした。

　空襲警報に叩き起こされ、緊張の途切れぬ夜が続くうちに、心身ともに疲弊がこびりつき、にかわのごとく落ちなくなってゆきました。

たとえば部屋の隅に綿埃が舞っていたって、姉さまの目に触れる範囲でなければ、掃除をする気にもなりません。家中隅々まで磨き上げたところで、どうせ使う部屋は二つ三つです。しかも焼夷弾が落ちればたちまち灰になる。無駄な労力だと、切り捨てました。小磯國昭《こいそくにあき》内閣の解散やルーズベルトの急死、重要なニュースはいくらもあったはずですが、耳の上をさらさらと過ぎるばかり。ただムッソリーニとヒトラーが続けざまに弑《しい》せられ、あるいは自死し、ドイツが無条件降伏をしたとの報が流れたときのみ、「あの美しいヒトラー・ユーゲントの青年たちはどうなったのかしら」と、秘かに囁き合ったものでした。

もうなんだっていいから、早く終わらせてほしい。

そんな捨て鉢な気持ちを見透かしたように、その日はやってまいりました。五月二十五日。二日続けて大きな空襲があり、連日の寝不足で体がまいっていたにもかかわらず、不穏な予感に寝つけずにいた午後十時。無理にでも眠ろうとしていたところに、またもや空襲警報が発令されました。

ついにきたか。わたくしは布団を蹴《け》って跳ね起きると、バケツに盥《たらい》、鍋釜の類に至るまで、あらゆる容器に水を満たしてゆきました。

例によってお父さまはお留守です。長い夜になるかもしれませんから、お櫃に残っていた麦飯をおにぎりにして、姉さまと分け合って食べました。緊張のあまり唾液の分泌が悪く、何度も喉を詰まらせながら、無理矢理お腹に収めたものです。

そうこうするうちに南西の空にＢ29が姿を現し、早くもその下にぼうっと火の手が上がるのが見えました。当座の着替えを詰めたトランクや保存食を庭の防空壕に運び入れていたわたくしは、手早くその上に土を被せてゆきます。爆風を伴う爆弾ならともかく、家屋を焼くのが目的の焼夷弾を相手に防空壕が無力であることは、三月の空襲で分かっておりました。

風向きによっては黒煙が、こちらにまで漂ってまいります。正気を失ったように子の名前を呼ぶ、どこかの母親の甲走った声。パーン、パーンとなにかが破裂する音が聞こえるのは、竹藪が焼けて竹が弾けているのです。

「敵機襲来！」と注意を促していた男の人の声が轟音《ごうおん》にかき消され、ハッと空を振り仰げば、Ｂ29の機体が巨大な鰹節《かつおぶし》のような腹を見せて、迫ってくるところでした。

「咲ちゃん！」

姉さまの叫び声に、わたくしは間一髪で縁側に転がり込みました。時を経ずして庭先が、昼間のように照らし出されます。

エレクトロン焼夷弾が落ちたのです。

「姉さまはここにいて」

そう言い残してわたくしは、再び庭に駆け出しました。シャベルでどんどん土をかけ、火叩きで叩きに叩いてどうにか消し止めたときには、体中汗と土にまみれておりました。

ですが息をつく間もございません。裏の組長さんのお宅から、煙が上がっているのです。わたくしは慌てて、間を隔てる塀に取りつきました。

見れば縁の下に転がり込んだ焼夷弾が、炎を噴いているではありませんか。

「組長さん、組長さん。どうなさったんですか。燃えていますよ、組長さん！」

どれだけ声を振り絞っても、組長さんも奥さまも姿を現しません。どうやら消火を放っぽり出して、すでに逃げているようでした。

ザァァァ、ザァァァァと、背後から夕立のような音が近づいてまいります。油脂焼夷弾です。

そのうちの一つが我が家の屋根を突き破り、ガシャアンと物凄い音が響きました。かつての女中部屋のあたりです。わたくしは火叩きを握り直し、縁側に並べてあったバケツを引っ摑んで駆けつけました。

畳に突き刺さって炎をまき散らす焼夷弾は、水をかけたところで消えやしません。炎は襖を焦がし柱を舐め、またたく間に広がってゆく。やがてまたガシャアンと音がして、家のどこかに焼夷弾が落ちたようでした。

姉さまの悲鳴が遠くに聞こえた気がいたします。わたくしは炎の燃え移った火叩きを放り出し、廊下を駆けてゆきました。

幸いにも姉さまのお部屋は無事でした。先ほどの焼夷弾は、洋館のほうに落ちたようです。一人で消し止めるには、このお屋敷は広すぎるのでした。

「咲ちゃん、もうダメ。目が痛いわ」

縁側を向いておられた姉さまが、振り返って泣き言をおっしゃいました。その背後には火の粉が舞っております。

庭にはすでに黒煙が満ち、隣近所は残らず炎を上げている。組長さんのお宅の屋根が、バリバリバリと音を立てて崩れました。

なによ、これは。

わたくしはその光景を前に、しばし呆然と立ちつくしました。

そこで燃えていたのはまぎれもなく、わたくしの日常でした。

朝目が覚めれば、変わりなくそこにあった世界。いつ失われるかと身構えてはいたものの、いざ目の当たりにすると、ただただ圧倒されるばかりでした。

姉さまが、煙にむせて小さく咳をなさる。その音に、わたくしは我を取り戻しました。

呆けている暇はないのです。姉さまを、ここで死なせるわけにはいきません。

わたくしはとっさに布団を摑みました。熱風に頰を撫でられつつ、燃えはじめた庭を横切って、ずぶりと池に浸します。それを頭から被り、姉さまの元に引き返しました。

「逃げましょう、早く！」

そうです。なにが焼けたって、このかたさえいれば生きてゆけるのです。

わたくしは姉さまの華奢な腕を、しっかりと摑みました。

門の外に走り出れば、路地は両側の家から噴き出す炎に狭められ、女子供や老人が、それぞれ勝手な方向に逃げてゆきます。いったいなんの目算があって走っているのでしょうか。

四方を見回しても、火の海です。

「ダメだ。鳥居坂はもう、火の通り道だ！」

そちらから逃げてきた男性が叫ぶのを聞いて、わたくしは腹を据えました。

「鳥居坂が。学校は大丈夫かしら」

うわごとのように呟いておられる姉さまの肩を揺さぶり、「走るわよ！」と声を励ましました。そして鳥居坂とは反対方向に進路を取りました。

男性の忠告を聞いて、他の人たちもわっとこちらに押し寄せます。ですが間もなく向かい側から逃げてきた一団が、「こっちはもう無理だ！」と叫びました。

見れば家が崩れ落ちたらしく、炎が路地をすっかり塞いでおります。別の道を求めて右往左往する群衆の中で、わたくしはいったん足を止めました。

目指そうとしていたのは、先の空襲で焼けてすでに燃えるものがないはずの、市兵衛町界《かい》隈《わい》です。この炎の路地をひたすら真っ直ぐに突き進めば、到達するはずでした。

そこらじゅうで熱風が渦を巻いており、もはや風向きなど分からない。ただ一つ確かなのは、こんなところをウロウロしているうちに焼け死んでしまうということだけです。

わたくしは、煙に潤んだ姉さまの目を覗き込みました。

「この先を行くのは、賭けかもしれないけれど――」

「かまわないわ。生きるも死ぬも、咲ちゃんと一緒なら」

なんという殺し文句でしょう。わたくしはにわかに高揚し、姉さまの細い腰に腕を回しました。

「行くわ！」

濡れ布団を目深に被り、姿勢は低く。そして目の前を阻む炎の中に、飛び込んでゆきました。

しゅうしゅうと、水が凄まじい勢いで蒸発します。布団の中はたちまち蒸れて、女二人の汗のにおいが、発酵したように充満しておりました。

「あっ！」

なにかに躓《つまず》いた姉さまをすかさず支え、引きずるようにして走ります。よくは見ませんでしたが、姉さまの足元に転がっていたのは、人の脚のようでした。

飛行機の轟音、子供の泣き声、倒れ伏して燃える人、得体の知れない爆発音。凄まじい怒号に顔を上げれば、燃え盛る屋根の上で空のB29に向かい、日本刀を振り回しているおじいさんが見えました。

思わず笑いだしてしまったわたくしは、そのおじいさんと同様に、おかしくなっていたのでしょう。姉さまには「わぁわぁ」と叫んでいるように聞こえたそうですが、たしかに笑っていたのです。

だって姉さまと生死を共にできるのは、順平さんでも英雄兄さまでもなく、わたくしなのです。「騎士ごっこ」に興じていた昔から、姉さまを手に入れるのは、このわたくしでした。

男たちよ、ざまを見ろ。

わたくしは、自分の体が女にしては大きいことを喜びました。足腰が強いのも、膂力《りょりょく》があるのも、すべてはこの日のため。そのまま姉さまを攫って、どこまでも駆けてゆきたいほどでした。

やがて炎のカーテンを突っ切ると、そこは市兵衛町界隈でした。

焼け跡の町には黒煙が立ち込めて、夜空を分厚く覆っておりました。火がついて燃えはじめた布団を打ち捨てて、視界が悪い中を歩いてゆきます。焼け跡を目指して来たかたは他にもいたようで、前をゆく人影が煙越しに見えました。

「お父さまは、どうしているかしら」

少し余裕が出てきたのでしょう。姉さまは幼子のように手を引かれながら、不安を口になさいました。

周囲はずいぶん手ひどくやられておりますから、お父さまの往診先も、決して無事ではないでしょう。

「炎が収まったら、探しに行きましょう」

そこへ、またもやザザッと焼夷弾の雨。それらは地面に突き刺さり、無数の巨大なロウソクのように火を上げて、光の帯を作りました。

どうやらここも安全ではない。わたくしたちは地面に散らばった火の花を踏んで走りました。

いったいどこへ逃げればいいのでしょう。半ばパニックになりつつもわたくしは、これまでの空襲で、大使館や公使館の建物がそっくりそのまま焼け残っていたのを思い出しました。

敵は無作為に町を焼いているように見えて、残すべきものを峻別《しゅんべつ》していたのです。幸いにも麻布区周辺には、そういった施設が多数存在しておりました。

そのまま真っ直ぐゆけば、スペイン公使館とペルー公使館が。そしてさらに先の霊南坂《れいなんざか》には、アメリカ大使館すらあったのです。

「姉さま、もう少しよ。頑張って」

焼夷弾が貫通し、絶叫しながら燃えている人がありました。「ちくしょう、ちくしょう」と、泣きながら走る青年も。十にも満たぬ少女が妹を背負い、必死に逃げてゆきます。

この手だけは離すまい。わたくしは姉さまと繋いだ手に、ギュッと力を込めました。

それにキュッと、応える力。

わたくしは、胸の高鳴りをどうすることもできませんでした。

ペルー公使館横の空き地には、火を避けてきた人たちが集まり、燃える町を見下ろしておりました。

そのへんはちょっとした台地になっており、見晴らしがよかったのです。

山焼きのように、一面が燃えておりました。B29がしつこく焼夷弾を落とし、空に大きな花が咲きます。高射砲の弾幕と、炎の尾を引いて落ちてゆく飛行機。

不気味なくらい、誰も口をききませんでした。

わたくしたちは、目立たぬよう片隅に腰を下ろしました。繋いだ手は、緊張のあまり固まったまま。ひとまずそこは、危険がなさそうでした。

安全な場所からできるのは、ただ呆然と眺めることだけ。なす術《すべ》もなく、すべてが燃え尽きるのを待つのみでした。

「あっ」

姉さまがふいに、空の一点を指差されました。

雲と黒煙がつかの間晴れて、そこには十三夜の冴えた月が、ぽっかりと顔を覗かせておりました。

夜が明けるのを待ってから、燻《くすぶ》る町に下りてゆきました。

濡れ布団を被って逃げたせいで体はすっかり冷えておりましたのに、むわっとした町の余熱に包まれて、たちまち汗が滲みます。水道管が裂けて水が噴き出しているところで、わたくしたちは交互に顔を洗いました。

「頬がヒリヒリするわ」

「クリームが欲しいわね」

立派なお屋敷などは、まだ火を上げて燃えておりました。その横を無感動に通り過ぎ、自宅のあったところを目指します。見慣れた風景がすべて瓦礫《がれき》と化しており、土地勘が大いに狂わされました。

川端家は洋館の柱を一本だけ黒々と残し、すっかり焼け落ちておりました。

涙一つこぼれません。思い出が胸によぎりもしません。わたくしたちはただ焼け跡を、麻痺した目と心で眺めておりました。

「お父さまを探さなきゃ」

「そうね」

　昨夜の往診先はどこだったか。もしかするとお父さまは、様子を見にいったん戻って来られたかもしれません。ですが瓦礫の整理をはじめたご近所さんに尋ねても、見ていないとおっしゃいます。

「永坂《ながさか》町じゃなかったかしら」

　往診先の見当をつけて向かってみても、焼けていない町などございません。わたくしたちと同じく、肉親を探してうろつき回っている人がいくらでもおりました。

　昨夜このあたりでお産はございませんでしたかと尋ねると、たしかに「産まれる、産まれる」と呻く妊婦を戸板に載せて、走り去った一団がいたそうです。そこにお父さまもいらしたのではないかと、目ぼしい防空壕や避難所になっている国民学校を、ひと通り尋ねて回りました。

「いらっしゃらないわ」

「いらっしゃらないわね」

　道端にゴロゴロと焼死体が寝かされておりましたが、すっかり炭になっていて、人相の区別もつきません。疲れているせいか、恐ろしいとも痛ましいとも思わずに歩いておりました。

「わたくしたちの学校は、どうなったかしら」

日がすっかり高く昇り、足取りも重くなってきたころ、姉さまが思い出したように呟かれました。

鳥居坂が火の通り道になっていたというからには、思い出の学び舎も無事ではございますまい。望み薄と知りながら、どちらからともなく学校のほうへと進路を取りました。

しかし、これはどういう奇跡なのでしょう。スパニッシュ・アーチ窓を備えた美しい校舎は、焼け跡の中にそっくりそのまま残っていたのです。

「焦げ跡ひとつないわ」

「信じられない」

わたくしたちの「よきもの」が詰まっていた場所でした。無傷だったことがどれほど嬉しく、心強くもあったことか。

感極まって校門の前に立ちつくしていると、校舎の中から顔見知りの寮監さんが、転がり出てまいりました。

「川端さん、川端さん。お父さまが！」

なんと明け方から探し求めていたお父さまは、礼拝堂で怪我人の治療にあたっておいででした。

空襲警報が鳴ってすぐ妊婦さんをここの医務室に運び入れ、お産が済んでからも次々と運ばれてくる怪我人を一手に引き受けておられたのです。

怪我人は、いくらでもやって来ます。外傷などお父さまの専門ではないのに、我を忘れて患者さんたちの間を跳び回っておられました。

なるほどこれでは、娘たちを心配するどころではなかったことでしょう。遠目にこちらの無事を確認なさると、ちょっと待っていなさいと、目で合図を送ってこられました。

ですが待ったところで、お父さまが手を止める気配はございません。仕方がないのでわたくしたちは、近くで働いていた寮生に聞いて、包帯を巻く手伝いをいたしました。

学校は工場化されていただけでなく、四月の空襲で全焼した鳥居坂署が移って来たり、東部軍司令部の一部が校舎の一、二階を占領していたりと、ずいぶん物々しいことになっておりました。

学校中厳《いか》めしい軍人や罹災者でごった返し、あちこちで悲鳴や怒号が飛び交っている。今思えばそんな慌ただしさの中でよくもまぁ、懐かしいかたと出会えたものです。

「川端さん。川端咲子さん！」

傷口を洗う水を替えようと、盥を持って礼拝堂を出たところを、場違いなほどの嬉しそうな声に呼び止められました。

振り返れば、治療の補助に駆り出された寮生でしょう。上はセーラー服、下は絣のもんぺ姿。胸に清潔なガーゼの束を抱いております。

「まぁ、掛井志乃さん」

両の目が少し離れた、愛嬌のある顔立ちは、忘れもしません。高女科三年生のときわたくしに、手紙をくださった下級生です。そう、あのピアノのお上手な。

姉さまの牽制《けんせい》が効いてそれ以来疎遠になっておりましたが、幸運にも今日まで生き残ってきた者同士、互いの無事を喜び合いました。

「志乃さんは、ずっと寮に？」

「ええ、そうなの。校舎も寮も、ちっとも焼けなかったわ。ミッションスクールだから、あちらさんも遠慮してくれたのかしら」

「それはあるかもしれないわね。残念ながら、うちは焼けてしまったけど」

いずれは焼け出されることもあろうと覚悟はしていたつもりでも、やはり声が沈んでしまいます。志乃さんはアーチ形の眉を寄せ、素直に同情を示してくださいました。

「まぁ、おいたわしいこと」

とはいえ志乃さんのほうでもドイツの無条件降伏以来、ベルリンに駐在なさっていたお父さまとお母さまの消息が知れないようでした。

日本に一人残されて、不安な夜をいくつも過ごしてこられたでしょうに、「平気よ。きっとスイスに逃げているわ」と笑みを浮かべておられる。とても、気丈なかたでした。

「会えてよかったわ」

「ええ、私もよ」

二人とも、もはや夢見がちな少女ではございません。かつての「エス」めいた妖しさは微塵もなく、志乃さんとはあらためてお友達になりました。

午後になるとわたくしたちの安否を気遣って、郁子さんが駆けつけてくださいました。

そのころ郁子さんの赤坂《あかさか》にあったお宅は建物疎開に遭い、一家で練馬《ねりま》の叔母さんの家に間借りをしておいででした。ですから電車も走らぬその道のりを、歩きに歩いて探し回ってくださったのです。

「よかった。お宅に伺ったら、あのへんすっかり焼けてるんだもの。心配したわよ」

あの可愛気のなかった郁子さんが、涙さえ浮かべてわたくしにまでハグをなさる。喧嘩もたくさんいたしましたが、長年共に過ごした月日は伊達ではなく、そのときわたくしの胸にもしみじみと、愛おしさがこみ上げてまいりました。

「ごめんなさい。お借りしていた源氏もみんな焼けてしまって」

「馬鹿ね。あなたたちの無事がなによりよ」

郁子さんは「ずいぶん歩くけど」と前置きをして、練馬の家に泊まりに来ないかと誘ってくださいました。叔母さんは軍人さんの奥さまで、比較的余裕のある暮らしをしているから気遣いはないとおっしゃるのです。

少しお手隙になったお父さまに確認してみると、ご自身は学校に泊まられるそうで、「お言葉に甘えなさい」と許可してくださいました。

そこでわたくしたちはいったん自宅の焼け跡に戻ってみましたが、瓦礫が積み重なっており、防空壕の中のトランクは容易に取り出せそうもありません。しかたなく煤《すす》だらけの着の身着のまま、郁子さんについて歩きだしました。

青山《あおやま》から新宿を抜けてゆきましたが、どこも電柱が黒く焼け残っているほかは、一面の焼け野原。もはや死の町と化しておりました。

途中でゆき合った虚ろな足取りの女の人は、「お国のために戦える男の子がいない」と言ってお母さまを責めた、かつての国防婦人ではなかったでしょうか。ご家族はどうなさったのか、たった一人で襤褸をまとい、煤にまみれた顔でどこかへ行ってしまわれました。

消防団と思《おぼ》しき男性たちが、消し炭のごとき遺体をトラックの荷台に、丸太ん棒のように投げ入れてゆきます。行く当てもない人たちが力尽きて道端に座り込み、煙にやられた目を中空に泳がせている。米屋の焼け跡では主婦たちが四つん這いになって焼け米を無心にかき集め、幼い兄弟の父母を探し尋ねる声が虚しく響く。

大勢のかたとすれ違いましたが、誰もかれもが疲れ果て、涙も出ない有様でした。

練馬に着くころには、すっかり日が暮れておりました。

叔母さんへのご挨拶もそこそこに、かろうじて営業していた銭湯に駆け込んで、体に染みついた煤と汗と泥をすすぐ。姉さまと共に湯船に脚を伸ばしたときにようやく、生き残ったのだという実感が湧きました。

翌日はお疲れの姉さまを郁子さんに託し、早朝からまた歩きに歩いて麻布へと至りました。

　全身が軋んでおりましたが、家が焼けてしまったからには罹災証明書をいただかねば、避難先で配給も受けられません。

　しかし町会事務所も焼けております。焼け残った近くの民家を借りて事務を執っていると聞き行ってみますと、すでに長蛇の列でした。

　行列はなかなか進みません。あちこちで不満の声や、ときに怒号が上がります。しかし事務所で働いているのは老人と若い女性の二人のみで、彼らもまた等しく罹災者なのでした。けっきょく証明書をもらうのに半日がかり。降り積もる疲労と空腹に頭も働かず、足を引きずるようにして学校へと向かいました。

「咲ちゃん、頼みがある」

　お父さまは、あまりお休みになっていないのでしょう。げっそりとしたお顔をなさっており、わたくしを見るなりそうおっしゃいました。

「龍子を連れて、軽井沢へ行ってくれないか」

　落ち窪んだ目ばかりがギラギラと輝いて、きっともう、わたくしの声など届きはしないのでしょう。そうと知りつつも、問いかけました。

「お父さまは、どうなさるの？」

「私一人ならどうとでもなる」

「危険だわ」

「医者がいないんだよ。今はここを離れるわけにいかない」

住む家もなく、郁子さんの叔母さんのお宅にも長居はできない。お父さまが憂いなく使命をまっとうなさるには、わたくしたちが東京にいないほうがいいのでしょう。

練馬に戻ってそのことをお伝えすると、姉さまは「そう」と頷いて、そっと目を伏せられました。

「身軽になりたいのね」

睫毛が頬に暗い影を落とし、少しばかり傷つかれたご様子でした。

「仕方がないわ。行きましょう、軽井沢へ」

ところが、そう簡単には行けそうもないのです。

郁子さんのお父さまがおっしゃるに、上野駅の地下道には避難民がひしめいており、切符売り場は凄まじいまでの大行列。国鉄に勤める友人に頼めば切符は手に入るだろうけど、汽車は身動きも取れぬほどの混雑で、小水は床に垂れ流しの状態らしいのです。

ご婦人には厳しかろうから、べつの手立てを考えてみようということで、八方手を尽くしてくださいました。

すると幸いにも、お隣さんが近々トラックを仕立て、家財共々群馬県の嬬恋《つまごい》村に疎開する予定だというのです。そのご一家に、荷物に紛れて軽井沢まで乗せていただくことになりました。

出発は、数日後。わたくしたちは郁子さんの手を借りて、自宅の防空壕を掘り出しました。土のかけ方がまずかったのか、火力が勝っていたのか、中の荷物は焼け焦げて、トランクの中まで全滅でした。

どうにか無事だったのは缶詰類。それをお父さま、郁子さんと叔母さんへのお礼、自分たちの分に分けました。郁子さんは餞別《せんべつ》として、貴重なお米と小豆《あずき》を布袋に入れて持たせてくださいました。

軽井沢は当時、日本にいる外国人の強制疎開地とされており、空襲というものがございませんでした。

夕暮れ時にたどり着いてみますと、霞がかった木立ちの中を、外国人が拘束もされずに歩いております。焼け跡も引き倒された家も防空壕もなく、懐かしい風景が広がっている。まるでこれまでの現実が、悪い夢だったかのようでした。

別荘に着くとわたくしたちは、部屋の掃除もそこそこに、空襲警報に邪魔されることのない眠りを存分に貪《むさぼ》りました。

七　美佐

七月最初の水曜日、スマホで天気予報を確認すると、最高気温が三十度近くになるという。それならばと、美佐は小千谷縮《おぢやちぢみ》の着物を選び、博多《はかた》献上の夏帯をキュッと締めた。

小千谷縮は表面に凹凸のある麻の着物だ。これが体の熱をうまく逃がしてくれ、肌にまとわりつかずに心地よい。それでも帯周りにはやはり汗をかいてしまうので、小ぶりの保冷剤をハンカチに包んで忍ばせておいた。

車を持っていないから、着物の買取の依頼が入ったときにはレンタカーを使っている。維持費やメンテナンスの手間を考えると、必要なときだけ借りるのが合理的だ。これぞ車が生活必需品に近い地方と、東京の差である。

金額に折り合いがついて着物類をすべて引き取ることになっても、ワンボックスの軽自動車で間に合うだろう。運転のため、草履はスリッポン式のスニーカーに履き替えた。

谷中から目的地の中野《なかの》のお宅までは、三十数分。道はさほど混んでおらず、車はすいすいと流れてゆく。

中野坂上《さかうえ》駅にほど近い、三階建ての持ちビルだと聞いていた。カーナビに従ってゆくと、目印の案内看板は難なく見つかった。

「かわばた内科クリニック 左折すぐ」

その先にあったのは、外壁に白いタイルが貼られた建物だった。一、二階がクリニック、三階部分が住居となっている。水曜は午後休診だから、あらかじめ言われていたとおり、来院者用の駐車場を使わせてもらう。

入り口のガラス戸には、ブラインドが下りていた。インターフォンを押すと、「はい、ちょっと待ってね」と、張りのある声が返ってくる。

迎えに出たのは、グレイヘアを顎先で切りそろえた女性だった。美佐の父の六つ下と聞いているが、肌が白くむっちりと張っており、年齢よりも若く見えた。

「あの私、お電話でお話ししました――」

「はいはい、ユキ兄ちゃんの娘さんね。上がって、上がって」

着物姿を見て、すぐそれと悟ったようだ。階段を上がってすぐの広々としたリビングを抜け、まずは仏間に通してもらう。代わりに線香を供えてきてほしいと、父から頼まれていた。

祖母の養家であった「川端醫院」は終戦後中野に場所を移し、「かわばた内科クリニック」と名前を変えて今に続いている。美佐は仏壇の前に座り、鴨居に掛けられた遺影を見上げた。

龍子さんは享年、八十九。遺影の顔には生きた年月が、十重《とえ》二十重《はたえ》に刻まれている。若かりしころの面影はすでにないが、瞳に映る憂いの色には、たしかに見覚えがあった。

隣の遺影が旦那さんだろうか。あまり長生きではなかったようで、お爺さんと呼べるほども歳を重ねていない。丸眼鏡をかけ、唇がおちょぼなせいで、なにかに驚いているようにも見える。「面白の駒」という気の毒な渾名を思い出しつつ、美佐はそっと手を合わせた。

「終わったらどうぞ、こちらに来て」

先ほどの女性がリビングから呼びかけてくる。テーブルには、冷茶と水羊羹。グラスは触れるのが恐ろしいほど薄かった。

「まだ梅雨も明けていないのに、早くも夏ね」

女性は向かいのソファに腰を下ろし、手で顔を煽いでいる。この人が、龍子さんの長女の川端蛍子さん。医師になって川端家の跡を継ぎ、今ではクリニックの経営は、ご子息に任せているという。

「着物、暑くないの？」

「慣れれば、案外」

もちろん洋服よりは暑いが、着物を着るには多少のやせ我慢も必要である。胸元に保冷剤を忍ばせておくと、顔に汗をかかずにすむ。

「お父さんは、お元気？」

「はい。定年後にはじめた俳句が楽しいらしくて、句材を求めて歩き回ってます」

「そう、なんだか変な感じ」

ふふっ、と蛍子さんが含み笑いを洩らした。腫れぼったい目元の印象が、優しくなる。

「ユキ兄ちゃんなんて呼んでいたのに、お互い歳を取ったわね」

父が大学生だったころから数えれば、すでに半世紀以上が経っている。当時まだこのビルはなく、裏手に居住用の家屋敷が建っていたそうだ。そこの離れで、父は学生時代を過ごしたのである。

「あの、こちらが例の写真です」

冷茶をひと口啜り、美佐は傍らのバッグを引き寄せる。祖母のノートに挟まっていた古い写真を、テーブルの上に滑らせた。龍田川文の銘仙を纏《まと》った、少女の写真だ。

『Ⅱ』のノートを読み終えて、やはりこの少女は龍子さんだったと確信した。春に咲く小手毬の花を背景に、秋の着物で写っているわけも分かった。

であればこの隣には、桜柄の着物を着た祖母が立っていたはずだ。切り取られた写真の半分は、どこに行ってしまったのか。

「面白の駒」こと順平さんが出征と共に持って行ったなら、生還したときに戻ってきたのかもしれない。それを半分に切って、祖母と龍子さんとで分けたのだろうか。

「たしかにこれは、母ね」

蛍子さんは写真を手に取ると、軽く頷いた。どこか冷めた口調だった。

「この着物が、実家の蔵にあったんです」

「どうしてかしらね。咲子さんのお嫁入りの荷物に、紛れ込んじゃったのかしら」

「でも、これと一緒に仕立てたはずの祖母の着物が見つからなくて」

「ええ、好きに見てちょうだい。私、着物のことはさっぱり分からないから。売れそうなものは、全部持って行って」

龍子さんの若いころの着物が、手元にある。父を介してそう伝えたときも、蛍子さんはさほど興味がなさそうだったという。その後美佐から連絡すると、「ちょうどよかった。母の着物が、まだたくさんあるのよ」と買取の依頼をされた。

美佐の母親もそうだが、着物文化の継承はその代で止まっている。着つけすらも教わらず、堅苦しい礼装という位置づけで、結婚式などのセレモニーの際にたまに着るだけ。古い着物など、ただの場所塞ぎだと思っている。

「でもあの、着物の買取はあまりお金になりませんが」

「かまわないわ、二束三文でも。捨てるのも忍びないから、持って行ってもらえるだけでありがたいの」

どれだけ高価な着物でも、一度も袖を通したことがなくても、古着は古着。今いくらで売れるかで値をつけるから、たとえば百万円で買った大島紬の美品でも、買取価格はせいぜい五、六万円といったところ。あまりの安さに、不満を抱く依頼主も少なくはない。

その点祖母や母親の着物だと、元の値段を知らないから買取はスムーズだ。美佐は「ありがとうございます」と、座った膝に手をついた。

「やっぱり綺麗ね、この人」

蛍子さんが、再び写真に目を落とす。突き放したような物言いが、気にかかった。伏し目がちのその顔は、どちらかと言えば父親似だ。

「母の写真、全然ないの。筋金入りの写真嫌いでね。晩年になってやっと、遺影用に何枚か撮らせてくれたくらい。スマホだったから、写真って気づかなかっただけかもしれないけど」

「失礼ですが、龍子さんの最期は――」

「癌《がん》よ。長く患っていたの」

「そうでしたか」

「咲子さんが亡くなったときは、はじめての胃癌手術で入院中でね。だから私が代わりに葬儀に行かせてもらったの」

「その節は、ありがとうございました」

焼香だけで帰ってしまったらしいから、美佐が覚えていなかったのも道理である。蛍子さんのほうでも祖母とは面識がなく、あくまで代理のつもりだったのだろう。

「ありがとう。珍しいものを見せてもらったわ」

　龍子さんの写真が、上下を返されて戻ってきた。素直に手を出していいものかどうか、美佐は戸惑う。

「あの、このままお持ちになっては？」

「いらないわ」

　思いもよらぬ強い拒絶に、肩が震えた。蛍子さんが髪を耳にかけ、取り繕うように微笑む。

「ごめんなさい。あまり好きじゃなかったの、この人のこと」

写真を見下ろす目が、冷淡だったわけである。美佐は「いいえ」と首を振る。たとえ円満に見えたとしても、親と子の間にはなにかしらの問題が横たわっているものだ。

「お嬢さん育ちで、なんにもできない人でねぇ。私の世話も、お手伝いさんに任せっぱなし。少しでも気にかけてほしくて勉強を頑張ったけど、ずっとあらぬほうを見ている感じだった。尽くされることに慣れていたから、介護生活に入ってもお礼の一つもなかったわ。信じられる？」

蛍子さんは、すでに吹っ切れているかのようにふふっと笑う。それがポーズであることは、頬のこわばりに表れていた。母は年老いても母のままで、この世から去った後も娘を支配し続ける。

「唯一私を見てくれたのが、ユキ兄ちゃんに構ってるとき。離れに出入りしてると、『年頃の女の子としての自覚を持ちなさい』とひどく叱られたわ。ユキ兄ちゃんが、中学生に手を出すはずないのにね。それが面白かったから、わざと懐いていたのかも。でも実際、あのころのユキ兄ちゃんかっこよかったのよ。美佐さんは、目元が似てるわね」

余計なことを喋りすぎたという自覚はあるのか、最後は父との思い出話に落とし込み、蛍子さんがこちらに顔を向けてきた。美佐は「そうでしょうか」と首を傾げる。

「ええ。愁《うれ》いを帯びた感じがね。さて、そろそろ着物を見てもらいましょうか。構わない？」

美佐が写真をバッグに戻したのを見届けてから、蛍子さんが仕切り直しとばかりに立ち上がる。元々は、着物の買取が目的だ。「よろしくお願いします」と、美佐はその後に続いた。

案内されたウォークインクローゼットは、六畳ほどの広さがありそうだった。

「散らかってて悪いけど」

という言葉どおり、手あたり次第に物を詰め込んだという印象は拭えない。収納ボックスの代わりに海苔《のり》やミカンと書かれたダンボール箱が積み上がっており、そのせいでよけい乱雑に見えるのだろう。途中で挫折したと思われる健康器具の、墓場となっている一画もあった。

その奥まったところに、飴色に輝く時代簞笥が鎮座していた。丸に揚羽蝶の家紋入り。金具の装飾が、実家の蔵から持ってきた簞笥と同じだ。どうやらあれと、対になっていたものらしい。

「この家紋って――」

金具を指でなぞりながら、聞いてみる。着物を広げられるスペースを作ろうと、余計な物を脇によけていた蛍子さんが「ああ」と振り返った。

「母方の祖母の紋だったみたい。女紋っていうのよね？　祖母の家系は遡れば西にルーツがあったみたいよ」

蛍子さんの祖母といえば、手記の中の「お母さま」だ。美佐は「なるほど」と頷く。

「お揃いの簞笥が、うちの蔵にもあったものですから」

これで家紋の謎も解けた。女系の紋にはどことなく、周りの男たちを差し置いてそっと手を繋ぎ合っていた二人と似たところがある。だからこそ、嫁入り道具にはこの紋を選んだのかもしれない。

　そんなことを考えながら、箪笥の前の空いたスペースに、美佐はウコン染めの大風呂敷を広げる。ウコンには防虫効果があるという。

　床に片膝をつき、もうはじめていいだろうかと蛍子さんを見上げた。蛍子さんは、喉元に小骨がつかえたかのような顔をしている。

「ねぇ、美佐さんのお話を伺っていると、咲子さんが母の写真や着物を持っていたり、箪笥がお揃いだったり、なんだか仲がよさそうよね」

「違うんですか？」

　祖母のノートを「Ⅱ」まで読んだかぎりでは、二人は義理の姉妹の域を超えるほど仲がよかった。祖母に至っては、崇拝に近い感情があったほどだ。一生龍子さんの傍にいて、守り抜くと誓っていた。

「私は、不仲なのかと思っていたの。ユキ兄ちゃんがうちに来るまでは、咲子さんの名前を聞いたこともなかった。祖父が他界したときも、母は報せなくていいと言ったわ。後から知った咲子さんが、お線香を送ってくれたけど、それだけよ」

　蛍子さんの祖父、つまりフォードで往診に出ていたという、「お父さま」だ。祖母も養女として、ひとかたではなく世話になったはずである。その葬儀に呼ばれないとは、ちょっと納得がいかなかった。

「それは、いつごろのことですか？」

「祖父が死んだの？　たしか、村山《むらやま》内閣が発足してすぐだったから——」

美佐はバッグを引き寄せ、スマホを取り出す。村山内閣発足は、一九九四年だ。当時中学生だった美佐も、村山富市《とみいち》首相のことは「眉毛の長いおじいちゃん」として記憶している。ちょうど祖母に、ツバメノートを分けてあげたころのことだ。

あの手記は、「お父さま」の死を受けて溢れ出た記憶を書き留めたものだったのだろうか。波立つ気持ちを整理するため、祖母にとっては必要な作業だったのかもしれない。

「祖母の手記によると、一生龍子さんの傍を離れないと誓うほど仲がよかったみたいです」

「でも実際は離れればなれになって、連絡も取り合っていなかった」

蛍子さんが両腕を組む。龍子さんの写真を見ていたときの、冷淡な表情に戻っている。

「咲子さんはともかく、うちの母は偏屈だったから。自分から人を遠ざけるようなところがあったわ」

蛍子さんは、疎遠になった原因は龍子さんにあると言いたいようだ。祖母の手記の筆致には、年を経てもなお「姉さま」への思慕が滲み出ていた。遠く離れても龍子さんの面影を忘れないよう、胸に刻み続けてきたのだろう。そうでなければ一人の人物をあんなにも、細やかに描き出すことはできない。

「ごめんなさい。作業の手を止めさせちゃったわね。どうぞ、見てちょうだい」

当人たちはもはやこの世にいないのに、不仲もなにもあったものじゃない。答えの出ない問題はひとまず脇に除けておいて、美佐は蛍子さん立ち会いのもと、着物の鑑定をはじめることにした。玄人《くろうと》ばかりが集まる市では、一枚あたりものの五秒で値がついてしまうが、依頼主の前ではシミ、スレ、虫食いなどがないかを丁寧に調べてゆく。

祖母の箪笥とは違い、こちらの箪笥は上段の抽斗が分かれていなかった。すべての段に、着物がびっしりと収納されている。

一段目はおしゃれ着の小紋。縮緬、江戸小紋、加賀《かが》友禅など。

二段目は礼装だ。訪問着、色留袖、留袖、黒紋付。

三段目は夏物の絽、紗、上布に単衣。

四段目は木綿に紬、ウールといった普段着だ。庶民の着物として隆盛を極めた銘仙も、昭和三十年代以降はウールに取って代わられて、その姿を消してしまう。

娘時代の着物はやはり、空襲で焼けてしまったのだろう。奥様風の、落ち着いた色柄が多い印象だ。さすがにいいものをお持ちだが、小柄な龍子さんの着物は着られる人が限られるぶん、買取価格も控えめになりそうだった。

いよいよ四段目の一番底、最後の畳紙を取り上げる。帯や羽織は別の長持に入っているそうで、着物はこれで終わりになる。風呂敷の上で固く結ばれた畳紙の紐を解き、広げてみる。

美佐は目を見開いた。床に立膝をついた姿勢から、ぺたりと座り込んでしまう。

「どうかした？」

不審に思ったか、蛍子さんが手元を覗き込んできた。

出てきた着物は、銘仙だった。淡いオレンジの地色に、桜の模様。白い桜の花弁に、時折ショッキングピンクや青紫に彩られたものが交じる。他の着物の上品な色柄とは、一線を画する趣があった。

「うわ、派手ねぇ。あの人、こんな着物も持ってたのね」

蛍子さんが、鼻筋に皺を寄せる。その顔を、美佐は呆然と見上げた。

「この、桜柄の着物――」

「桜？　ああ、たしかに桜の花びらね。いやだ、母が言ってた桜柄の着物って、これだったのかしら」

龍子さんが、なにを言っていたのか。言葉で問う代わりに、美佐は軽く首を傾げる。

「母が危篤になる前に、言われていたのよ。納棺のときは、桜柄の着物を着せてほしいって。ひと通り見たつもりだったんだけど、バタバタしていたから見逃したのね」

身内が亡くなると、遺族は各種の届け出や葬儀の準備などで忙しく、ゆっくりと悲しむ暇もない。それまで興味もなく過ごしてきた着物のことなど、分からなくてあたりまえだ。しっとりと落ち着いた桜柄が念頭にあると、この銘仙は見落としてしまう。

「きっと、そうよね。他に桜柄の着物なんてなかったもの。九十間近のお婆さんが、死装束代わりにこんな派手なのを着るつもりだったわけ？　信じられない」

美佐は狼狽《うろた》える蛍子さんをよそに、帯の間からメジャーを取り出す。

龍子さんの着物の身丈は、一四四センチ。だがこの桜柄の銘仙は、身丈が一五七センチもあった。

「祖母のです」

確信を持って、美佐は頷く。手記に出てきた銘仙と、同じ柄だ。美佐の手元にある龍田川の着物とは、対になる一枚だった。

「これは祖母咲子の、若いころの着物です」

やはり、龍子さんが持っていた。身丈も身幅も違って着られもしない着物を、あの二人は交換して傍に置いていたのだ。

まるで、その人の分身のように。そして龍子さんはこの着物を、死出の旅の道連れにしようとした。

「あの母が、そんな」

蛍子さんの知る龍子さんは、特定の誰かに執着するような人間ではなかったのだろう。だから娘の私が顧みられなくても、仕方ない。そんなふうに、無理に自分を納得させてきた。その土台が今、崩れそうになっている。

美佐の手前、取り乱しはしない。だが蛍子さんの瞳の表面には、厚い涙の膜が張っている。その場に呆然と立ちつくし、心底不思議そうに呟いた。

「だったらどうして、あんなに咲子さんに会うことを拒否したのよ」


桜文と楓文。二枚の着物を衣桁に掛けて、並べてみる。

買取の値段交渉は実にスムーズで、美佐はありったけの着物類を持って谷中のアパートに戻ってきた。

「とにかくもう、全部持って行って」

蛍子さんがすっかり投げやりになってしまったものだから、長持の中身はろくに見もせず車に積み込んだ。一枚くらいは思い出の着物があるんじゃないかと思ったが、蛍子さんは首を横に振った。

「いいのよ、すっきりしたわ」

受取書にサインをして、肩の荷が下りたと言わんばかりに微笑んだ。彼女が手放したのは、物だけではなさそうだった。

「揃っちゃった」

二枚の着物を前にして、美佐は独り言を洩らす。

戦火を免れて残った、祖母と龍子さんの着物。「きゃあ！」と浮かれ騒ぐ少女たちの声が、どこからか聞こえた気がする。細かな縫い目の一つ一つから、祖母の想いが立ち昇ってくるようだ。そっと顔を寄せてみると、樟脳《しょうのう》の香りが強く匂った。

バッグから龍子さんの写真を取り出し、簞笥の上に置く。残念ながら、もう半分の祖母の写真は見つからなかった。念のため確認してみたが、龍子さんの簞笥の抽斗は二重底になっておらず、蛍子さんもそんな写真は見た覚えがないという。

「もしどこかから出てきたら、連絡するわ」と請け合ってくれた。

写真の中の龍子さんは、相変わらず夢見るように美しい。実の娘を、うまく愛せなかった人。祖母を遠ざけ、そのくせ最期は祖母の着物と共に逝こうとした人。

きっと、不器用だったのだ。娘の蛍子さんにしてみれば、そんなひと言で済まされてはたまったものではないだろうが、そう思う。美しいものばかりが好きで、現実の問題からは目を逸らしがち。そういうところは、美佐にもある。

「暑い」と思わず、呟いた。

胸元に差し込んでおいた保冷剤は、もうとっくに溶けている。昼を過ぎ、一日で最も気温の上がる時間帯だ。中古で買った扇風機が蒸された空気を掻き回しているだけで、室内の不快指数は高かった。

夏になったら戻ります。

そんな曖昧な約束を、要一郎は信じて待っている。あの人は、どうしてそんなに無邪気なんだろう。母親からの、溺愛の賜物なのか。

彼の元に戻れば、不妊治療の再開を承諾したことになってしまう。でも今は、苦労の果てに子供を授かることすら恐ろしい。それまでの紆余曲折が重苦しい依存に形を変えて、子供にのしかからないともかぎらない。

「母親こそが、病なんだよ」という、関くんの言葉がじわじわと骨身に染みてくる。このままでは美佐は、歪んだ親になりそうだ。でもべつに自分一人の力で、こんなに歪んだわけじゃない。

子供ができても、できなくても地獄。だったら美佐にできる決断は、一つしかないはずだった。

関東甲信越の梅雨明けは、例年通りか少し遅いくらいという。今日みたいに真夏のような一日を挟みつつ、季節は美佐を急き立てる。

買い取ったばかりの着物を整理して、採寸と値付けをしなければ。やるべきことは、明確だ。けれどもこんな暑さでは、作業をしているうちに倒れかねない。

ひとまずは、安全なところに避難だ。美佐は緩んだ衿元を引き締めて、床に置いたバッグを肩に掛けた。エアコンの効いた喫茶店で、少し遅めのランチにしよう。

バッグにノートパソコンを入れ、扇風機を消す。部屋を出ようとしてから、美佐は思い出したように「Ⅲ」のノートを手に取った。これを読めば、祖母と龍子さんのすれ違いの理由が分かる気がした。

八　咲子

軽井沢の小ぢんまりとした別荘に疎開して、二人きり。姉さまのこと以外を考える必要のない生活は、わたくしにとってはこれ以上ない喜びでした。姉さまの身の回りを整え、姉さまの召し上がるものを工面し、東京を離れた寂しさから「わたしにはもう咲ちゃんだけよ」と嘆かれる姉さまを慰める。それはなんと素晴らしい共依存であったことでしょう。

軽井沢には、のどかな時間が流れておりました。

華族様の子女や文学者のご家族なども多く疎開しておられ、空襲がないため、どなたももんぺを穿いておられない。少女たちがスカートの裾を翻し、くすくすと笑いながら駆けてゆくのを見ると、五年も六年も時が巻き戻ったかのような錯覚を起こしました。

そう、そこはまるでおとぎの国でした。

そのような環境の中で姉さまは、少しずつ元気を取り戻してゆかれます。瑞々しい風のにおいや小鳥の囀り、木漏れ日の穏やかさなどに触れ、健やかな笑顔を見せてくださるようになりました。

「通訳？　あら、いいわね」

わたくしが徴用逃れのため、軽井沢警察署での通訳の仕事を見つけてきたときには、羨ましそうな素振りすらお見せになったものです。姉さまのほうが英語は堪能でいらっしゃいますし、フランス語とドイツ語も少しだけおできになる。平和な世であれば外へ出て、生き生きと働くこともできたでしょうに。

しかしおとぎの国といえど、食料の乏しさだけは、どうにもなりませんでした。

知己の少ない軽井沢で、処世術に乏しく、図々しさも持ち合わせてはいない。考えてみればわたくしたちは、まだ十代だったのです。配給だけではとても足りない食料を、確保する術を知りませんでした。

ですから職場の上司であった署長さんには、本当にお世話になりました。仕事柄地域に顔が利きますから、休みの日にお手伝いのできる農家さんを見つけてくださり、自ら傷んだ雨《あま》樋《どい》を修繕しに来てくださったこともございました。

胡麻塩《ごましお》頭の、寡黙なかたでした。威圧的だと恐れる人もありましたが、わたくしには優しかった印象しかございません。南方に出征したご子息の無事を祈って、大好きな煙草《タバコ》を断っておられました。

「あんたみたいな働き者が、嫁に来てくれるといいんだがな」

ぶっきらぼうにそうおっしゃって、照れたように目を逸らされる。奥さまを早くに失くされ、男手一つで育て上げた、ご自慢の一人息子だったのです。

けれども待望のご子息は、南方の海に露と消えて、ついに帰ってくることはございませんでした。

翻訳の仕事は疎開外国人の対応が主で、さして難しいものではありません。英語の勉強をさぼっていたせいではじめは戸惑いもありましたが、やはり言語は生き物です。しばらくすると勘を取り戻しました。

仕事を終えて帰れば、散歩が日課になっている姉さまが、サクラソウの群生を見つけたとか、カワセミが漁をする瞬間を目にしたとか、黒すぐりをたくさん摘んだからジャムにしましょうとか、取るに足らぬ優しい物事を、喜々として話してくださいます。

こんなことならお父さまの勧めに従って、もっと早く軽井沢にお連れすればよかった。そう思わせるほどの、穏やかな日々でした。

「ここの星は、今にも降ってきそうで怖いくらいね」

姉さまとポーチに並んで星空を眺めているときは、現実がひっくり返るような感覚を覚えたものです。

悠久の昔から変わらぬ星の瞬きを見上げていると、戦争にも人の生き死ににも、さほどの意味はないように思えてきます。人の営みなど宇宙の果てから見下ろせば、なにも起こっていないのと同じことなのでしょう。

「人ってどうして、花鳥風月を愛でるだけでは満足して生きてゆけないのかしら」

姉さまの呟きが、しんとした闇に吸い込まれてゆきました。

それは美しいものでは決して、お腹がいっぱいにならないからだ。そう思いましたが、わたくしはじっと黙っておりました。

おままごとのように平穏な日常は、長くは続きませんでした。

苔むした庭の緑が深くなりゆく梅雨入りどき、姉さまがひどく体調を崩されたのです。

苦労して手に入れた食料も、食べるとみな吐いてしまう。かといって空腹でも具合が悪いらしく、一日中ソファでぐったりなさっておいででした。においにも非常に敏感になり、署長さんに分けていただいた鶏《とり》を庭で飼っていたのですが、風向きによって臭うと嫌がっておられました。

「水が合わないのかもしれないわ。病院に行きましょう」

強くそう勧めても、姉さまは弱々しく首を振るばかり。わたくしの胸で、ぽんと不安の種が芽吹きました。

「どうして？　なぜ病院に行きたくないの？」

問い詰めながらもその答えは、すでにわたくしの中にあったのだと思います。

「身に覚えがあるの？　お願い、正直に言って」

わたくしは姉さまの肩を掴んで、揺さぶりました。

産婦人科医であるお父さまの手伝いをしてきたのです。つわりがどういうものかは、若くとも知っておりました。

姉さまは、わたくしと目を合わせようとはなさいません。やつれたお顔は蠟《ろう》で固めたように白く、その華奢な体ごと、滅茶苦茶に抱き壊してやりたくなりました。

「いったい、お相手はどなたなの？」

夫の順平さんは、半年以上も前から満州です。どうしたって計算が合いません。

言い逃れは許さない。気迫を込めて睨みつけると、姉さまは観念なさったのか、ゆっくりと目を閉じておっしゃいました。

「――英雄兄さまよ」

そのときの衝撃は、日常が炎に包まれたあの夜以上のものでした。

ずぐん。大きく突き上げるような揺れがきて、地震かと思えば、わたくしの心臓の音でした。床が消えたような感覚があり、わたくしはその場にへたり込みました。

「そんな。――いつ？」

尋ねるまでもございません。兄さまがご挨拶に見えたのは、三月の大空襲の少し前。あのときに違いありませんでした。

なんということでしょう。兄さまは、姉さまに会わずに帰ったのではなかった。医院に顔を出すより前に、母屋に寄っておられたのです。

「写真が欲しいとおっしゃったのよ」

姉さまはソファに横になったまま、生気のない顔でぽつりぽつりと語られました。

「わたしの写真を。入隊のときに持って入れなかったんですって」

ああそれで、アルバムから写真が一枚なくなっていたのだ。小手毬の前で撮った、わたくしたちの写真です。

——差し上げたわ。欲しいとおっしゃるから。

不穏に渦巻く胸の中に、姉さまの声が蘇りました。あれは、英雄兄さまのことだったのです。

「好きだと言われたの。はじめて会ったときからずっと。人のものになってもまだ好きだって、泣かれたの」

「だからって、だからって——」

声が震えて先を続けられません。一方の姉さまは、淡々と言葉を紡がれました。

「兄さま、特攻に志願なさったんですって」

わたくしは、思わず息を呑みました。

「呉《くれ》で乗る予定だった魚雷が爆撃されて、思わぬ休暇ができたとおっしゃってたわ。あの翌日には、任地に発つ予定だったそうよ」

悪名高き人間魚雷、「回天《かいてん》」。特攻のためだけに作られた、捨て身の兵器です。そんなものに、自ら進んで乗りたいわけがない。けれども兄さまは、逃れられぬ運命に絡め取られてしまったのです。

「死ぬときにはせめて、わたしの写真を胸に抱いていたい。そう言われたから、はなむけのつもりだったの」

「――分からないわ」

そこまで聞いてもわたくしには、姉さまが体まで開いたわけが理解できませんでした。英雄兄さまを秘かに想っていらしたならともかく、そんなご様子はまったく見受けられなかったのです。

「なぜ、お許しになったの？」

「美しいと思ったのよ」

「――ああ」

わたくしはたまらず、両手で顔を覆いました。

なんということでしょう。死地へと赴く英雄兄さまの告白は、つかの間であれ美に飢えていた姉さまのお心を、強く揺り動かしてしまったのです。

本当に、もっと早く疎開しておくべきでした。せめてばあやを見送ってすぐ東京を発っていれば、あの忌々しい再会もなかったものを。

「なんてこと、なんてこと」

ただひたすらにわたくしは、運命というものを呪いました。けれどもどれだけ悔やんだところで、時計の針は戻らないのです。

「ごめんね、咲ちゃん」

ふと気づけば虚ろだった姉さまの目が、しっかりとわたくしを捉えておりました。唇まで色を失い、痛々しいほど痩せておられる。それでもどうしてこのかたは、泣きたくなるほど美しいのでしょう。

「咲ちゃん、英雄兄さまのことが好きだったんじゃない？」

「まさか。なぜそう思うの？」

「だって素直な咲ちゃんが、兄さまにはやけにつっかかるんだもの。それに夜中に一度だけ、咲ちゃんの部屋から兄さまの声が聞こえてきたことがあったわ」

それは紛れもなく、兄さまが女中に迫られて逃げてこられた夜のことです。わたくしは、呆れて首を振りました。

「馬鹿なことを」

「本当に？　わたし咲ちゃんのために、兄さまをお茶にお誘いしていたのよ」

皮肉なこと。姉さまの、兄さまに対する愛想のよさは、その勘違いからきていたのです。それが兄さまの恋心を、徒《いたずら》に肥大させる結果になるとは思いもせずに。

「そんなことより、これからどうするかだわ」

その話はもう終わりとばかりに、わたくしは姉さまの手を握りしめました。

お腹の中の子は、不貞の動かぬ証拠です。当時はまだ、姦通《かんつう》罪というものがございました。妻側だけに適用される、きわめて不平等な法律ではありましたが、夫――つまり順平さんが告訴すれば、刑法で罰せられてしまいます。

また、人工妊娠中絶も違法でした。もっとも、モグリの中絶医に頼むという手はございましたが――。

「お父さまは、今も東京で生まれてくる命を救おうとなさってる。それを思うと、堕胎はとてもできないわ」

わたくしの思考を読まれたかのように、姉さまはきっぱりとそうおっしゃいました。

「産むのね？」

「ええ。とても、怖いけど」

姉さまの手はひやりとして、微かに震えておられます。わたくしはそれに頰を寄せ、滲み出る涙をこらえました。

誰より愛おしいこの人を、罪人にはしたくない。人から後ろ指さされるようなことも、あってはならない。

そのためにはわたくしが、いくらでも泥を被りましょう。

幸いなことに、男の人たちが戦争に出ている今ならば、ごまかしがきくのです。

それは悪魔的な思いつきであったのかもしれません。ですがわたくしの覚悟は一片の曇りもない、ひたむきなものでした。

「分かったわ。それならば、わたくしが産んだことにしましょう」

「なにを言うの」

そんな突飛な提案は、わたくしだからこそできたこと。さすがの姉さまも驚いて、ソファから半身を起こされました。

「任せて。未婚のわたくしなら、ただ世間体が悪いだけ。なんの罪も負わないわ」

「本気なの？」

「もちろんよ」

　わたくしは混じりっ気のない思慕を瞳に乗せて、頰を引きつらせている姉さまを見つめ返しました。そのお心は、揺れに揺れている。身の内にある常識が、決断を鈍らせているようでした。

「でも、そんなことをしたら咲ちゃんがふしだらみたいじゃない」

「そうじゃないことは、姉さまがご存じだからいいの。二人で一緒に育てましょう」

　子供の血縁上の父親は、特攻に志願しているのです。魚雷に乗ってしまえばもう、二度と戻れやしないはず。我々に、邪魔者などいないのです。

「ああ、咲ちゃん」

　姉さまが両腕を開き、わたくしたちはひしと抱擁し合いました。大きな秘密の共有が我々の絆をいっそう強固に縒《よ》り合わせ、引きつけ合ったようでした。

「だけど、だけど、お産のときにお医者さまにはバレてしまうわ」

　姉さまはわたくしにしがみついたまま、小刻みに震えておいでです。

「それは――。やっぱりお父さまにだけは、お報せしなければ」

　ひどく落胆なさるでしょうが、お父さまなら少なくとも、秘密の拡散は免れられるでしょう。お産のときにはこちらに来てくださいと、頼むしかなさそうでした。

「嫌よ。やっぱりお父さまに知られるのは嫌！」

姉さまは目を見開かれたまま、首を左右に振って嫌がります。わたくしはその背中に腕を回しました。

「分かりました。それじゃあやっぱり、モグリのお医者に来てもらいましょう」

それなら相手も口が固い。患者の情報など、みだりに洩らしはしないでしょう。

けれども姉さまは口の中でブツブツと呟きながら、明後日のほうを見ておいででした。それからハッとなって、わたくしの肩を掴まれました。

「そうだわ、咲ちゃんが取り上げて！」

涙できらきらと輝く瞳が、必死にこちらを見上げてきます。愛おしさに負けて、危うく頷いてしまうところでした。

「ダメよ。わたくしには荷が重いわ」

看護助手をしておりましたから、お父さまのお手伝いでお産に立ち会ったことは何度もあります。手順も分かりますし、赤ちゃんがするりと出てくれれば特に問題はないでしょう。

けれどももし、難しいお産だったときは――。

「最悪の場合、母子共々命を落としてしまうかもしれないわ」

「そんなの、あたりまえのことじゃない。お産ってそういうものでしょう」

「そうだけど、確率が――」

わたくしにとっては、姉さまのお体が第一でした。危ない橋は渡れません。

「お願いよ」

姉さまはまばたきもせず、わたくしの肩を強く握られます。

「わたしこのことを、咲ちゃん以外の誰にも知られたくないの」

あのときの姉さまは、どういうお気持ちだったのでしょう。わたくしにはそのお顔が、笑っているようにも見えました。

姉さまのお言葉が、甘美な毒となってわたくしをじくじくと腐らせてゆきます。もはやこの深く強い結びつきを、自分から手放すことはできなくなっておりました。

「――分かったわ」

そう答える以外に、いったいなにができたでしょう。

頷いたとたん、わたくしは姉さまの胸の中に強く抱きしめられておりました。

それからは、毎日が不安でいっぱいでした。

妊婦には予期せぬトラブルがつきものです。出血が止まらないと言って担ぎ込まれてきたかたや、中で死んでしまった赤ちゃんを掻き出すところを、何度も見てまいりました。そうなってしまっては、わたくしにはお手上げなのです。

お産の最中だって、なにが起こるか分からない。衰弱してゆく姉さまの股から風呂桶一杯分の血膿《ちうみ》を掻き出す夢を見て、うなされた夜もありました。

救いを求めて疎開荷物の多くを占めていたお父さまの医学書を開いたところで、ドイツ語の専門用語ばかりです。辞書を引いてもろくに読みこなせません。

それでも不安をなだめるためには、より多くの知識が必要でした。つけ焼刃と知りながら、わたくしはいつも夜遅くまで、医学書と格闘しておりました。

しばらくすると姉さまのつわりは治まり、頬は丸みを取り戻してゆきました。それを素直に喜びつつも、日増しに張り出してくるお腹をどうしたものかと、頭を悩ませます。元々が華奢ですから、お腹は余計に目立ちました。

そこでわたくしは姉さまが臥せっていることにして、人目に触れさすまいといたしました。その代わり自分のお腹に座布団を巻いて、少しずつ膨れさせていったのです。

真夏のことですから、そのお腹はずいぶん暑うございました。

そういえば昔、お腹に湯たんぽを抱いていて、ばあやに「妊婦さんみたいですよ」と窘められたことがございました。まさか本当に妊婦さんのふりをする日が来ようとは。お腹にできた汗疹《あせも》を掻きつつ、苦笑するばかりでした。

わたくしのことを「嫁に」とまで言ってくださった署長さんは、肥満では片づけられないほどわたくしのお腹が目立ってくると（中身は座布団ですが）、失望と軽蔑を隠しきれないようでした。

それでもまだ、どこかに信頼があったのでしょう。「あんたのことだ。よっぽどのわけがあったんだろう」と、歩み寄ってくださったのです。

そんな署長さんにわたくしは平然と、「許婚《いいなずけ》が出征する前に、一度だけ――」という嘘をつきました。目には涙さえ浮かべて。あれは迫真の演技ではなかったでしょうか。恋人と引き裂かれんとする女の、悲痛の覚悟を演じたのです。

　わたくしをじっと見つめる署長さんの目に、別の感情が浮かびました。

「そうか。あんたも辛かったんだな」

　どうやら同情を引くことに、成功したようでした。

　それからの署長さんは「配給がイカの缶詰だった。嫌いだから持ってけ」とか、「鶏が卵を産みすぎて敵《かな》わん」とか、見え透いた理由をつけてわたくしに滋養のある食べ物を持って帰らせてくださいました。唐突にわたくしのいる受付にいらっしゃり、「医者は足りているのか」と聞いてくださったこともあります。「父が産婦人科医ですから」と答えると、浅く頷いて署長室に戻ってゆかれました。

　優しいかたを騙していることに、罪悪感はございました。けれども姉さまの存在の大きさに比べると、砂粒程度のものでした。

　署長さんはまた、病に臥せっていることになっていた姉さまのために、「邪魔だからもらってくれ」と、署内にあった本をくださいました。それらは旅行者が置いてゆき、保管期間の過ぎた遺失物でした。

　これには姉さまも大喜びです。書物はお父さまの医学書を優先して疎開させましたので、無聊《ぶりょう》を慰める小説や雑誌が手元にございませんでした。かつて姉さまが貪り読んでいた「少女の友」も『源氏物語』も、東京の家と共に灰になっていたのです。

「あら。谷崎潤一郎にしてはずいぶん粗末ね」

谷崎源氏に慣れ親しんでいたからでしょう。いただいた本の中から姉さまは、すぐにその一冊を選び取られました。

谷崎潤一郎といえば、挿絵や装幀にまで凝る作家です。たとえば『蓼《たで》喰ふ虫』の挿絵は小出楢重。『春琴抄』は漆《うるし》塗りに金蒔絵《まきえ》風の表紙。『盲目物語』では題字を松子《まつこ》御寮人に書かせ、後年の『鍵』や『瘋癲《ふうてん》老人日記』などには棟方《むなかた》志功《しこう》の版画が使われております。

なのにそれは外装も挿絵もなく、質の悪い表紙の中央に『細雪《ささめゆき》　上巻　谷崎潤一郎著』と刷ってあるだけなのでした。

「『細雪』って、連載がはじまってすぐ中止になったんじゃなかった？」

たしかに郁子さんか誰かが、そうおっしゃっていた気がします。内容が華美にすぎると、当局が差し止めたはずでした。

「それでもずっと、書いていたんだわ」

どうやらそれは、私家版のようでした。

「この非常時に、贅沢三昧《ざんまい》な女どもの話などけしからん」と『細雪』の連載を当局に差し止められた谷崎は、翌昭和十九年に上巻を私費で刊行していたのです。二百部の限定版で、そのうちの一冊がどういう経緯でか、警察署の遺失物に紛れ込んでいたのでしょう。

毛羽立ったページをぱらぱらとめくり、姉さまは「ああ」と歓喜の声を上げられました。

そこには『源氏物語』そのままの、絢爛《けんらん》な世界がありました。美しいものでお腹がいっぱいになれる人たちと、それが許されたころのお話です。かつてたしかにこの国にあり、すでに失われてしまった様式美。姉さまがそれに引き込まれないはずはございません。

「咲ちゃん、素敵よ。この時代にも、こういうものを書いているかたがいたんだわ。美しいものを愛したっていいんだわ」

文学でさえも徴用された時代でした。作家は戦意高揚の文章を書き散らすか、沈黙を通すかの選択を迫られました。

そんな中で当局に見つかってはまずいものを、私家版とはいえよくぞ刊行なさったものです。本来それを取り締まる側であった警察署に保管されていたという事実にも、なにかしら運命のようなものを感じました。

その『細雪』は大切なものを失い過ぎた姉さまの、宝物となりました。

姉さまの出産予定日はおそらく十一月の半ばごろ。素人計算ではありますが、そう目星をつけてわたくしは、早くから赤ちゃんを迎える準備に入りました。

木綿の浴衣を解いて、オムツと肌着をたくさん縫っておくのです。ネルの着物はお包みに。古いセーターを解いた毛糸で小さな靴下を編んでいるときは、姉さまも「やってみたいわ」とおっしゃいました。

「本当に小さいわ。これがいずれ、こうなるの？」

そうおっしゃって編みかけの靴下を、ご自分の足と比べてごらんになります。

「あら、姉さまの足なんかまだ小さいわ。わたくしなんて、ほら」

「まぁ、ずいぶん成長したのねぇ」

くすくすと笑い合う、平穏な午後。真夏にもかかわらず、窓はカーテンまで閉め切っておりました。

「ねぇ、名前はどうしましょう。男の子だったときと、女の子だったとき」

「それは、姉さまがお考えになったら？」

「ダメよ。咲ちゃんも考えて。わたしたちの子なんだから」

産みの母である姉さまと、戸籍上の母になるわたくし。生まれてくる子はまぎれもなく、二人の子供なのでした。

わたくしの心配をよそに、母体は順調でした。男であろうと女であろうと、姉さまの子ならきっと可愛らしい。わたくしに愛せないはずがございません。

姉さまのお腹が大きくなるにつれ、わたくしの期待も膨らんでゆきました。

けれども昭和二十年、八月十五日。

浮かれた気持ちに冷水を浴びせる、衝撃の一日がやってまいりました。

その前日から「十五日正午より重大発表あり」としつこく報道されておりましたから、なにかあると予想してはいたのです。それが天皇陛下自らのお言葉であることは、当日になって知りました。

「朕《ちん》深ク世界ノ大勢ト帝國ノ現状トニ鑑ミ」ではじまる玉音放送は、音質の悪さとはじめて聞く陛下のお声が意外に高いことに驚いたせいで、しばらく意味が汲み取れませんでした。

終盤に差し掛かると驚きも薄れ、言わんとすることが飲み込めてまいります。じっと首《こうべ》を垂れて拝聴していたわたくしと姉さまは、放送が終わってから緩慢に顔を見合わせました。

カーテンを閉め切った、薄暗い居間でした。ラジオからはまだ、詔書を再読するアナウンサーの声が流れておりました。

「終わったのよね、戦争が」

「ええ、終わったみたい」

新型爆弾が広島と長崎に落とされたことは、報道により知っておりました。ですが軽井沢にいるかぎり、被害のほどに想像が及びません。唐突とも思えた降伏でした。

早く終息してほしいと、何度も願った戦争です。解放感は、たしかにありました。けれども喉元にずぐんと突き上げてきたのは、言い知れぬ恐怖でした。

戦争が終わった。ということはつまり、順平さんが帰ってこられるのです。

「どうしよう。このお腹を見られたら、言い逃れはできないわ」

「お気を確かに。ただちに帰国なさるということはないと思うの」

「だけど満州は近いのだし」

そのころ満州ではソ連軍が南下を続け、略奪と暴行のかぎりを尽くしておりましたが、そんなことは知る由もありません。わたくしたちは青ざめたまま、沈黙の中に打ち沈みました。

「無理矢理だったのよ」

しばらくして絞り出したわたくしの声は、まるで老婆のようでした。

「姉さまは、英雄兄さまに乱暴されたの。そういうことにしておきましょう」

姦通罪は、夫を告訴権者とする親告罪です。同情の余地があれば順平さんも、よもや姉さまを罪人にしようとは思われないでしょう。

離縁になったとしてもあのかたなら、姉さまの恥を余所《よそ》で言いふらすようなことはなさらない。容易に丸め込めると思いました。

「でも、それじゃあ兄さまの名誉が」

「もう亡くなっているかもしれなくってよ」

そう聞いて姉さまは、肩をビクリと震わせました。恐ろしいものを見るような目を、わたくしに向けておられます。

「生還なさったとしても、兄さまに潔白を証明する手立てはないわ。大丈夫よ」

けれどもわたくしは、兄さまはもう亡くなっているものと決めつけておりました。いったいどれほどの若者たちが、特攻に参加して尊い命を散らしてきたことでしょう。兄さまも、南方の海底に葬られたに違いありません。

「本当に？」

「ええ。姉さまはなにも悪くないの」

「怖いわ、咲ちゃん」

怯えた少女のように、姉さまの手はわたくしを求めました。その手にしっかりと肩を摑ませて、わたくしは静かに頷いたのです。

「いつだって、わたくしがついているわ」

姉さまの食は、目に見えて細ってゆきました。

食料難ゆえ、ただでさえまともな量を召し上がっていないのに、これは深刻な状況です。

「赤ちゃんがいるのよ。無理をしてでも食べて」

わたくしはそう宥《なだ》めすかし、少しでも滋養のつくものをと、疎開荷物の中から晴れ着を引っ張り出しました。

戦後の食料不足はよりいっそうひどいもので、軽井沢にも闇市が立ち、別荘族の華族様の財宝も、ずいぶん流れたと聞いております。

生活は一変いたしました。九月になり進駐軍が軽井沢に入ってからは、仕事がＧＩ相手の通訳ばかりになりました。彼らはかつて憧れたヒトラー・ユーゲントの青年たちよりはるかに体格がよく、自信に満ちていて、清潔でした。

日本人の偉い人たちが一様に、彼らにペコペコと頭を下げる。それを見てわたくしは、ようやく敗戦とはどういうことかを悟ったものです。

署長さんははじめ、わたくしを通訳に出すのを渋っておられました。彼らが敗戦国の婦女子に、どのような無礼を働くか分かったものではございません。わたくしは表向きは妊婦でしたから、よけいに心配なさったのでしょう。

けれども彼らは英語の分かるわたくしを、見下したりはしませんでした。言葉が通じるということは、最低限相手の人格を認められるということです。中にはわたくしの張り出した（と見せかけている）お腹を指して、「オメデト」と日本語で笑いかけてくださるかたもおりました。

東京へは、まだ帰るわけにいきません。わたくしはお父さまに葉書を書いて、仕事もあるので軽井沢に留まる旨を告げました。

お父さまからは、そうしなさいとのお返事。今東京に戻っても、職どころか住む家もない。環境が整ったらすぐに呼び戻すからということで、しばらくの猶予ができました。そのころはお父さま自身、お知り合いのお宅に間借りなさっている状態だったのです。

一方で順平さんの消息は、杳《よう》として知れませんでした。満州にいた軍人軍属は、いったいどうなってしまったのでしょう。九月下旬には早くも復員船第一号が別府《べっぷ》港に着いたとかで、それは聞いたこともない島からの帰還兵でしたが、そんなふうにある日ひょっこりと順平さんが、お戻りにならないともかぎりません。

不安を姉さまに決して悟らせぬよう、復員船の状況はなるべく伝えず、わたくしは気丈に振舞っておりました。寝込みがちな姉さまの手を取って家の中を歩かせ、ヒナに餌を与える親鳥さながらに、その口に食べ物を運びます。「大丈夫、大丈夫」と言い聞かせるのは、自分のためでもありました。

掛井志乃さんからお手紙が届いたのは、そんな折です。

彼女は引き続き学校の寮にお住まいで、近況を報せてくださったのでした。進駐軍を警戒して寮生の外出は制限されており、その無聊を慰めるためにも、わたくしを思い出してくださったのでしょう。スイスに亡命なさっていたお父さまとは無事連絡が取れたらしく、それは本当になによりでした。

学校は新学期がはじまっておりましたが、教室には空席が目立っていたようです。疎開から戻れないかた、亡くなってしまったかた、家族を養うために学校を去ってしまったかた――。少女たちの運命は、無慈悲の爪によって千々に引き裂かれておりました。

そしてはじまった授業といえば、まずは教科書を黒く塗りつぶすところから。軍国主義をにおわせる不適切な表現を、墨で消してゆくのです。

もっとも修正が多かったのは、歴史と修身。後者を担当なさっていたのは、わたくしたちもよく知るネズミ先生でした。

「銃後の守り」「よき妻、よき母」「皇国の礎たるべし」

あのキイキイと響く声で、何度言い聞かされたことでしょう。

そんなネズミ先生が、教科書の墨塗りを指定なさるときは、まるで別人のようなか細い声を出されたそうです。

「すみません、このページの何行目を消してください」

「ごめんなさい、ここはすべて消してください」

その調子で「すみません」と「ごめんなさい」が降り積もってゆき、ついに声が途切れたと思えば先生は、教壇に突っ伏して肩を震わせておいでだったのです。

しんとした教室に、しばらく忍び泣きの声だけが響きました。やがて先生は毅然と顔を上げて、こうおっしゃったといいます。

「わたくしは無自覚でした。一つの価値観を絶対的なものと思い込み、あなたたちに押しつけてしまった。ただひたすら真面目に、若い人たちを死に追いやる手助けをしていたのです。ごめんなさい。わたくしには、ここに立つ資格がございません」

戦犯は、なにも軍人だけではなかったはずです。戦意高揚を煽ったメディアや知識人、それに踊らされて引くに引けぬところまで他者を追い詰めていった大人たち。

彼らの多くが早くも態度を変えて、民主主義の急先鋒《きゅうせんぽう》のような顔をしている中で、その罪と真摯《しんし》に向き合ったかたがどれほどいたことでしょう。ネズミ先生は間もなく教師を辞めて、郷里に戻られたということでした。

その箇所を読んで差し上げると、姉さまは声もなく涙を流し、遠くを見るような目をなさいました。

「わたし、ネズミ先生が嫌いだったわ」

「ええ、わたくしも」

「だけど、誠実なかただったのね」

「そうね。ある意味ご立派だわ」

ネズミ先生の去り際の美しさに打たれ、郷里に発たれる日には多くの少女たちが、東京駅のホームまで見送りに出たそうです。

　そのような話をお聞かせした夜、わたくしはすすり泣きの声に目を覚ましました。

　耳を澄ますと、それは居間から聞こえてくるようです。足音を忍ばせて覗いてみれば、姉さまがソファの上に手を組み合わせ、膝をついておられました。

　卓上ランプが一つ灯っているだけの室内は薄暗く、青みがかった情景の中に、姉さまの肌とネグリジェの白がぼやけたように浮かび上がっていたのです。

　わたくしに絵心があれば、「聖処女の祈り」とでも名づけてそのお姿を写し取っていたかもしれません。

　声をかけるか、それともそっとしておくべきか。

　迷っているうちに姉さまは、わっと泣き伏してしまわれました。

　くぐもったお声で、しきりになにかを唱えておられます。

「ごめんなさい、お母さま。ごめんなさい、ミス・ハート」

　それを聞いてわたくしは、薄く開いていたドアを静かに閉めました。

　ミス・ハートが授けてくださった教育と、お母さまの慈愛。それらが示してくれた道しるべから、なんて遠く離れたところに、わたくしたちは立っていたのでしょう。

　ドア越しに姉さまの懺悔を聞きながら、わたくしはその場で膝を抱えました。そして姉さまが泣き疲れて眠っておしまいになるまで、まんじりともせず座っておりました。

いったいなにを間違えて、こうなってしまったのか。

英雄兄さまさえいなければ。いいえ、順平さんもひっくるめたすべての男が身の回りにいなければよかった。彼らが現れるまで、わたくしたちの楽園は乱されることなく、平和だったのです。

わたくしは、ここにはじめて懺悔いたします。満州にいた軍人は、ソ連軍の捕虜となってシベリアへ連行されたようだ。そう聞かされたとき胸の内に、ぱぁっと晴れ間が覗いたような気がしたことを。

満州よりも、ずっと遠いシベリアへ。それならば順平さんが戻って来られるのは、まだ当分先のこととなるでしょう。わたくしと姉さまの秘密は、守られるのです。唇の両端が、危うく持ち上がりそうになりました。

「けしからんことに、向こうで強制労働を強いられているらしい」

そう告げた署長さんの声は、怒気を孕《はら》んでおりました。それまで散々舐めさせられてきた敗戦国の理不尽を、噛み砕いて吐き出そうとなさっているようでした。

万平《まんぺい》ホテルや三笠《みかさ》ホテル、それから華族様の別荘といった目ぼしい洋館がＧＨＱに接収され、軽井沢の街にはジープに乗った米兵が溢れ返っておりました。そして彼らによる犯罪——多くが強姦や略奪でしたが、その件数は見過ごせないほど多かったのです。

なのに日本の警察では手出しができない。それどころかプレスコードがかかっており、ＧＩによる事件や犯罪は、報道すらされませんでした。

署長さんは日々降り積もる屈辱に、じっと耐えておいででした。気楽な諦観に逃げることはなさらず、己の無力さに憤っておられました。

シベリア抑留の話を聞いて、わたくしにも同種の怒りが宿るものと信じていらしたのでしょう。はかばかしい反応がないのを訝《いぶか》るように、片眉を上げてこちらをご覧になりました。

「たしかお姉さんの夫君が、満州にいるんじゃなかったかね？」

そこでわたくしはようやく、本来あるべき良識を取り戻したのです。

シベリアに抑留された兵隊さんは、劣悪な環境下での労働によって多くが命を落とし、その広い荒野に眠っておられます。生きて帰れた人たちも、日本の地を踏むまでに短くて二年、長いかたでは十一年。

ことの深刻さがまだ分かっていなかったとはいえ、それほど多くのかたの苦しみを、わたくしは一瞬なりとも喜んでしまったのでした。

わたくしの罪は、この理性のなさ。愛する人の幸福のためなら、他はどうなってもいいと思える独善っぷり。

ああ、神様。だからこそわたくしは、一番大切なものを失ってしまったのでしょうか。

「すみません。姉に、どう伝えていいか分からなくて」

わたくしはとっさに顔を覆い、狼狽《ろうばい》の声を上げました。

署長さんは、さもありなんとばかりに頷いておられます。そして若輩者のわたくしたちに、励ましのお言葉をくださいました。

「だが姉君に黙っているわけにもいかんだろう。心を強くし、夫君を信じて待つようにと伝えなさい」

わたくしは、号外のニュースさながらにこの件を姉さまに報告いたしました。そしてまた姉さまも、安堵に胸を撫で下ろしておいででした。

「そう。心配ね」などと、言葉だけは取り繕って。

姉さまはすでに、臨月に入っておりました。

そのころは、産休というものがございませんでした。農家の嫁などは直前まで畑に出て、出産翌日にはもう働いている有様でしたから、わたくしが大きなお腹を抱えて通訳や畑仕事に励んでいても、気に留める人はおりません。

十一月の軽井沢は、東京育ちのわたくしたちにはもはや真冬で、朝晩には手水《ちょうず》盥に氷が張るほどの寒さ。わたくしはその先に控えている本格的な冬への備えで忙しくしておりましたので、妊婦を酷使しても平気な前時代的価値観には、むしろ助けられたほどでした。

やるべきことはいくらでもありました。食料確保のために農家の手伝いを増やし、分けていただいた野菜や芋を漬けたり干したり粉にしたり。疎開荷物に入っていたお母さまの布団は潰し、わたくしたちと赤ちゃんの綿入れに縫い直す。暖炉にくべるための薪《まき》は、いくら割っても充分ということはなさそうでした。

別荘地に疎開していた日本人たちは、軽井沢の寒さにおののいて場所を移ってゆきます。

でもわたくしたちは、当分そこを離れるわけにいきません。冬眠前の熊のように、蓄えをしておかねばなりませんでした。

姉さまは、いつ産気づいてもおかしくはない状態でした。できれば目を離したくはない。それなのに外に働きに出なければいけないというジレンマが、最もわたくしを苦しめました。お産が上手くいかない夢を、頻繁に見るようになりました。汗びっしょりで目が覚めて、まだなにも起こっていない現実に安堵し、不確かな未来に胸をざわつかせる。わたくしには、爪が食い込むほど手を握り合わせ、祈ることしかできませんでした。

そんな初冬の夕暮れです。色づいたカラマツの葉が散り敷かれ、黄金色に輝く並木道をわたくしは、妊婦に見えるようゆったりと歩いておりました。

お腹の詰め物が重く、どのみち動作は緩慢です。三笠ホテルでの通訳の仕事を終えて、帰るところでした。

向かい側から郵便配達員の自転車が、緩やかな坂道をスローモーションのように登ってまいります。兵隊に取られたものの、京都で塹壕《ざんごう》掘りばかりやっているうちに終戦を迎えたというその青年は、声の届かない距離からわたくしに気づいて手を振ってくれました。

「こんにちは、川端さん」

わたくしの傍らまで来ると自転車は、派手なブレーキ音を立てて止まりました。

冬を越すつもりで居残っている日本人はさほど多くはなく、顔と名前を憶《おぼ》えられていたのです。わたくしも、「こんにちは」と返しました。

「たしか、川端さん宛ての郵便がありましたよ」

手間が省けるからでしょう。ここで会えたのが幸いとばかりに彼は郵便鞄の中をまさぐり、「はい」と一枚の葉書を差し出しました。

「ご苦労さま」

お礼を言って次の配達先へと向かう青年を見送ってから、わたくしはなにげなく表の、差出人の名前を確認いたしました。

突風が吹き、落ち葉を巻き上げて通り過ぎてゆきます。

わたくしは瞬きもせずその風をやり過ごし、やにわにお腹を押さえて走りだしました。

それは、死者から届いた葉書でした。

なぜ一刻も早く別荘に帰らねばと思ったのか。もしかすると虫の知らせがあったのかもしれません。

わたくしは件《くだん》の葉書を握りしめ、無我夢中で走りました。

「姉さま！」

玄関ポーチの階段を駆け上がり、居間に飛び込みます。姉さまが怯えたお顔で、こちらを振り返りました。

そしてその両肩を摑み、詰め寄っている男性が——。

ああ、ひと足遅かった。ふっと腰が消えたように立てなくなって、わたくしはその場にへたり込みました。

　なんという運命のいたずら。わたくしがもはや亡くなったものと思い込んでいた英雄兄さまが、亡霊でもなく二本の脚でしっかりと、そこに立っておられたのです。

　葉書は兄さまからの、復員を報せるものでした。九月にはもう烏山のご実家に戻っておられたそうで、東京の川端家の安否をずっと気にかけていたとのこと。居候生活のお父さまとは連絡が取れず、東京に残っていた知人の伝手をたどってようやく、わたくしたちが軽井沢に身を寄せていることを知ったというのです。

『女性二人、きっと心細く暮らしておられることでしょう。微量ながら食料の差し入れを持って伺います』そう書き綴ってありましたが、葉書よりも先に、兄さまが到着してしまったのでした。

「ああ、咲ちゃんよかった。これはいったい、どういうことなんだ」

　姉さまに問い質しても、黙って震えているだけで埒が明かなかったのでしょう。兄さまはわたくしを認めると、ほっと息を吐かれました。「これ」が指し示しているのはもちろん、姉さまの張り出したお腹です。

「けだもの。姉さまに触らないで！」

　立てもしないくせにわたくしは、声だけを励まして兄さまに嚙みつきました。

　思いもよらぬ暴言を投げつけられて、兄さまはきょとんと目を瞬くばかり。

「違うんだよ、咲ちゃん」と、なにやら弁解なさろうとしたところで、巨大な水風船が割れたような、ぱしゃんという音がいたしました。

姉さまの足元に、ぬるい水たまりができております。ネグリジェの腰から下が濡れており、なおもしたたる水音がしておりました。

破水だ！

そう思ったとたん、シャッキリと腰が立ちました。わたくしは兄さまの前に割り込んで、姉さまの肩を抱きました。

「姉さま、大丈夫よ。さぁ、寝室へ参りましょう」

ご自分の身に起こっていることがまだお分かりでないのか、姉さまは足元の水たまりを呆然と見下ろしておられます。わたくしはそれを宥めすかし、産屋のつもりで整えておいた寝室へと促しました。

「た、龍ちゃん」

狼狽を隠せない兄さまが、二足歩行の芸をする猿のようにひょこひょことついてまいります。わたくしは寝室のドアの前でぴしゃりと兄さまを撥ねつけました。

「中に入らないで。それよりお湯を沸かしてちょうだい！」

姉さまをベッドに横たえて、わたくしは動きづらいお腹の詰め物を抜き取りました。それから急ぎ足で台所に行くと、兄さまは水をたたえた大鍋を手に、右往左往していらっしゃる。その分量の水を沸かすのに、どれだけの火力が必要か分かっておられないようでした。

これだから、男の人は――。

わたくしはなにも言わずに七輪に火を熾《おこ》して小鍋を沸かし、それを水でうめてから、姉さまの体を拭き清めて差し上げました。

陣痛は、数時間後にはじまりました。真夜中過ぎには痛みがピークに達したようで、姉さまは叫び声を上げながら「咲ちゃん、咲ちゃん」と、ものすごい力でわたくしの腕を握られました。しばらく痣《あざ》が残ったほどで、正気の握力ではございませんでした。

初産《ういざん》の姉さま同様、わたくしにもまったく余裕はなく、これまでに立ち会ったお産の手順を思い描きながら、必要な処置を慌ただしく済ませてゆきました。なにより逆子の心配をしておりましたから、赤ちゃんの頭が見えてきたときには、泣きだしたいほどの喜びを覚えたものです。

お湯すらまともに沸かせない役立たずの存在は、頭からすっぽりと抜け落ちておりました。

午前五時十七分。産まれたのは元気な男の子でした。

姉さまは満身創痍《そうい》。気力が尽きたのか赤ちゃんを抱いてみることもなく、仮死状態のような深い眠りにつかれました。

わたくしはといえば、すべての処置が終わったあと、放心したように床に座り込んでおりました。体が泥のように重く、ちぐはぐに精神が覚醒しており、眠気はまったく感じられない。腕の中で、なにか蠢《うごめ》くものがありました。

視線を落とすと、黒水晶のような瞳にぶつかりました。皮膚に切れ目を入れただけのような、赤ん坊の目。はっきりと見えてはいないだろうに、わたくしをじぃっと見上げておりました。

「ああ」

この手で産湯を使わせ、お包みにくるんだ赤ちゃんを、わたくしはぐっと抱きしめました。姉さまと、わたくしの子。大切なものが、この世で二つになったのです。

姉さまを、よく休ませて差し上げなければ。腕に感じる重みに心満たされ、わたくしは居間へと向かいました。そして現実を思い知るのです。

居間のソファでは、兄さまが座ったまま眠っておられました。元気な産声が聞こえたであろうに、起きることもなくスピスピと鼻を鳴らしていらっしゃる。ああ、なんという昼行灯《ひるあんどん》。なのにわたくしたちの秘密はもう、この役立たずに共有されてしまったのです。わたくしは久方ぶりにカーテンを全開にして、兄さまの向かいのソファに腰掛けました。東の窓が明るんで光が闇を追い払うまで、じっとそうしておりました。

やがて日光に瞼を炙《あぶ》られた兄さまが、小さく呻《うめ》いて目を開けられます。ぱちぱちと瞬いて、寝ぼけた声で「ああ、咲ちゃん」とおっしゃいました。

「特攻に志願なさったんじゃなかったの？」

伸びかけの坊主頭を掻いている兄さまに、わたくしは目も合わせず尋ねました。

「ああ。そのつもりだったんだけど、命令が出る前に終戦になっちまって」

兄さまは、和歌山の由良《ゆら》にあった、紀伊《きい》防備隊におられたそうです。海軍最後の切り札、

「伏龍《ふくりゅう》」特攻要員でした。

たいそうな名前がついておりますが、実態は裸一貫の体当たり。潜水服に高圧酸素ボンベを背負って、機雷を取りつけた竹竿を手に、敵の船団に突撃してゆく戦法です。

終戦に至り実用化はされなかったものの、訓練の段階で炭酸ガス中毒や火傷、窒息、潜水病などで多くの死者を出した、お粗末な作戦でした。

「俺も失神して、左の鼓膜をやられたんだ」

兄さまはなぜか、言い訳をするようにそうおっしゃいました。心持ち顔を右に傾けていらっしゃるのは、そうしないと聞こえづらいせいでしょう。生き残ってしまった者の気まずさを、長い尾のごとく引きずっておられるようでした。

「そう。ご無事で、なによりだわ」

実感のこもらない台詞を形どおりに呟いて、わたくしは口をつぐみました。

時計の針だけが勤勉に働き、意味のない時間が流れました。

「なぁ。その子は、俺の子なんだろ」

そのうち項垂れていた兄さまが、意を決したように顔を上げられました。差し込む光に目の下の隈《くま》が強調されて、若者のようには見えませんでした。

わたくしは、黙っておりました。兄さまが縋るような目を向けて、答えを待っておられます。

それでも黙っておりましたら、「なぁ！」とテーブルを叩き、身を乗り出してこられました。

「ちょっと、抱かせてみてくれよ。いいだろ、咲ちゃん」

目には涙、口元には曖昧な笑みを貼りつかせ、兄さまが両腕を差し出される。子など残せず死ぬものと覚悟していた元兵士の、純粋な感動がそこにありました
ですがわたくしは肩で庇うようにして、赤ん坊を隠しました。兄さまの頬に赤みが差します。

「いいじゃないか。俺の子なんだぞ！」

兄さまに怒鳴られたのは、はじめてでした。それと同時に、わたくしの心も決まりました。

「これは、わたくしの子よ」

声を抑えた呟きは、意外によく響きました。

兄さまの困惑が、ひしひしと伝わってまいります。わたくしは、お腹に力を込めました。

「それでもこの子の父親だとおっしゃるなら、覚悟はできているんでしょうね」

困惑はやがて、混乱に変わります。

「ど、どういうことだよ」

声を上擦らせ、兄さまはテーブルを回り込んで来ようとなさいました。まるで亡者《もうじゃ》のような動きでした。

「だって、龍ちゃんだろ。龍ちゃんと、俺の子だろ」

「お察しなさい。姉さまはべつのかたとご結婚なさっているのよ」

わたくしの迫力に、肩に伸ばされようとしていた兄さまの手が、ぴたりと制止いたしました。

「分かるでしょう。本当ならこの子は、いちゃいけないの」

わたくしは兄さまの黒目が、キュッと窄まるのを見ました。己の罪をようやく悟り、唇を震わせておられます。その視線が、わたくしの腹部を捉えました。

「君も、さっきまでお腹が大きかったよね。いったいなにを、詰めていたんだ」

思考が声に出てしまっているだけ。そんなふうに口先で呟いてから、兄さまはハッと目を見開かれました。

「咲ちゃん、まさか――」

そうです。わたくしはずっと、街の人たちを欺《あざむ》いてきたのです。

彼らはみんな、この子をわたくしの子として扱うでしょう。お芝居の舞台に上がってこられるなら兄さまにも、役割を全うしていただかねばなりません。

複雑な宿命を背負った子は、なにも知らずにスヤスヤと眠っています。わたくしはぐったりと、ソファに身を預けました。

「産後すぐでは動けないわ。わたくし、警察署に勤めているの。ちょっと行って、二日ほどお休みしますと伝えて来てくださらない？」

「あ、ああ。いいけど俺のことは、なんと――」

兄さまは易々と、その筋書きに導かれてゆきました。指示を求めるその耳に、わたくしはゆっくりと回答を吹き込みます。

「あら、兄さまはわたくしの許婚じゃないの。よくぞ無事に、帰って来てくださったわ」

兄さまはまるで風邪の引きはじめのように、ぞくりと身を震わせました。それから赤ん坊に視線を移し、一生後悔し続けるであろう決断を下されたのです。

「分かった」と頷いたまま、兄さまは顔を伏せてしまわれました。もしかすると、泣いておられたのかもしれません。

「よろしく頼みますわね、『あなた』」

その苦悩には気づかぬふりで、わたくしは兄さまに追い打ちをかけました。

子供が無事に生まれたことと、婚約者が帰ってきたこと。わたくしはそれまで欺いてきた人たちから、二重の祝福を頂戴しました。

「よかった、よかったねぇ。あんたこれから、幸せになるんだよ」

農家のおかみさんなどは、我がことのように涙を流して喜んでくれました。幼い子供もいるのに旦那さんとその弟を戦争で亡くし、働き手が足りなくてわたくしがお手伝いをしていたのです。肩に置かれたおかみさんの手は、熱いと感じるほどでした。

立派な葉のついた大根、カボチャ、お下がりの産着、木でできたおもちゃ。物のない時代にもかかわらず、出産祝いをくださった近隣のかたのお優しさ。署長さんなどは息子さんが生まれたときに使っていらしたという、籐製のゆりかごをくださいました。

「よさそうな青年じゃないか」とぶっきらぼうにおっしゃったのは、「おめでとう」の代わりだったのでしょう。英雄兄さまは外見だけは好青年でしたので、許婚役としての評判はおおむねいいようでした。

　そんなふうに表向きはきわめて平和でしたが、わたくしはそのころ、姉さまの乳の出の悪さに頭を悩ませておりました。乳首を含んでも出ないようで、赤ちゃんは日ごとに痩せてゆきます。苦労してヤミで手に入れた粉ミルクの中身が砂だったときは、台所にへたり込んで泣きました。

「お願いよ、姉さま。スープだけでも飲んでちょうだい。このままじゃ、赤ちゃんが危ないわ」

　産後一週間が過ぎても姉さまはベッドを離れられず、かつてのお母さまのような色の薄いお顔をしておいででした。どうにか栄養をつけさせようとスプーンを近づけても、口をしっかり閉じて拒まれるのです。

「姉さま！」

　少しきつく窘めますと、「なによ！」とスープボウルを手で払っておしまいになる。それから両手で顔を覆って、わあわあと泣かれるのです。

「ひどいわ、ひどいわ。咲ちゃんの嘘つき。私たちの子だと言ったのに、どうして英雄兄さまと咲ちゃんの子になってるの。わたしばかりがのけ者だわ」

　産後すぐですから、情緒が不安定になっていたのでしょう。姉さまはわたくしを相手に、癇癪《かんしゃく》を起こしてばかりでした。

「分かったわ。咲ちゃんはやっぱり兄さまのことが好きなのよ。だから兄さまの子を、自分のものにしてしまったのね」

「違うわ、姉さま。そんなはずないでしょう」

「赤ちゃんなんか、どうだっていい。もう私の子じゃないんだもの。人の子にお乳をあげるなんて、まっぴらよ」

「姉さま！」

わたくしは姉さまを抱きすくめました。暴れようとなさるのを、離すまいとして力を込めます。爪が頬をかすめ、ピリッとした痛みが走りました。

なにもかも姉さまのためなのに、なぜわたくしの愛はこうも伝わらなくなってしまったのでしょうか。それはひとえに、英雄兄さまという夾雑物《きょうざつぶつ》があるためでした。

兄さまは三日ほど、赤ちゃんの世話で寝る暇もないわたくしを手伝いもせずにぼんやりと過ごしておられましたが、四日目の朝に「田舎に帰る」と言いだしました。

「ただのお見舞いと言って出てきたから、いったん帰らないと」

ずっと練ってきた芝居の台詞を口にしたような、滑稽《こっけい》きわまりないタイミングでした。わたくしは赤ちゃんのオムツを替えながら、ほつれた髪の下でにやりと笑いました。

「逃げてもいいわよ」

兄さまは一瞬、言葉を失くしたようでした。そしてなにか反論しようと口を開け、言葉を捕まえることができずに肩を落とすのです。

それがわたくしの強がりではなく本心だと、兄さまには伝わったことでしょう。彼はそこにいる二人の女から、まるで必要とされていませんでした。

なのにどうして、戻ってくることができたのか。

軽井沢から去ってさらに三日後に、兄さまはあたりまえのような顔をして、別荘のドアを叩いたのです。

丸干し鰯《いわし》にトウモロコシ粉、ピカピカの白米が詰まった竹筒。手土産を台所のテーブルに並べていた兄さまに向かってわたくしは、声を潜めて尋ねました。

「なぜ戻ってしまったの」

背嚢《はいのう》から食品を取り出していた兄さまの手が止まり、でもそれはほんのわずかな間のことでした。兄さまはすぐに二本目の竹筒を、テーブルの上に置きました。

それから顔を上げ、わたくしに向かって、爽やかに笑ってみせたのです。

「だって、君たち二人で冬を越すのは大変だ。男手が必要だろ」

彼は弱い人でした。運命から全力で逃げ出すこともできないくせに、「俺が父親だ」と開き直る厚顔さもない。あたり障りのない役割を、自分で見つけてしまったのでした。

「俺のことは、下働きと思ってくれていい」

そうおっしゃる英雄兄さまの、卑屈な微笑み。もとより厚みのある人物ではありませんでしたが、そんな笑いかたをする人だったでしょうか。

兄さまは、子育てに於いては役立たずでございました。でも人が変わったかのように力仕事を一手に引き受けてくれ、新生児を抱えてくたびれ果てているわたくしの負担は、たしかに軽くなりました。

赤ちゃんを抱いてみようとはなさらず、姉さまに直接お声をかけることもない。それでも日溜まりの中でうたた寝をなさる姉さまを、もの欲しげに見つめておられる兄さまは、せめて愛おしい人の傍についていたかったのでしょう。

たとえその柔肌に、触れることが叶わないとしても。一度は受け入れてくれたはずの心が、固く閉ざされていたとしても。

姉さまは英雄兄さまのことを、まるでそこにいない者のように扱っておいででした。物音がしても振り返りもせず、近づきすぎると急に立って場所を移す。拒絶の棘が、痛いほど、全身から突き出しておりました。

それはなにも、相手が兄さまに限ったことではございません。姉さまはご自分がお産みになった赤ちゃんでさえ、授乳が必要なとき以外には触れようともなさいませんでした。そしてわたくしにも、口を開くのはだんだんと用事を言いつけるときだけになっていったのです。兄さまが下男だというならば、わたくしはさしずめ女中であり、乳母《うば》でした。わたくしたちは機嫌の悪い女主人の顔色を窺いつつ、一心にお仕えしておりました。

日々の労働を通じて兄さまとわたくしには、新たな連帯感のようなものが芽生えていたと思います。姉さまを頂点とする三角形が、ひと冬のうちにできあがっておりました。

赤ちゃんの名前は、姉さまに催促してもいっこうに考えようとなさらないので、わたくしがつけました。窓の外にチラチラと初雪が舞っておりましたので、雪雄《ゆきお》。呼びかけると、「ぶうぅぅ」とあぶくを吐きながら笑ってくれました。

問題の粉ミルクにかんしては、思わぬ方面から援助の声が上がりました。ＧＨＱの将校の、奥さまたちです。頼まれれば彼女たちのショッピングに同行することもありましたので、そのお礼として手を回してくださったのでした。

わたくしが敵国だったアメリカ人の通訳をしていることを、よく思っていないかたも街にはいたようです。「生まれてくる子が赤毛になっちまうよ」という陰口を、耳にしたこともございます。けれども痩せ細った雪雄の命を繋いだのは、まぎれもなく日本中を真っ黒に焼き尽くした国の、ご婦人たちの親切でした。

姉さまは粉ミルクの入手が容易になったと知るや、「じゃ、もういいわね」と、早々に授乳をおやめになりました。

軽井沢の冬は、本当に厳しいものでした。

なにしろ別荘自体が夏向きの造りです。居間の暖炉は盛大に火を燃やしても部屋全体が暖まるということがなく、燃料も充分ではありません。いきおいわたくしたちは同じ部屋に固まっておらねばならず、一番暖かい席に姉さま、ほどよいところに雪雄のゆりかご、そしてどうにか暖気が届くところにわたくしと兄さまが座って、編み物をしたり木を削ったりしておりました。

部屋の片隅に積み上げてある薪を手に取って、ナイフで削って仏像を彫る。寒冷地の冬の閉塞感と気まずさを紛らわすために、兄さまが選んだ手段がそれでした。

仏像というのはわたくしがそう感じたからで、もしかするとただの顔なのかもしれませんが、はじめは下手くそな切り込みだけだったのが、最終的には南の島の民芸品にありそうなレベルにまで、腕が上がっていたものです。

兄さまは、出来上がった端からそれを暖炉にくべてしまわれました。まるでこんなことには意味も目的もないのだとでも言うように。実際にその行為は懺悔や救いを求めるためではなく、ただ時の空白を埋めるためのものなのでした。

思えば彼のその後の人生も、薪に仏像を彫るようなものだったのかもしれません。そうしてしまったのは、わたくしでしょうか。いいえ、きっとその他の要因も複雑に絡み合って、彼をそこに追いやってしまったのでしょう。

春になると英雄兄さまを追いやる最後の刺客が、東京からやってまいりました。

お父さまです。

長く待たせてすまなかったというお手紙が届いたのが、北風から棘が抜け落ちたと感じられる三月上旬のこと。ようやく中野に格好の家を見つけて落ち着いたから、戻って来なさいというのです。

前よりは手狭になるものの、元が医院だったから設備もあり、すぐにでも開業できる。だからぜひ咲ちゃんにも手伝ってほしいという、けっこう身勝手な要望でした。

東京に戻ることはもちろん、やぶさかではありません。しかし雪雄のことは、どう説明したものか。考えて、わたくしがお返事を書きました。

それを読んでお父さまはすぐに、買い出し隊でぎゅうぎゅう詰めの汽車に飛び乗り、軽井沢までお越しになったのです。

別荘にたどり着いたとき、お父さまは東京の三月の装いのままで、ガタガタと震えておられました。玄関の戸を開けて差し上げると、後ろに立っておられた英雄兄さまを見つけて「どういうことなんだ」と、凍えた手で衿首を摑まれました。

「この手紙に書いてあることは本当か、英雄くん」

ポケットから取り出された手紙が、しわしわになって握りしめられております。英雄兄さまはわたくしをちらりと見て、観念したように項垂れました。

「君がうちに立ち寄ったと聞いてはいたが、まさかそんな――」

いつの間にか兄さまのあのご訪問から、一年が経っております。お父さまが信じられないとばかりに首を振り、わたくしを肩越しに振り返られました。

「君たちは、いつからそういう関係だったの？」

そう問われたところで、答えようもありません。わたくしは身を縮め、「ごめんなさい」と言葉を濁しました。

お父さまがふぅ、とため息をつかれます。かつては立派な髭のなびく様が素敵でしたのに、もはや生え放題で格好もつかず、ただ陰鬱なものを吐き出しただけのようでした。

雪雄が居間で泣いております。その声に気づき、お父さまはふらふらと導かれるように中へと入って行かれました。いつもならば無関心に暖炉の火を眺めているだけの姉さまが立って、ゆりかごを揺らしておいででした。

「お越しになったのね、お父さま」

久しぶりに見る、姉さまの笑顔です。それはわたくしたちの関係を取り繕うための、仮面にすぎませんでした。

「龍ちゃん。痩せたね」

お父さまは長らく留守になっていた父性を取り戻されたのか、両腕を広げて姉さまをお抱きになりました。

「ああ、この子か」と、ゆりかごの中を覗かれます。まるでその顔の中に間違いを探そうとしているような、神妙な面持ちで。

「そうよ。見て、頬のあたりが咲ちゃんによく似ているでしょう」

「言われてみれば、そんな気もするね」

内心ヒヤヒヤしているわたくしとは裏腹に、姉さまは大胆なものでした。雪雄にはわたくしに似たところなど少しもございませんでしたが、お父さまはまんまと誘導されて、目を細めておられました。

泣きやまぬ雪雄のオムツに触れてみても、濡れてはいません。ミルクはあげたばかりでしたから、彼なりにわたくしたちの間に漂う緊張を感じ取っていたのでしょう。抱き上げてあやすわたくしに頷きかけて、お父さまが運命の流転の口火をお切りになりました。

「こうなってしまったからには、今さら責めてもしょうがない。咲ちゃんは、一刻も早く英雄くんと一緒になりなさい」

「お父さま、だけど手紙には――」

わたくしがお父さまに、口ごたえのようなものをしたのはこれがはじめてでした。瞬間的にキュッと胃袋が引き絞られて、言葉が飛び出しておりました。

でもお父さまはなにを言っても崩れそうにない微笑みを浮かべ、握りしめていた手紙を顔の前にかざされます。

「東京に戻って医院を手伝いたいという咲ちゃんの気持ちは、嬉しかった。看護婦になりたいという夢も、できれば叶えてあげたいと思うよ。でも、ここに書かれていたのは君の希望だけだ」

わたくしの誤算は、終戦から半年が経ち、お父さまが人間性を取り戻しつつあることでした。医療の鬼のままであれば、身内に情など見せなかったであろうものを。

「英雄くん、君はどうしたいんだい？」

お父さまの目は、戸口に佇んでおられた兄さまに向けられました。

兄さまは怒られた犬のようにしゅんとして、「もちろん、こうなってしまったからには

――」と、口の中でもごもごと呟いておられます。なにを思ったか、お父さまはそれを受けて大きく頷かれました。

「そういうことなら話は早い。すぐにでも君の家へ行って、祝言を挙げよう。いや、母君を驚かせてはいけないから、まずは手紙か。さ、今ここで書きたまえ」

それはすでに、決定事項でした。わたくしたちはお父さまに連れられて、七日後には那須の兄さまのご実家におりました。そして結納を交わす間もなく着の身着のままで、ささやかな祝言を挙げたのでした。

「君がお嫁に行くときは、立派な拵《こしら》えをしてやりたいと思っていたのに、あり合わせになってしまってすまないね」

お父さまは目の端に涙を浮かべ、わたくしをギュッと抱きしめてから、東京へと帰って行かれました。

姉さまはわたくしとの別れを惜しむ素振りを見せませんでしたが、嫁入り道具としてご自分の夫婦簞笥の片方を持たせてくださいました。丸に揚羽蝶の家紋が入った、装飾簞笥です。着物は片っ端から食料に換えてしまいましたから、中身はほとんど空でした。売らずに残した桜文の銘仙だけが、思い出の宝物。遠く離れてしまった姉さまとの、ささやかな縁《よすが》となるはずでした。

祝言の夜、家中が寝静まる中で雪雄にミルクをやり、寝不足の頭でわたくしは、その簞笥の前に立っておりました。銘仙の着物は一枚きり、一番下の段に入れてあります。音を立てないようにそっと、金具の把手を摑んで引き出しました。

障子越しに月明かりが差しており、手元が青く、霞んだようになっていたのを覚えています。そのために、はじめは幻影ではないかと疑いました。ですが解いた畳紙の中から出てきたのは、たしかに姉さまの、楓文の銘仙でした。

気づけばわたくしは眠りはじめた雪雄を抱え、裸足のまま外に飛び出しておりました。

焼け野原の東京とも、軽井沢の別荘群とも違う、田舎家と田畑ばかりの見知らぬ風景。冷たい畦道《あぜみち》の土を踏みながら、走るわたくしの口からは、悲鳴のようなものが洩れ続けておりました。

冴えた月がわたくしを追いかけてまいります。そうやって闇雲に走っても、愛おしい人の元には、決してたどり着けないのでした。

すっかり疲れ切ってわたくしは、鬱蒼《うっそう》と茂る森の手前に膝をつきました。どうやらその奥は、神社になっているようでした。

ざわざわと鳴る、恐ろしいほどの葉擦れの音。それに紛れて腕の中から、「あうぅ」という声が上がりました。

見れば雪雄が目を覚まし、まっさらな瞳でわたくしを見上げておりました。

ああ、姉さま、姉さま。

楽しかったはずの思い出の数々が、もはや痛くてたまらない。

布団の中にすべり込んできて、髪を撫でてくださる小さな手は、もうわたくしの傍にはありませんでした。

それからの人生は、雪雄の成長だけを楽しみに生きてまいりました。

すくすくと育ちゆく子に姉さまの面影を見つけては、それを喜びとしていたのです。

那須の川端家はご長男を南方で亡くし、お義父さまも体を悪くして、お義母さまが一人で切り盛りしておいででした。女手ひとつでは限界があり、そこへ体力だけが自慢のわたくしが嫁に来たのですから、もう少し喜ばれてもよかったのではないかと、今でも亡き人の遺影を見上げて思うことがございます。

義母はわたくしを毛嫌いしておりました。たった一人になってしまった息子が家を放っぽり出して軽井沢に滞在し、やっと戻ってきたと思えば見たこともない嫁と子を伴っていたのですから、無理もありません。

「どうせなら、実のお嬢さんのほうと結ばれてりゃよかったのに」

聞こえよがしな悪口も、一度や二度ではございませんでした。

それでも雪雄のことはずいぶん可愛がってくださいましたから、わたくしに不満はございません。姉さまとのお別れからこっち、心の一部が麻痺したようになっていて、辛いとか苦しいとかいった感情は、他人事のように遠かったのです。

もちろん英雄兄さまは、庇ってはくださいませんでした。義母がどれだけ金切り声を上げてわたくしを追い回していたとしても、頑ななくらい沈黙を通しておいででした。

兄さまは兄さまで、心を麻痺させなければ生きてはゆけなかったのでしょう。空襲の被害の少なかった田舎町とはいえ、周りには息子たちが英霊になってしまった家がいくらでもあったのです。

　せっかく生きて帰ったというのに、兄さまに向けられるのは冷ややかな目ばかり。それは五体満足で復員した者へのやっかみであり、暴走した挙句ぼろぼろに打ち負かされた軍部への恨みの発露でもありました。

　おそらく兄さまが軽井沢にいらっしゃったのは、そのような目から逃れるためだったのでしょう。妻子を持ってもはや逃げ場を失った兄さまは、周囲の目に鈍感になるしかなかったのです。

　やがて兄さまは知人の伝手を頼り、役場に職を得ることになりました。それから五十六歳で世を去るまで、彼はずっと、愚鈍なほど平凡に過ごしました。

　お蔭さまで夫婦喧嘩というものは、一度もしたことがございません。厳密に言えばわたくしたちは生涯に於いて夫婦ではなく、たんなる同居人でしたから、それは当然のことと言えましょう。

　互いに期待するところがないのです。たとえ外に女がいる気配がしようと、子供の教育に不熱心であろうと、腹など立つものですか。ただわたくしの夫、雪雄の父という顔さえしていてくだされば、それで充分だったのです。

　いいえ、嘘です。たった一度だけ、はらわたが煮えくり返るほどの怒りを覚えたことがございました。

あれは雪雄が小学校に上がってしばらくのことだったでしょうか。工作の手伝いをしていたわたくしは、ホチキスの芯を求めてなにげなく兄さまの書斎の、文机《ふづくえ》の抽斗を開けました。そしてその中に、一枚の写真を見つけてしまったのです。写っていたのは、お下げ髪の姉さまでした。楓文の銘仙を着たそれは、兄さまが和歌山の由良へと旅立つ前に、姉さまにねだった一枚に違いありませんでした。わたくしが写っていたであろう右半分は切り捨てられて、姉さまのお姿だけ。軍服のポケットに入れて、肌身離さず持ち歩いていたのでしょう。角が取れ、折り皺がついておりました。

それを見たとたんに頭の中がグラグラと、沸騰したようになりました。兄さまがこの写真を欲しがらなければ、姉さまが気の迷いを起こすこともなかったのです。

あとからなにを言っても虚しいだけなのは承知しておりますが、あの一日さえ、いいえほんの一時間さえなければ、わたくしはずっと姉さまの傍で笑っていられたかもしれないのに――。

わたくしにとっては忌むべき記憶を兄さまは、この写真を見るごとに懐かしみ、思い起こしていたのでしょう。たとえば姉さまの肌の香り。その唇の柔らかさ。手足の冷たさと、それとは対照的に熱くなってゆく呼吸。

ああ、嫌だ嫌だ兄さまは、わたくしの知らない姉さまをご存じでいらっしゃる！

もうそれ以上兄さまの頭の中で、姉さまが犯され続けることは我慢なりませんでした。人の記憶など曖昧なもの。この写真さえなければ兄さまの頭の中にいる姉さまも輪郭がぼやけ、摑みどころのないものに変貌してゆくことでしょう。

とにかく兄さまの目に決して触れないところへ隠さなければ。わたくしは少し考えて、それを装飾箪笥の二重底に隠しました。

姉さまの思い出は、わたくしだけが大切に仕舞っておけばいいのです。

わたくしは蔵を掃除して、姉さまとの思い出を、装飾箪笥ごとそちらへ移しました。東京の川端家の空気を懐かしんでか、兄さまがさほど価値のない骨董を買い集めるようになりましたので、その季節ごとの入れ替えに、わたくしは蔵へと入ります。そして姉さまの写真と着物を取り出しては、虫食いがないかを確かめ、そっと頰を寄せるのです。

ああ、その身幅の、なんと細いことか。あのかたは本当に華奢でいらした。緞子《どんす》の丸帯などを締めた日には、重さでよろめいていたものです。

切なさに眉を寄せ、わたくしはひたすら思い出を抱きしめる。

そのときだけが幸せでした。

季節のお便りを姉さまに出しても、お返事はありませんでした。

終戦から四年後に、シベリアに抑留されていた順平さんが帰国なさったことと、その後姉さまが女の子をお産みになったことは、お父さまからのお手紙で知りました。それでもわたくしは雪雄の成長をさりげなく織り交ぜて、お便りを出し続けておりました。

雪雄は本当に愛らしく、素直な子でした。ご自分のお腹を痛めて産んだ子なのですから、返事はなくとも姉さまは、きっと気にかけておられるはず。そう信じておりました。

わたくしが那須に移ってから二年目に義父が、十六年目に義母が亡くなりました。人間誰しも死の間際には、いい人になりたいのでしょうか。病で寝ついていた義母は急にわたくしの手厚い看護に感謝を述べ、涙まで流し、その三日後に旅立ってゆきました。

おそらく閻魔帳《えんまちょう》の内容が、気にかかってくるのでしょう。とすればわたくしのこの回想も、死を間近に控えた老人の、見苦しい懺悔であるのかもしれません。

その後姉さまに直接お会いしたのは、たったの一度だけ。新潟で催された、ばあやの葬儀の折でした。

夫は仕事、雪雄は学校で都合がつかず、わたくしが一人で伺いました。

享年七十九。お母さまよりずっと老けて見えたので違和感なく呼んでいましたが、わたくしたちが子供のころはまだ、「ばあや」というような年齢ではなかったのです。

姉さまもまた、お一人で参列なさっておりました。お互いあと数年で四十に手が届くというのに、すっかり中年めいてしまったわたくしとは違い、姉さまは若々しく、大人の色香のようなものを漂わせておいででした。

懐かしさが胸にこみ上げ、葬儀の席であることも忘れわたくしは、その手を取って「お久しぶり」と再会を喜びました。姉さまの硬い表情にも気づかぬほど、舞い上がっておりました。

告別式がはじまるまでの短い時間に、わたくしは早口で近況を報告いたしました。こちらは舅姑《きゅうこ》がすでにおらず、気軽な身分であること。「英雄兄さま」の髪が年々薄くなりつつあること。それから雪雄が来年、大学受験を控えていること。

「ねぇ。咲ちゃん、やめて」

姉さまは、話半ばでわたくしの手を振りほどかれました。その白い頬に、サッと血の気が走ります。

「どうしてそんなに、楽しそうに話をするの？　あなたはわたしを、裏切ったのに」

わたくしは、なにを言われているのか分かりませんでした。姉さまの幸せだけをひたすらに願い、離れていても雪雄を我が子として慈しみ育てることで、その秘密を守ってまいりました。これほどの献身、これほどの愛を、姉さまは批難なさったのです。

「嘘つき。ずっと傍にいると、約束したじゃない。あなたのことは、一生許さない」

誰かのことを、心底恨むことなどないかたでした。けれども姉さまの瞳には、憎悪が渦巻いておりました。

「そんな。すべては姉さまのために――」

「お手紙も、もう送らないで。読んでいないから」

取りつく島もありませんでした。姉さまは身を翻し、参列者の受付に向かってしまわれました。

そのあとすぐにはじまった告別式の間中、わたくしは涙が止まりませんでした。悔しくて寂しくて、胸が潰れてしまいそう。ずっと麻痺してきた感情の一部が、急に目覚めたようでした。

遺影のばあやは記憶にあるよりずっと痩せこけており、生気のない目を宙に漂わせておりました。

もしかするとこの人も、お母さまを失ってからは胸に風穴が開いたような喪失感に耐えていたのかもしれません。それを訴える相手もおらず、年月をかけて小さく縮んでいったのでしょう。

けれどもわたくしは、ばあやが羨ましい。この人と決めたお母さまの傍に、最期までつき従うことができたのです。その子供を共に育て、夫であるお父さまよりずっと、強い絆で結ばれていたのです。

そして生涯を独身で貫いた。ばあやの生きかたはわたくしの理想でした。

葬儀の後どんなに会場を探しても、姉さまのお姿は見つかりませんでした。わたくしもまた精進落としを断って、那須烏山への帰路につきました。

慣れない長距離の運転に疲れ、家に帰ればすでに夜更け。早朝に慌てて作ったカレーは食べ散らかされて、汚れた皿と、半端に中身の残った鍋が置かれたままになっておりました。

夫はすでに寝たのでしょうか。二階の雪雄の部屋からは、舟木《ふなき》一夫《かずお》の「高校三年生」のメロディーがかすかに聞こえてまいります。わたくしは喪服のままスポンジに泡を立て、皿にこびりついたカレーを洗い流してゆきました。

底なしの虚しさに襲われたのは、そのときです。

わたくしはなんだってこんなところで、毎日くたくたになりながら、愛してもいない男と、血も繋がっていない息子の面倒を見ているのでしょう。

すべては姉さまのため。あのかたの秘密を守るため。その選択が間違っていたとは、どうしても思えません。

それなのに、なぜ姉さまは分かってくださらないのか。望まぬ環境に身を置いて、心を殺して生きてきたわたくしの自己犠牲は、尊いものではありませんか。姉さまには感謝されこそすれ、裏切り者の誹《そし》りを受ける謂《い》われはございません。

わたくしだって、生涯姉さまの傍にお仕えしたかった。二人の仲を引き裂いた原因は、そもそも姉さまの過ちではありませんか。

ああでもわたくしは、雪雄さえいなければとは思いたくはない。姉さまを失い、バラバラになってしまいそうなわたくしの心を慰めたのは、いつだって雪雄の存在でした。腕の中の小さな温もりだったときから、なにも知らぬあの子は偽物の母親を気遣うように、そっと寄り添ってくれました。わたくしは、たしかに雪雄を愛していたのです。

ですが幼かったあの子も成長し、巣立ちのときを控えておりました。雪雄は東京の大学を、第一志望に据えていたのです。

わたくしはキュッと水道の蛇口を閉め、手を拭うと、急き立てられるように自室へと向かいました。そして東京のお父さま宛てに、手紙を一通したためました。

息子の雪雄が年明けに東京の大学を受験すること、合格した暁には川端家に下宿させてやってほしいことを、ばあやの葬儀のご報告を枕にして書き連ねたのです。

お父さまから快諾のお電話をいただいたのは、それから三日後のことでした。一家の長の決定を、姉さまが覆すことなどできません。

雪雄は無事第一志望に合格し、春には巣立ってゆきました。

That mind and soul, according well,
May make one music.

われらの心と魂が、見事な調和を示しつつ
ひとつの調べを奏でんがために。

今でもたまに口ずさむ、テニスンの詩の一節です。

ああ、ミス・ハート。あの偉大な教育者は日本の子女にキリスト教精神を伝えんがため、戦後間もなく再来日して、山梨の学校で教鞭を執っておられたそうです。

その薫陶を受けたにもかかわらず、我々の心と魂の、なんとちぐはぐであることよ。もしくはわたくしたちの魂は、元より歪であったのでしょうか。

わたくしの妄執は、雪雄を不幸にしたのかもしれません。姉さまはその口から、真実をあの子に告げたでしょうか。

長い休みの帰省のたびに、わたくしは雪雄の顔色を窺いました。雪雄は「やっぱり母さんのカレーが一番だ」などと言って、笑っておりました。姉さまからは相変わらず、なんの音沙汰もございませんでした。

姉さま。心の底から、愛する姉さま。

どうかわたくしの献身を、憐れと思ってくださいませ。立派な青年に育った雪雄を見て、わたくしの苦労を慮ってくださいませ。

わたくしの願いは闇の中でラケットを振り続けるように、空振りをするばかり。やがて雪雄は大学を卒業し、地元で教師になりました。仕事にすっかり慣れたころに結婚をし、子供も二人生まれました。

そうやって雪雄が人生の階段を上ってゆくごとに、偽物の母のわたくしは、少しずつ肩の重荷を下ろしてゆきます。それに従い、蔵の中で姉さまの形見の着物を抱きしめて、涙する機会も減りました。

わたくしも、歳を取りました。涙はもはや、皺の間に滲んで真っ直ぐには流れません。昔のことはすべて水に流し、楽になってもいいのではないでしょうか。

けれども姉さまは、わたくしを決して許しはしないようです。お父さまが亡くなったことすら、報せてもくださらなかった。あのかたが望むのならば、わたくしはすぐにでも飛んでゆくでしょうに。「咲ちゃん、今までありがとう」と労《ねぎら》ってくださったなら、老い先短いこの身をすべて、姉さまに捧げたっていいのです。

雪雄の出生に関わった者は、もうわたくしたち以外におりません。皺立った手と手を握り合い、共に暮らしはじめたとしても、誰からも白い目で見られることはないでしょう。姉さま、やっと楔《くさび》が外れました。でもあなた様はもう、わたくしを求めてはくださらないのですね。

ここに書き記したのは、遠く美しい幻灯の日々。そして己の幸せを犠牲にしてまで守り続けた、大切な秘密。

わたくしも、もはやいくつまで生きられるか分かりません。最期のときを迎える前に、身軽になっておきたかった。

それなのにあなたへの思慕は、ひと文字ごとに大きく育ち、重たくなってゆくばかり。

恨みつらみはあるけれど、伝えたい言葉はただ一つ。

愛しております。ただあなたの幸せだけを、これからも祈り続けます。

九　美佐

田舎の蟬は東京よりも、生命力が強そうだ。木が多いのだから当然だが、夜明けごろから声をかぎりに鳴きはじめ、人の眠りを妨げる。

そのお蔭で、早寝早起きが身についてきた。美佐は祖母が使っていた部屋で、引っ越し会社の名前が印字された段ボール箱を開けてゆく。

最も安い単身パックを選んだら、こちらから日時の指定ができず、昨日やっと届いた荷物だ。美佐自身はもう、一週間も前から実家に身を寄せていた。

開け放した縁側の窓から、勢いよく湧き出す入道雲が覗いている。内陸部に位置する那須烏山の夏の暑さは東京とさほど変わらないが、日蔭に入れば過ごしやすい。風の通り道となる窓さえ開けておけば、午前中はエアコンがいらないくらいだ。

関東甲信越が梅雨明けとみなされたのは、七月二十四日のこと。美佐の決断は、それよりも早かった。離婚届に判を捺《お》して、要一郎に突きつけた。

もうこの選択しか、残されていなかったのだ。予感めいたものがあったのか、要一郎は驚かなかった。ただ真っ白な顔で、「原因は、子供？」と聞いてきた。

「美佐が辛いなら、無理して作ることはないと思ってる。子供がいなくても、うまくやっている夫婦はいるよ。考え直してくれないか」

その言葉を、待っていたこともある。だけどもう、遅すぎた。

すでに愛はないはずなのに、去る者を引き留めずにはいられない。要一郎もまた、変化を恐れるタイプだった。

自分たちは、似た者同士だったのだ。そう思いながら、美佐は首を横に振った。迷いはなかった。

離婚届は、ひとまず要一郎の預かりとなった。

「出す気になったら連絡して」と言い残し、美佐は引っ越しの手配をして実家に帰ってきた。明大前のマンションで使っていた家具は、すべていらないと突っぱねた。自分の着物とお気に入りの小物類だけを引き取ってきた。

要一郎が渋っても、きっと義母がこの離婚を推し進めるだろう。子供のできない女が自ら去ると言っているのだから、大歓迎に違いない。

義母は可愛い息子のために、張りきって「若い嫁」の斡旋《あっせん》を周囲に頼むのだろうか。離婚の決意をしたとはいえ、八年も共に過ごした男だ。いつかいい人と巡り会って、幸せになってくれたらいいと思う。そう願えるほどには、気持ちの整理がついている。

アンティーク着物の通販の仕事は、べつに東京でなくてもやっていける。「部屋だけは余ってるから、好きにしなさい」という父親の言葉に甘え、祖母が使っていた六畳間を仕事部屋とした。

バラバラに分解したスチールラックを昨日のうちに組み立て直し、時代箪笥を運び込んだ。壁際に積まれた段ボール箱は、すべて着物や帯の類だ。私物は美佐が高校を卒業するまで寝起きしていた、二階の部屋に入れてある。

「あら、早いのね。昔は何度起こしても起きなかったのに」

縁側を通りかかった母親が、美佐に気づいて足を止めた。「そっか、あんたももう中年かぁ」と、失礼な納得のしかたをしている。十代二十代のころよりは朝に強くなった自覚があるから、なんとも言えない。

美佐が実家に戻った夜、母親は珍しくお酒を飲んで、「そもそも顔合わせの食事会のときから、向こうのお母さんが気にくわなかったのよ！」と怒りを爆発させていた。

「『お相手が田舎のかたなら、結納はちゃんとしたほうがいいんじゃない？』とか、『田舎は昔ながらの風習が残っているでしょう？』とか、人の顔を見れば田舎田舎って、ホント馬鹿にして！」

娘の嫁ぎ先だからと、ずっと我慢していたらしい。父親は、よく愚痴を聞かされていたのだろう。その隣で、終始苦笑いを浮かべていた。

「朝ご飯食べるなら、パンもご飯もあるからね」

一方的に言いたいことだけを言って、母親は縁側から庭に下りる。日が高く昇る前に、花壇に水を遣るのである。

蔵を取り壊して空いた土地に、母は草花を植えていた。日当たりの悪い場所だから、日蔭に強い植物を選んだという。

「シェードガーデンっていうのよ」と、なぜか誇らしげに胸を張った。

今の季節は、秋海棠《しゅうかいどう》が可憐な薄桃色の花を開いている。日蔭に耐えて咲く花には、どことなく祖母の面影がある。

三冊のノートを読み終えた後、美佐はひどく狼狽し、それらを簞笥の抽斗の二重底に仕舞い直した。あのノートは、龍子さんに向けた出すあてのない、長い長い手紙だったのだ。決して美佐が暴いていいものではなかった。けれども途中で止められず、最後まですっかり読んでしまった。

手記の内容が事実ならば、美佐の血縁上の祖母は、龍子さんだ。

そんな馬鹿なと、ショックを受けた。でも特に傷ついていないのは、祖父母の代の話だから。間に父母を挟むぶん、自分自身の存在がひっくり返るほどの衝撃はなかった。

だが、父は？　あの人は、この事実を知っているのだろうか。

「美佐」

背後から声をかけられて、びくりと肩を震わせる。振り返ると父親が、いつもの穏やかな気配を纏って縁側に立っていた。

「関くんは、お昼ごろに来るんだっけ。鰻《うなぎ》でも取ろうか？」

今日は七月の、第四日曜。山あげ祭りの最終日である。春先の約束どおり関くんが、東京から遊びに来ることになっていた。

「ああ、大丈夫。ヤナに寄って鮎食べてくるって言ってたから、気を遣わないで」

那珂《なか》川の鮎は、那須烏山の名物だ。川の流れを堰《せ》き止めて魚を追い込む仕掛けを梁《やな》といい、食事処《どころ》では鮎定食などが食べられる。

「そう。じゃあなにか、茶菓子でも用意しておこう」

気遣いはいらないと言っているのに、父親は美佐の貴重な友人をもてなしたがっている。地元に残っている友達には洩れなく子供がいて、なんとなく肩身が狭くて顔を合わせられないままだ。なにも言わなくても父親は、そのあたりのことを察しているのだろう。

「なに？」と問われるほど、父の顔を凝視していた。美佐は取り繕うように、首を振る。

「なんでもない。ありがと」

あの手記のせいで、つい父の顔色を窺ってしまう。お父さんは、知っているの？　そんなこと、聞けるはずもないというのに。

誰の子であったとしても、父は父だ。美佐にとっては、それ以上でも以下でもない。たまたま知ってしまった祖母たちの秘密は、胸の中に仕舞って鍵をかけておこう。父だってすでに、七十四である。どうやって生まれたかよりも、どう生きたかのほうがはるかに重要だ。

「ねぇ、お父さん」

「うん？」

「戻っておいでって言ってくれて、ありがとう」

「なにをあらたまって」

照れたように、父が鼻の頭をこする。眼鏡の奥の瞳が、かぎりなく優しい。

「感謝されるようなことじゃない。君はいつだって、君のいたい場所にいていいんだから」

その言葉どおり美佐自身もまた、悔いのない人生を生きたいと思う。


お祭りだからと、団扇《うちわ》柄の藍染めの浴衣に、赤い麻の葉模様の浴衣帯をキュッと締める。着物を着慣れていると、帯揚げや帯締めがないのを寂しく感じてしまうが、ここはあえて省いたほうが涼しげだ。出かけるときに背中に団扇でも挿せば、いっそう粋になるだろう。

母が茹《ゆ》でてくれた素麺《そうめん》で少し早めの昼食を終え、父の書斎に忍び入る。べつに堂々と入ってもいいのだが、父が現役の教師だったころ、テスト問題を作成する時期には家族といえど立ち入り禁止を言い渡されたので、今でもなんとなく後ろめたい。

かつて参考書や授業計画書などで埋め尽くされていた父の座卓には、俳句の歳時記がちょこんと載っているだけ。散歩の途中で摘んできたらしいイヌタデが一輪挿しに投げ入れられており、なんとも父らしい飾り気のなさだった。

山あげ祭りのパンフレットによれば、本日の歌舞伎公演は全五回。関くんと観るのにちょうどいい演目は、午後三時の「吉野《よしの》山《やま》狐《きつね》忠信《ただのぶ》」だろう。「将門《まさかど》」や「戻橋《もどりばし》」はよくかかるから内容を知っているが、「吉野山狐忠信」は記憶にあるかぎり観たことがない。関くんに対して知ったかぶりをするためにも、予備知識を仕入れておこうと思った。

父の書棚にはたしか、歌舞伎関連の本があったはず。演目のあらすじが摑めるようなものがあればいいのだがと、背表紙を目で追ってゆく。知り合いの工務店に頼んで壁一面を作り付けの書棚にしてあるので、蔵書の数はなかなかのものだ。

　ずらりと並ぶ本の中で、なぜその薄い冊子が目に留まったのかは分からない。全四十巻の日本文学全集の間に挟まれて、場違いな感じを醸《かも》し出していたせいだろうか。背の文字は、かすれて読みづらくなっている。

　なにげなく、指をかけて引き出してみた。煮染《にし》め色に変色した表紙には、『細雪　上巻　谷崎潤一郎著』とある。

「なにこれ」と呟き、奥付を確認する。

　著者名も発行者も、「谷崎潤一郎」となっている。「非売品」と「二百部印刷」の文字の間には、著者の落款《らっかん》が捺されていた。

　おそらくこれは、祖母の手記に出てきた『細雪』の私家版だ。それがなぜ、父の書棚に収められているのだろう。

　たしか軽井沢で無聊を託《かこ》っていた龍子さんの、宝物であったはず。祖母が譲り受けたという記述は、どこにもなかった。

　冊子の中ほどに、栞でも挟まっているのか。ページを繰ってゆくと、そこがぱかりと割れたように開く。

　挟まっていたのは栞ではなく、写真だった。裏面を向いているそれを、美佐は震える手で摘まみ出す。

ゆっくりと息を吐いてから、表に返した。まず目に飛び込んできたのは、桜柄の銘仙の着物だった。骨格のしっかりとしたおかっぱ頭の少女が、小手毬の花の前でぎこちない笑みを浮かべている。

頬がぱつんと張っており、美佐が知る祖母の面影はあまりない。でもこれは間違いなく、「咲ちゃん」だ。だって他に、考えられない。

「こんなところにあったなんて――」

角が取れたり折り皺がついたりしている龍子さんの写真とは違い、綺麗なものだ。きっと、大切に保管されていたのだろう。

庭先が、急に騒がしくなってきた。門の内側に乗り入れる、車のエンジン音が聞こえてくる。「オーライ、オーライ、ストーップ！」と誘導しているのは、父の声だ。

「おーい、関くんが到着したよ」と、縁側から呼びかけられた。

美佐は『細雪』と「咲ちゃん」の写真を胸にギュッと抱きしめて、「ねぇねぇ、お父さん！」と身を翻す。

私家版の『細雪』は、龍子さんの死後、形見分けとしてもらったものらしい。

「なんでも『雪雄さんにはこれを』と、ご指名だったらしくてね。大学を出てからはそんなにつき合いもなかったのに、僕が国語教師だったことを覚えていてくれたのかな」

父はそう言って、静かに笑った。東京の川端家に下宿中、食事などはお手伝いさんが運んできてくれるので、龍子さんとはあまり接点がなかった。それなのに葬儀の数日後に形見の品が送られてきて、少しばかり面食らったという。

「まさか、おばあちゃんの若いころの写真が挟まっていたとはね。気づかなかったよ」

「中を開けて見なかったの？」

「ずいぶん古い本だから。傷めないように、そのまま本棚に入れたんだよ」

「そうなんだ」

突然手元に寄越された、実の息子。きっと龍子さんも、どう扱っていいのか分からなかったのだろう。せめてもの罪滅ぼしに、遺したのがこの『細雪』。関西の上流階級の煌《きら》びやかな暮らしに、かつての自分たちを重ね合わせて読んだはずだ。

どうしてそれを、父に託そうと思ったのか。龍子さんの考えは、今となっては分からない。

「すごいじゃないですか。『細雪』の私家版なら、神保町《じんぼうちょう》の古本屋で高額買取してもらえますよ」

関くんが骨董屋らしく、頭の中で算盤を弾いている。過剰なパフォーマンスのオネェ言葉は、やめたようだ。父が微笑みながら首を振る。

「売らないよ。形見の品だからね」

「ああ、残念」

古書は専門外のくせに、関くんは心底残念そうに肩をすくめた。

父が目先の金に目がくらむような人でなくてよかった。真意は伝わらなくとも、龍子さんはなにか特別な気持ちでこの本を託したに違いない。きっと彼女の想いの残滓《ざんし》が、ページごとにちりばめられている。

「でも、よかったじゃない。写真が揃って」

「うん、そうだね」

事情を知らない関くんに顔を覗き込まれ、美佐は曖昧に返事をした。

「咲ちゃん」が写っている、写真の右半分。祖母は「英雄兄さま」が切って捨てたと思っていたようだが、違った。保存状態のよさからすると、龍子さんははじめから、左半分の自分の写真だけを「英雄兄さま」に渡したのだ。

そして大切な「咲ちゃん」の写真は、自分の手元に残していた。

「相思相愛じゃない」と、胸の内だけで呟く。

龍子さんだって、桜文の銘仙を死装束にしようとしたくらいだ。最後の最後まで「咲ちゃん」を想って死んでいった。きっと、誰にも代えがたいほどに愛していた。

だからこそ、「英雄兄さま」と夫婦になると決めて離れていった「咲ちゃん」を、許せなかったのだ。そのわだかまりは、生涯解けることがなかった。

「お祖母様と龍子さんは、やっと再会が叶ったわけだね」

関くんのひと言に、危うく涙腺が緩みかける。

どんな運命のいたずらか、美佐の手元には思い出の写真と、因縁深い着物が揃った。二人の魂がやっと解放されて、互いに呼び合ったかのように。

　二枚の着物を衣桁に掛けて並べると、手に手を取って微笑み合う「龍子姉さま」と「咲ちゃん」の姿が見えた気がした。

　話をしながらのんびりと歩き、三時からの会場に到着する。

　といっても、通行止めになった路上だ。移動歌舞伎と聞かされていた関くんが、設営の様子を見ながら手で顔を煽ぐ。

「うわぁ、けっこうしっかり組み立ててるんだね。これ、毎回動かすの？」

　目の前で組み上げられているのは、歌舞伎の舞台だ。白木の舞台の横に当番町の屋台が控え、若衆たちが息を合わせて書き割りの山を押し上げてゆく。こうした準備風景も、祭りの見所の一つである。

「そう。毎回会場が違うから、その都度畳んで、次の会場まで当番町の若衆が引いて行くの」

「へぇ、いいね。揃いの半被《はっぴ》に白の半股引《ももひき》。若衆の腿裏《ももうら》がたまんないね！」

「ちょっと、私の同級生もいるんだからね」

　祭りに携わる町は、全部で六つ。輪番制で、年ごとに当番町を務めてゆく。今年の当番町は、鍛冶《かじ》町だ。地元だけあって、さっきから同級生の姿をちらほらと目にする。「あれっ、美佐？」と、声をかけられてもいた。

普段は県外に住んでいても、祭りのために帰省をしている者は少なくない。町の人口はどんどん減ってゆくが、こうやってどうにか、伝統は継承されている。

「べつに、邪《よこしま》な目で見ているわけじゃありませーん。だって僕、新しい恋に目覚めたんだから」

来る途中の蔵元で日本酒の試飲をした関くんは、すでにほろ酔いだ。その髪は、すっきりとカットされている。新しく通いはじめた美容院の、トップスタイリストが気になっているという。

「なんで関くん、そんなに美容師が好きなの？」

「美容師って、無条件に触れてくるじゃない。ゾクゾクするんだよね。同じ理由で、歯医者も好き。ラテックス手袋嵌《は》めた指を口に入れられると、ドキドキする」

「ええーっ。意味が分からない」

「まぁまぁ、人の好みはそれぞれだから」

遠慮のない物言いをする美佐を、父親が窘める。関くんに「お父様もご一緒に」と誘われて、嬉しそうについてきた。母は「暑いから嫌」と言って、家で寝ている。

路上歌舞伎は日差しを遮るものがなく、炎天下だ。昼の公演では、舞台は「熱い！」と飛び上がるほど熱せられるという。その上で役者は踊り、役を演じる。

「さて、そろそろかな。せっかくだから桟敷《さじき》席で観ようか。そのくらいは奢《おご》るよ」

父親が舞台の前にずらりと並ぶ、折り畳みの椅子を指差した。一席五百円の有料席だ。一時間近い演目を、立ちっぱなしで観るのはそれなりに体力がいる。

「ありがとう。じゃあ私、三人分のお茶買ってくる」

夏の日はまだまだ高い。祭り見物の観光客が、どんどん周りに集まってくる。美佐は団扇で顔を煽ぎながら、自動販売機の行列に並んだ。

桟敷席の、前から三列目に並んで座る。常磐津《ときわず》の三味線と唄い手はすでに太夫《たゆう》座敷に入っており、振り返れば立ち見の客が扇状に広がっている。左隣に座る関くんが、わくわく顔でパンフレットを開いた。

「狐忠信かぁ。『道行初音旅《みちゆきはつねのたび》』だね」

「関くん、歌舞伎詳しいの？」

「これでも一応、骨董屋ですから。ある程度歌舞伎やお能の知識がないと、鑑定できないものがあるし」

ならはじめから、関くん相手に知ったかぶりなどできなかったのだ。右側に座る父親が、くすくすと笑いながら大まかな筋を教えてくれる。

「『義経《よしつね》千本桜』のうちのひと幕だよ。吉野の義経の元へ向かう静《しずか》御前と、家来の忠信に化けた狐の道行の場面だ。通称は『吉野山』。有名な演目なんだよ」

「こんなに芸能が身近にある環境に育って、なんで知らないの？」

「面目ない。『将門』や『戻橋』なら、そこそこ知ってるんだけど」

興味が湧けば、子供のうちから常磐津教室に通ったり、西川《にしかわ》流の踊りの指導を受けられたりと、学びの環境は整っている。そうやって日々研鑽を積んできた町の人々が、舞台に立ち、三味線を弾くのだ。でも美佐は、なんとなく観るだけで過ごしてしまった。

「お祖母ちゃんに連れられて、よく観てたんだけどね。お祖母ちゃん、子供のころのお祭りを思い出すって言ってた」

今思えばそれは、手記にあった「オボスノサマのお祭り」のことだったのだ。横浜から役者を呼んでの、一年に一度のお楽しみ。祖母はいつだって、食い入るように舞台に見入っていた。演目が終わった後の祖母の目は、少し潤んで見えたものだ。

「ああ。歌舞伎が好きだったよね、お袋は」

そう呟いた父の声が、ドキリとするほど寂しげだったのは気のせいだろうか。ちょうど舞台袖で太鼓と拍子木が打ち鳴らされて、「あ、はじまるよ」と前を見るよう促された。表情までは、分からなかった。

常磐津の三味線と唄に合わせて、下手《しもて》から赤い打掛を纏ったお姫様が登場する。きっとあれが、静御前なのだろう。

「わ、衣装も本格的なんだね」と、関くんが驚きの声を上げた。

幼いころから観てきたから、常磐津の唄いはなんとなく聞き取れる。忠信とはぐれてしまった静御前が、笠と杖《つえ》を手に草をかき分けかき分け、舞台の中央に進んでゆく。父がそっと耳打ちをしてきた。

「あの静御前、梅田《うめだ》さんとこのアキちゃんだよ」

「えっ、アキちゃん？　やだ、すっかり大きくなって」

たしか美佐が大学を卒業した年に生まれた、ご近所の子だ。今は高校二年生だという。子供のころから舞台に立ってきたらしく、堂々たる身振り手振りである。

やがて静御前が鼓を取り出し、ポンと叩けば、白い蓑《みの》を纏った子供が二人、ぴょんぴょんと飛び出してきた。

「わ、可愛い」

「あれは美智子《みちこ》ちゃんのところの長男と次男」

「美智子先輩？　ちゃんとママやってるんだ」

二学年上の美智子先輩が中高時代荒れに荒れていたことは、高校教師だった父も知るところ。その子供たちが元気に跳ね回り、舞台袖に捌《は》けると同時に、旅装の青年が現れた。狐が家来の忠信に化けたという演出なのだろう。

「もしかしてあの忠信、雄一《ゆういち》じゃない？」

歳は美佐の五つ下。小学六年生のとき、新一年生だった雄一のお世話係を務めたものだ。もともと細い目が白塗りメイクで吊り目になって、狐らしい仕上がりになっている。

「オオ忠信殿、待ちかねましたわいなぁ」

「コレハコレハ静様、女中の足と侮って思わぬ遅参、真っ平御免くださりませ」

「ここは名に負う吉野山、四方の景色もいろいろに」

「春立つと言うばかりにや、み吉野の」

「山も霞みて」

「今朝は」

「見ゆらん」

静と忠信の問答の後、父が「ほら、山が動くよ」と囁く。書き割りの緑の山がぱたぱたと翻り、満開の桜になった。

「おおっ！」

関くんが盛んに手を打ち鳴らす。この演目の、見せ場の一つだ。

続いて、忠信と静の踊り。父が小声で解説をしてくれる。

「忠信は精一杯人間らしく振舞おうとしているんだけど、ほら見て、時々足つきに狐っぽさが表れてしまうだろう」

芸が細かい。たしか雄一は、小学三年生くらいから西川流の踊りを習っているはずだ。厳粛な足の運びに、時折ひょこっと狐めいた所作が交じる。

「静御前が持っているあの初音の鼓というのは、実は忠信狐の親狐の皮で作られているんだ。それで子狐は親恋しさに、静と道行を共にしているんだね」

静御前が鼓を取り出すと、忠信はすっかり嬉しくなって、狐の動きに戻ってしまう。静の目を盗み、鼓に何度も頬を寄せる。

「だからはぐれてしまっても、静がポンと鼓を打てば、忠信狐が現れるんだ。その音を頼りに、どこまでもついてゆく。いじらしいよね」

舞台では義経から賜ったという鎧《よろい》が出てきて、その上に、首に見立てて鼓が置かれる。美佐はそっと、隣に座る父を横目で窺った。父は真っ直ぐ、舞台に顔を向けている。瞳に映る憂いの色は、誰かにとてもよく似ていた。

あの写真の、龍子さんだ。

そう気づき、美佐は慌てて視線を舞台に戻す。ポンポンと、囃子方が鼓を打ち鳴らした。

恋しい親の形見の、初音の鼓。やはり父は、真実を知っているのではないだろうか。

誰かに聞いたのか、それとも自然に悟ったのか。龍子さんの形見として贈られた『細雪』を、開くこともできず本棚に差し入れていた。

祖母にはいつも、どこか遠慮がちに接していた父。祖母が病を得てからは、母に任せず自ら看病をしたという。それは彼なりの、負い目の表れだったかもしれない。

龍子さんが自ら、母と名乗ったのだろうか。それとも祖父が、堪えきれずに喋ってしまったのだろうか。

胸に湧き上がってくる疑問を押し殺し、舞台に集中しようとする。どのみち、確認の取れないことだ。しょせんは美佐の憶測にすぎない。

そう思うのに、膝の上に握った手に、じんわり汗が滲んできた。首元を拭うふりをして、美佐は衿の合わせに挟んでおいた手拭いを取る。

どういう経緯があったのか、常磐津の唄いは壇《だん》ノ浦《うら》の戦いの回想に入っていた。

山あげ会館前の出店で、生ビールとフランクフルトを購入する。

「いやぁ、暑かった！」と言いながら、関くんがビールの紙コップをコツンとぶつけてきて、乾杯をした。

直射日光に炙られた体に、冷たいビールが染み渡る。普段は食べないフランクフルトも、お祭りのときはやけに美味しく感じる。

「帽子を持ってくればよかった。本当にいい天気」

なにを思ったか黒いシャツを着て来てしまった関くんが、ふうと息を吐き出す。日は傾いてきたものの、強烈な西日となって目を刺してくる。とてもじゃないが、西側を向いて立っていられない。父はさすがに疲れたのか、演目が終わると「先に戻るよ」と家に帰って行った。

「ところでミサミサ、お疲れ様。離婚おめでとう」

「まだ成立してないし。それに、祝うことでもないでしょう」

「なんでよ。新しい門出じゃない」

自分で環境を変えたくて、飛び出してきたのだからべつにいいのか。振り返ってみれば、そんなに悲壮な別れでもない。美佐は「じゃあ、ありがとう」と苦笑した。

「これで、僕との同居にまた一歩近づいたね」

「なに言ってんの。私たちはずっとこのまま。それに関くんは、新しい恋に燃えてるんでしよ」

「そうだけど、相手がまたノンケなんだよねぇ」

関くんは難儀な恋をしているようだ。それでも懲りずに、人を好きになれるのだから羨ましい。要一郎を好きだったことがあるのか、美佐にはもはやよく分からないし、この先好きな人ができる気もしない。年老いて死ぬまで、大好きな着物に囲まれていられれば、それで充分とも思えた。

ビールが減り、気怠《けだる》い酔いが回ってくる。風に乗って届く、乾いた土のにおい。空の広さに目を細めていると、遠くから騒々しいほどのお囃子が聞こえてきた。

「あ、いけない。ブンヌキ！」

うっかり時間を忘れていた。関くんの目的は、歌舞伎よりむしろこっちだ。

「えっ、なに。はじまっちゃったの？」

ブンヌキの会場は、毎年八雲《やくも》神社の鳥居前だ。関くんを促し、そちらに向かう。お囃子の音がどんどん大きくなってゆく。

「うわ、ビートが速い！」

関くんが驚くのも無理はない。ブンヌキのお囃子は、一般的な祭り囃子とは違う。六町すべての屋台が八雲神社の鳥居前に屋根を並べ、お囃子で競い合う。

三十分間、囃子方が交代することはない。リズムのよさ、音量、力強さ、持続力、すべてが他の町に勝るよう、一心不乱に演奏を続ける。

　それぞれの町の若衆は、諸肌《もろはだ》を脱いで囃子方を激励し、押し合いへし合い、雄叫《おたけ》びを上げて景気をつける。奏でられる笛、太鼓、鉦《かね》の音は、空に届かんばかりに響き渡る。

　父が先に帰ったのは、このブンヌキが苦手なせいもあるだろう。騒々しく、ヤンキー臭すら漂う男同士のぶつかり合いだ。少なくとも、父の好みではない。

美しく、優しいものばかりが好きな人だ。

　お囃子の音量が割れんばかりになり、上半身裸でもつれ合う男たちの姿が見えてきた。生命力の塊のような光景に、関くんが「すごい」と目を輝かせて早足になる。

　若衆が声を上げ、囃子方を励ます。一段高いところに若衆の代表である木頭《きがしら》が立ち、拍子木を振り上げ皆を鼓舞する。

　ばちばちと音がするほどにぶつかり合う、肌と肌。飛び散る汗が靄になり、西日をセピア色に霞ませる。

「おーい、ミサミサ。早く早く！」

　先に行った関くんが、こちらに向かって大きく手を振っている。

本書は『花は散っても』（二〇二一年一月　中央公論新社刊）を改題の上、加筆・修正したものです。

文中の引用は、『対訳　テニスン詩集』（西前美巳編　岩波文庫）によりました。

解説

高頭佐和子

初めて読むはずなのに、なぜか懐かしさで胸がいっぱいになる小説に出会うことがある。『何年、生きても』は、私にとってそういう小説だ。戦前の着物、昭和初期の少女文化といった心をときめかせるものがたくさん登場するからだろうと思いながら読み進めていったが、それだけではない。ずっと心の奥にあって気がつかなかったものを、呼び覚ます力があるからなのだと、読み終わって気がついた。

この小説には二人の主人公が登場する。一人は、ネット上でアンティーク着物店を営む美《み》佐《さ》だ。八年前に結婚した夫との間には子どもが授からない。不妊治療をしてきたのだが、義母や親戚は、古い価値観を長男の嫁である美佐にぶつけてくる。彼らの言動や治療の辛《つら》さに美佐が苦しんでいても、夫は寄り添う言葉をかけようともしない。不満が積み重なり、仕事場にしている谷中《やなか》の古いアパートで、ひとり寝起きするようになっていた。

そんな折に、那《な》須《す》烏山《からすやま》の実家から庭の蔵を潰《つぶ》すという連絡がある。蔵には昭和初期に作られたと思われる時《じ》代《だい》簞《だん》笥《す》があった。着物好きだった祖母の遺品が眠っているかもしれないという期待から、友人で、恋愛対象が男性の骨董屋《こっとうや》・関《せき》くんを連れて帰省する。簞笥には鮮やかな紫の地の銘仙《めいせん》が一枚入っており、二重になった抽斗《ひきだし》の底にはその銘仙を纏《まと》った美少女の写真と、祖母が書いたと思われるノートが隠されていた。この少女は誰なのか。美佐は、祖母の手記を読み進めていく。

二〇一九年に三十九歳の美佐は、私より少し下の世代であるが、おそらく二〇〇二年に創刊された『ＫＩＭＯＮＯ道』（祥伝社。後に『ＫＩＭＯＮＯ姫』と改題。現在は休刊）を読んでいたのではないだろうか。アンティーク着物の新しい着こなしを提案するこのムックが創刊された当時、私は都内の書店に勤務していた。これをきっかけにアンティーク着物に関する書籍が次々に刊行され、私もブームに乗って、友人と一緒に原宿《はらじゅく》の着物屋を巡り歩いたものだ。アンティーク着物の中でも特別に人気のある銘仙は、大正から昭和初期にかけて流行した織物である。若い女性が着ていたカジュアルな着物なのだが、色鮮やかで大胆な柄のものが多い。中には突拍子もないデザインのものもあって、見ているだけで心がときめいてしまう。美佐も、私と同じようにアンティーク着物の魅力に出会ったのではないかと思うと、とても身近に感じる。

さて、箪笥から出てきた銘仙は「紫の地に、黒く渦を巻く流水模様。そこに黄色と赤の楓《かえで》の葉を、大胆に散らしてある」と描写されている。着物への造詣が深い著者の描写は、とても魅力的だ。着物好きなら、どんな帯や半衿《はんえり》と合うだろうかと、想像せずにはいられないのではないだろうか。

物語は、もう一人の主人公である祖母・咲子《さきこ》の手記という形も交えて進んでいく。昭和一桁生まれの咲子は、九歳で父を亡くし遠縁の一家に引き取られることになった。麻布《あざぶ》にあるその家には、運命の相手である半年歳上《としうえ》の龍子姉《たつこねえ》さまがいた。神々しいほど美しいお嬢さまは「わたし、妹がほしくてたまらなかったのよ」と咲子に言い、夜一人で泣いているところを優しく慰めてくれた。産婦人科の開業医であるお父さまは、これからの時代は女にこそ教養が必要という新しい考えの持ち主、お母さまは、体が弱いけれど美しく優しい方、お母さまがお嫁に来るときについて来たというばあやは、包容力のある温かい人柄の女性である。彼らは咲子にも愛情を注ぎ、龍子と同じ学校に入学させてくれる。孤独な少女が裕福な家に引き取られて幸福になるという、幼い頃に読んだ物語のように甘やかな展開が、咲子が耳元で語っているかのような文体で綴《つづ》られていく。

咲子が通うことになった学校は、ミッションスクールの小学科である。愛らしく優秀な龍子姉さまは、級友たちの人気者だ。思春期になり、彼女たちが皆夢中になったのが雑誌『少女の友』、そして連載されていた小説『乙女の港』である。

『少女の友』は、明治四十一年（一九〇八年）に実業之日本社より創刊された雑誌である。昭和の女性文化を語る上で欠かすことのできないイラストレーターの中原淳一《なかはらじゅんいち》氏や、少女小説の第一人者である吉屋信子《よしやのぶこ》氏が活躍した。田辺聖子《たなべせいこ》氏が読者として短歌や短文を投稿し、須賀敦子《すがあつこ》氏も愛読していたことをエッセイに書いている。連載されていた『乙女の港』の著者は川端康成《かわばたやすなり》氏であるが、原案者は横浜のミッションスクール出身の小説家・中里恒子《なかざとつねこ》氏であったということが知られている。『何年、生きても』の世界をより楽しむために、こちらもぜひ手にとっていただきたい（二〇〇九年に刊行された復刻版は品切れだが、二〇一一年に刊行された実業之日本社文庫版は、二〇二三年現在も入手可能である）。

この小説のテーマとなるのは、女学生同士が姉妹のように親しく交際する友情とも恋愛とも違う関係である。Sister の頭文字より「エス」と呼ばれていた。愛らしい新入生の三千子《みちこ》と、個性の違う二人の上級生との三角関係が描かれているのだが、少女たちの暮らしの優雅さや、交わされる手紙に使われる情感豊かな言葉が魅力的だ。中原淳一氏による挿絵に描かれる洗練された装いの少女たちにもうっとりしてしまう。全国の女学生が、どれだけ憧れたことだろう。

三千子のように美しい龍子姉さまには、上級生からたくさんの手紙が届く。だが、姉さまは「わたしの Sister はもう、ここにいるもの」と咲子の腕をとり、手紙には興味を示さない。咲子が守りたいと思うのも、龍子姉さまだけだ。仲睦《なかむつ》まじい二人を見て、級友たちは「運命の恋人」と噂《うわさ》をする。お母さまに寄り添うばあやのように、ずっと姉さまの傍《そば》にいることだけが咲子の願いだった。少女小説ならばここで物語が終わってハッピーエンドだが、幸福な時代が終わった後も、本書は続いていく。

昭和初期の少女文化に関わるものやアンティーク着物を見ると、考えずにはいられないのは、戦争のことだ。華やかな着物や華美な洋服で着飾ることは許されない時代になる。時局は悪化、大切なものが大量に焼失し、たくさんの命が失われた。アンティーク着物を目の前にすると、これを着ていた女性は、その後どう生きたのだろう、と考えずにいられない。辛い時代を生き延びることはできただろうか。思い出深い着物を悲しい気持ちで手放したのではないだろうか。昭和十五年（一九四〇年）には、中原淳一氏も軍部の干渉により『少女の友』を去った。多くの女学生たちがそのことを悲しんだようだ。二〇〇九年に刊行された「『少女の友』創刊１００周年記念号　明治・大正・昭和ベストセレクション」（実業之日本社）には、かつての読者からのメッセージも掲載されているが、楽しかった思い出の中に、戦争の辛い記憶が混じっている。戦局がきびしくなるにつれ、紙質がザラザラになっていったこと、B29の爆撃で、家も『少女の友』も失ったこと……。今改めて読み直すと、咲子たちの悲しみと重なって、胸が苦しくなる。

　龍子姉さまと咲子になにが起きたのかは、先に本稿を読んで下さっている方のため、ここには書かないでおく。戦争によって二人の運命は大きく動き、誰にも打ち明けることのできなかった秘密を、晩年の咲子はノートに綴った。戦争がなければ、年を重ねても二人は同じ時間を過ごすことができただろうか。思い出の着物や写真を手にしながら、静かに語り合う日が来たのだろうか。

　アンティーク着物や昭和の少女文化は、なぜ今も私たちを惹《ひ》きつけるのだろう。美しさやデザイン性だけではなく、それを愛し大切にしてきた人々の心を、知らず知らずのうちに受け継いでいるからなのではないだろうか。小説を読みながら、亡くなった祖母のことを思わずにはいられなかった。大正生まれの祖母は咲子たちより上の世代であるが、かわいいものや美しいものを愛する気持ちを教えてくれた。大人になり、中原淳一氏や吉屋信子氏の本や絵はがきを持っていくと、女学校時代の思い出話を聞かせてくれた。私が昭和初期の少女文化に憧れたのは、雑誌や本がきっかけだと思っていたけれど、乙女心を持ち続けていた祖母の影響も大きかったのだと、この小説が気づかせてくれた。

咲子から受け継いだ着物への愛情を胸に、美佐は新しい一歩を踏み出す。これからどんな人生を送るのだろう。古いものが好きという気持ちを共有できて、言いたいことを言い合える関くんとの友情は、美佐の大きな助けになるに違いない。著者は、二〇二三年に『華ざかりの三重奏《テルツェット》』（双葉社）という小説を刊行している。六十歳になった元同級生の女性二人が、趣味をきっかけに同居して新しい挑戦をするという物語だ。六十歳なんてまだ先、と思っていたけれど、私にとっても美佐にとっても、そう遠いことではなくなった。祖母たちの時代よりずっと長く続きそうな人生は正直不安でいっぱいだが、大切なものを手放さず、心の中に置き続けることこそ、人に生きる力をくれるのではないだろうか。著者はこれからも、迷いながら年を重ねていく私たちを勇気づける小説を書き続けてくれるのではないかと、期待している。

（たかとう・さわこ　書店員）

中公文庫

何《なん》年《ねん》、生《い》きても

2023年 9 月25日　初版発行

著　者　坂《さか》井《い》希《き》久《く》子《こ》

発行者　安 部 順 一

発行所　中央公論新社

〒100-8152　東京都千代田区大手町 1-7-1

電話　販売 03-5299-1730　編集 03-5299-1890

URL https://www.chuko.co.jp/

ＤＴＰ　平面惑星

印　刷　大日本印刷

製　本　大日本印刷

Published by CHUOKORON-SHINSHA, INC.

Printed in Japan　ISBN978-4-12-207415-6 C1193

定価はカバーに表示してあります。落丁本・乱丁本はお手数ですが小社販売部宛お送り下さい。送料小社負担にてお取り替えいたします。

各書目の下段の数字はISBNコードです。978－4－12が省略してあります。

中公文庫既刊より

う-9-4 **御馳走帖** 内田百閒《ひゃっけん》

朝はミルク、昼はもり蕎麦、夜は山海の珍味に舌鼓をうつ百閒先生の、窮乏時代から知友との会食まで食味の楽しみを綴った名随筆。〈解説〉平山三郎

202693-3

う-9-5 **ノラや** 内田百閒

ある日行方知れずになった野良猫の子ノラと居つきながらも病死したクルツ。二匹の愛猫にまつわる愛情と機知とに満ちた連作14篇。〈解説〉平山三郎

202784-8

う-9-6 **一病息災** 内田百閒

持病の発作に恐々としつつも医者の目を盗み麦酒をがぶがぶ……。ご存知百閒先生が、己の病、身体、健康について飄々と綴った随筆を集成したアンソロジー。

204220-9

う-9-7 **東京焼盡《しょうじん》** 内田百閒

空襲に明け暮れる太平洋戦争末期の日々を、文学の目と現実の目をないまぜつつ綴る日録。詩精神あふれる稀有の東京空襲体験記。

204340-4

う-9-10 **阿呆の鳥飼** 内田百閒

鶯の鳴き方が悪いと気に病み、漱石山房に文鳥を連れて行く……。『ノラや』の著者が小動物たちとの暮らしを綴る掌篇集。〈解説〉角田光代

206258-0

う-9-11 **大貧帳** 内田百閒

お金はなくても腹の底はいつも福福である——質屋、借金、原稿料……飄然としたなかに笑いが滲みでる。百鬼園先生独特の諧謔に彩られた貧乏美学エッセイ。

206469-0

う-9-12 **百鬼園戦後日記Ⅰ** 内田百閒

『東京焼盡』の翌日、昭和二十年八月二十二日から二十一年十二月三十一日までを収録。掘立て小屋の暮しを飄然と綴る。〈巻末エッセイ〉谷中安規 〈全三巻〉

206677-9

各書目の下段の数字はISBNコードです。978－4－12が省略してあります。

た-30-6
鍵 棟方志功全板画収載
谷崎潤一郎
妻の肉体に死をすら打ち込む男と、死に至るまで誘惑することを貞節と考える妻。性の悦楽と恐怖を限界点まで追求した問題の長篇。〈解説〉綱淵謙錠
200053-7

た-30-13
細雪（全）
谷崎潤一郎
大阪船場の旧家蒔岡家の美しい四姉妹を優雅な風俗・行事とともに描く。女性への永遠の願いを〝雪子〟に託す谷崎文学の代表作。〈解説〉田辺聖子
200991-2

た-30-18
春琴抄・吉野葛
谷崎潤一郎
美貌と才気に恵まれた盲目の地唄の師匠春琴。その弟子佐助は献身と愛ゆえに自らも盲目となる——代表作『春琴抄』と『吉野葛』を収録。〈解説〉河野多恵子
201290-5

た-30-19
潤一郎訳 源氏物語 巻一
谷崎潤一郎
文豪谷崎の流麗完璧な現代語訳による日本の誇る古典。日本画壇の巨匠14人による挿画入り絵巻。本巻は「桐壺」より「花散里」までを収録。〈解説〉池田彌三郎
201825-9

た-30-20
潤一郎訳 源氏物語 巻二
谷崎潤一郎
文豪谷崎の流麗完璧な現代語訳による日本の誇る古典。日本画壇の巨匠14人による挿画入り。本巻は「須磨」より「胡蝶」までを収録。〈解説〉池田彌三郎
201826-6

た-30-21
潤一郎訳 源氏物語 巻三
谷崎潤一郎
文豪谷崎の流麗完璧な現代語訳による日本の誇る古典。日本画壇の巨匠14人による挿画入り絵巻。本巻は「螢」より「若菜」までを収録。〈解説〉池田彌三郎
201834-1

た-30-22
潤一郎訳 源氏物語 巻四
谷崎潤一郎
文豪谷崎の流麗完璧な現代語訳による日本の誇る古典。日本画壇の巨匠14人による挿画入り絵巻。本巻は「柏木」より「総角」までを収録。〈解説〉池田彌三郎
201841-9

た-30-23
潤一郎訳 源氏物語 巻五
谷崎潤一郎
文豪谷崎の流麗完璧な現代語訳による日本の誇る古典。日本画壇の巨匠14人による挿画入り絵巻。本巻は「早蕨」から「夢浮橋」までを収録。〈解説〉池田彌三郎
201848-8

た-30-25

お艶殺し

谷崎潤一郎

駿河屋の一人娘お艶と奉公人新助は雪の夜駆落ちした。幸せを求めた道行きだった筈が……。芸術とは何かを探求した「金色の死」併載。〈解説〉佐伯彰一

202006-1

た-30-27

陰翳礼讃

谷崎潤一郎

日本の伝統美の本質を、かげや隈の内に見出す「陰翳礼讃」「厠のいろいろ」を始め、「恋愛及び色情」「客ぎらい」など随想六篇を収む。〈解説〉吉行淳之介

202413-7

た-30-28

文章読本

谷崎潤一郎

正しく文学作品を鑑賞し、美しい文章を書こうと願うすべての人の必読書。文章入門としてだけでなく文豪の豊かな経験談でもある。〈解説〉吉行淳之介

202535-6

た-30-45

歌々《うたうた》板画《はんが》巻《かん》

谷崎潤一郎 歌
棟方志功 板

文豪谷崎の和歌に棟方志功が「板画」を彫った二十四点に、挿画をめぐる二人の愉快な対談をそえておくる。芸術家ふたりが互角にとりくんだ愉しい一冊である。

204383-1

た-30-46

武州公秘話

谷崎潤一郎

敵の首級を洗い清める美女の様子にみせられた少年――戦国時代に題材をとり、奔放な着想をもりこんで描かれた伝奇ロマン。木村荘八挿画収載。〈解説〉佐伯彰一

204518-7

た-30-49

谷崎潤一郎＝渡辺千萬子 往復書簡

谷崎潤一郎
渡辺千萬子

複雑な谷崎家の人間関係の中にあって、作家晩年の私生活と文学に最も影響を及ぼした女性との往復書簡。「文庫版のためのあとがき」を付す。〈解説〉千葉俊二

204634-4

た-30-52

痴人の愛

谷崎潤一郎

美少女ナオミの若々しい肢体にひかれ、やがて成熟したその奔放な魅力のとりことなった譲治。女の魔性に跪く男の惑乱と陶酔を描く。〈解説〉河野多恵子

204767-9

た-30-53

卍（まんじ）

谷崎潤一郎

光子という美の奴隷となった柿内夫妻は、卍のように絡みあいながら破滅に向かう。官能的な愛のなかに心理的マゾヒズムを描いた傑作。〈解説〉千葉俊二

204766-2

各書目の下段の数字はISBNコードです。978－4－12が省略してあります。

た-30-54
夢の浮橋　谷崎潤一郎
夭折した母によく似た継母。主人公は継母への憧れと生母への思慕から二人を意識の中で混同させてゆく。谷崎文学における母恋物語の白眉。〈解説〉千葉俊二
204913-0

た-30-55
猫と庄造と二人のをんな　谷崎潤一郎
猫に嫉妬する妻と元妻、そして女より猫がかわいくてたまらない男が繰り広げる軽妙な心理コメディの傑作。安井曾太郎の挿画収載。〈解説〉千葉俊二
205815-6

た-30-56
少将滋幹《しげもと》の母 他三篇　谷崎潤一郎
平安文学に材を取った、母恋ものの代表作。小倉遊亀による挿画を完全収載。ほかに短篇三作、正宗白鳥らによる時評を付す。〈註解〉明里千章〈解説〉千葉俊二
207088-2

た-30-58
台所太平記　谷崎潤一郎
特技はお料理、按摩、ゴリラの真似。曲者揃いの女たちが、文豪の家で元気にお仕事中！　珍騒動と笑いが止まらぬ女中さん列伝。〈挿絵〉山口　晃〈解説〉松田青子
207111-7

た-30-59
盲目物語 他三篇　谷崎潤一郎
お市の方への思慕を盲目の法師に語らせた表題作。北野恒富の口絵、菅楯彦の挿画（「聞書抄」）、正宗白鳥による時評などを付す。〈註解〉明里千章〈解説〉千葉俊二
207156-8

た-30-60
疎開日記　谷崎潤一郎終戦日記　谷崎潤一郎
激しい空爆をさけ疎開した文豪が思い出す平和な日の記憶。随筆集『月と狂言師』に永井荷風・吉井勇との往復書簡などを増補。〈註解〉細川光洋〈解説〉千葉俊二
207232-9

た-30-61
人魚の嘆き・魔術師　谷崎潤一郎
人魚に恋をする貴公子、魔術師に魅せられ半羊神と化す幻想世界に遊ぶ名作。水島爾保布の挿画を口絵まで完全収載。〈註解〉明里千章〈解説〉中井英夫／前田恭二
207259-6

た-30-62
瘋癲《ふうてん》老人日記　谷崎潤一郎
性に執着する老人を戯画的に描き出した晩年の傑作長篇。絶筆随筆「七十九歳の春」他、棟方志功による美麗な板画を収載。〈解説〉吉行淳之介／千葉俊二〈註解〉細川光洋
207298-5